SF

孤児たちの軍隊

—ガニメデへの飛翔—

ロバート・ブートナー

月岡小穂訳

早 川 書 房

7253

ORPHANAGE

by

Robert Buettner

Translated by
Saho Tsukioka
First published 2013 in Japan by
HAYAKAWA PUBLISHING, INC.
This book is published in Japan by
arrangement with
CASTIGLIA LITERARY AGENCY
through THE ASANO AGENCY, INC.

戦いの風に吹かれるまま、どこにいようとも
ディアーサー・バージェス訓練担当先任軍曹と、
ほかのすばらしい仲間たちに

ぼくたちはぎっしり並んで横向きに貨物用の網を伝いながら、海峡の波に揺られる上陸用舟艇に移りました。海水や船底の水に浸《つ》かったブーツで、下にいる仲間が濡れます。そのとき、ぼくは悟りました――ぼくたちが戦うのは国のためや暴君を倒すためではなく、一緒にいる仲間を守るためだ。ぼくの生涯で何が残ろうとも、その重みは、今まわりで揺られる見知らぬ人々に及ばない。この人たちは今、ぼくの唯一の家族になる。政治色を除外すれば、戦争は、いつでもどこでも孤児院と同じです。

――一九四四年六月、ノルマンディー
オマハ・ビーチで回収された
書き手不明の手紙の断片

孤児たちの軍隊

——ガニメデへの飛翔——

1

「日がのぼれば……明日になれば……」

女性パイロットの鼻歌がマイクを通してガニメデ降下艇内に流れた。室温は零下十八度。四百人の兵士の息で空気が白く曇り、銃の油や嘔吐《おうと》物《ぶつ》や恐怖のにおいが充満している。ここでは永遠に陽はのぼらない。木星の周回軌道上から見る太陽は、ぼんやりした小さい点にすぎない。ぼくは皮肉っぽい笑みを浮かべ、両膝ではさんだライフルを震える両手で握りしめた。ぼくの名はジェイソン・ワンダー四級特技下士官。ラッキーな孤児の一人だ。人類を救えるか、それとも救おうとして命を落とすか、一時間後に運命が決まる。

ぼくたちは二人一組になって、すわっていた。ヘルメットをかぶった兵士たちが、赤い照明のなかで向かい合って二列に並ぶ姿は、まるで地獄でパック詰めにされた卵のようだ。室温は、百六十キロ下の地表で敵が生成した気温に合わせてある。エターナッド電池による防寒野戦服を着ていなければ、とても耐えられない。

ぼくたちが背中を押し当てている〝圧力外殻〟の外は、真空の宇宙空間だ。これが〝艇〟とは笑わせる。アリゾナ砂漠に捨ててあったボーイング七六七の機体に流線型のパラシュートをつけ、母艦から地表へ降下できるよう補強しただけで、この降下艇以外の装備も大半が一九〇〇年代の遺物だ。《アニー》が最新ミュージカルだったころに建造された骨董品を使って、二〇四〇年の戦争に立ち向かわなければならない。

照明が赤いのは、暗視力を保つためだ。木星の衛星ガニメデは、この待機軌道のはるか下にあり、いつも夜だと天文学者たちは言う。

ぼくたちは、それを確かめる最初の人類になるはずだ。だが、数々の困難が待ち受けている。たとえば、不気味な音を立ててきしんでいる外殻が、降下中に破裂するかもしれない。それに、岩だらけのガニメデは、ナメクジ型異星人が生成した大気でおおわれており、大気圏に突入できても、大気との摩擦で艇体が溶ける恐れもある。あるいは、着地時に、衝撃テストで使うダミーのように地表に叩きつけられるかもしれないし、無事に着地したからといって、待ち受ける異星人どもを昔の武器で殺せるとはかぎらない。

どうなるかは、誰にもわからない。生きたナメクジ型異星人を見たことがあるのは、ぼく一人なのだから。

ぼくの相棒の身震いがぼくの肩に伝わってきた。握りしめたイスラム教の数珠《じゅず》がカチカチ鳴り、髪に火がついたかのように激しく頭を振りながら祈っている。そう、このエジプト人娘がぼくの上官だ。あだ名はマンチキン。身長百四十五センチと小柄だが、射撃の腕は一流だ。

ぼくは歯を食いしばった。片手を数珠にかぶせると、音は止まった。この状況で神に助けを求めるなんて、ありえない。それを言うなら、太陽系外から来た擬似頭足類のナメクジどもの行動だって、ありえない。あいつらは木星最大の衛星に基地を造り、そこから地球を爆撃して百万人単位で人々を殺しつづけている。

歩兵の普段の生活は退屈だが、ときおり、とてつもなく恐ろしい経験をする——その繰返しだという。長さ千六百メートルの鋼鉄でできたチューブ型の母艦による六百日間の旅が終わり、ようやく降下艇に移ったと思ったら、早くも、おじけづいている。志願して、ここへ来たくせに……。

ぼくたちはみな志願して来た。ガニメデ派遣軍への入隊を志願した者は大勢いたが、採用されたのは、家族を失った一万人の孤児だけだった。マンチキンは、カイロをねらった異星人の発射物で両親と六人の姉妹を奪われた。母ひとり子ひとりだったぼくは、インディアナポリスへの爆撃で母を亡くした。そんな者たちが採用された。

マスコミは、ぼくたちを〈孤児たちの十字軍〉と呼んだ。

イスラム教徒のマンチキンは〝十字軍〟という言葉を嫌い、〈人類最後の希望〉と呼ぶ。

ぼくたちの小隊付一等軍曹は実戦経験者で、ぼくたちを〝ひよっこ〟扱いし、軍隊そのものがまさに〝孤児院〟だと言っている。たしかに、戦闘中に家族と言えるのは、まわりの見知らぬ兵士たちだけだ。

艇内通話装置がガガッと音を立て、パイロットの声が流れた。

「降下用意……降下！」

誰かがすすり泣いた。

母艦から全部で二十機の降下艇がいっせいに放たれた。風に飛ばされるタンポポの綿毛のようだ。一瞬、赤い照明が消えた。内部電気回路に切り替わったせいらしい。手錠がはずされるように、母艦との連結索が切り離され、降下艇の外殻に触れて耳ざわりな音を立てた。

今から三年前、こうして戦いは始まった。ぼくの十八歳の誕生日の一週間後だった。

2

「判事は、被疑者が手錠のまま入室するのがお嫌いだ」と、廷吏。ここは、デンバー郡デンバー市の少年裁判所だ。廷吏は身をかがめて、ぼくの手錠をはずし、顔を見た。ぼくになぐられた唇が、まだ乾いた血で汚れている。

「もう大丈夫です」と、ぼく。もう人をなぐりたくはないが、〝大丈夫〟というのは嘘だ。

今朝は、審理に備えて、抗うつ剤〈プロザック2〉以外の鎮静剤はすべて取り上げられた。たまたまインディアナポリスへ出かけていた母が爆撃により死んだのは、二週間前。ぼくがクラス担任をぶちのめしたのも、ちょうどそのころだ。警察や福祉センターは、担任をなぐったのは母の死と関係があると考えた。

廷吏はノックして判事室のドアを開け、ぼくを手招きした。なかに入ると、ディッキー・ローズウッド・マーチ判事がいた。ほかには誰もいない。判事は灰色の服を着て、同じ灰色の髪をがっしりした肩まで垂らしている。裁判官の長衣《ローブ》は着ていない。右腕の先がなく、袖口が肘の部分にピンでとめてある。室内は骨董品だらけで、コンピューターでさえ、ディスプレイと一体化した箱型でキーボードつきだ。片手のない人には使いにくいだろう。判事は、ひとつしかない手で書類を支えていた。ぼくの調書だろうか？

マーチ判事が顔を上げると、椅子がきしんだ。

「ミスタ・ワンダー」

「はい、判事様」

「わしをからかっとるのか？」

「は？」

「きみのような子供が、判事様などと言うはずがない」

「ぼくは父に対しても、お父様と言ってました」体内から薬剤の影響が完全に消えていれば、ここでぼくは泣いただろう。父は、ぼくが十歳のときに死んだ。

判事は、ぼくの調書を見た。

「失礼。きみの礼儀は完璧だ。きみの置かれた状況を考えれば、実に立派だ」

「ぼくは、いつから鎮静剤を与えられてたんですか？」

「二週間前からだ。最初の発射物がインディアナポリスに落下したあと。いったい、なぜ、その翌朝に学校へ行った？　気が動転していただろうに」

ぼくは肩をすくめた。

「母に、〝わたしが留守だからって、サボったりしちゃダメよ〟と言われていたからです。〝最初の発射物〟って、どういう意味ですか？」

「ジェイソン、きみが担任の先生に暴力をふるったあとで、戦争が始まった。ニューオーリンズ、フェニックス、カイロ、ジャカルタが、同じ方法で攻撃された。クライスラー・ビルほどもある発射物が落下してきて、破壊された。核爆弾ではない。もっとも最初はみな、インディアナポリスに爆弾が落ちた……アメリカがテロリストに攻撃されていると思った」

「ぼくが先生をなぐったのも、そう言われたからです。先生は、第三世界に対するアメリカの態度を考えれば、インディアナポリスの人々は死んで当然だと言いました。だから、なぐったんです」

判事はフンと鼻を鳴らした。

「そんなことを言われたら、わしだって、なぐったに違いない。発射物は宇宙から来た。木星からだ。これからも、もっと落ちてくるだろう」老判事は声を詰《つ》まらせ、頭を振った。

「二千万人が死亡した」メガネをはずし、涙を拭った。

二千万人？　母のほかに知り合いはいないが、ぼくも涙が出た。

判事の表情がやわらいだ。

「きみの苦しみは大海の一滴にすぎない。だが、それに立ち向かうのがきみの義務であり、わしの仕事でもある」と、判事。手放したら命がなくなるかのように書類をつかんだまま、ため息をついた。「きみは成人として、暴力事件の責任を負える年齢だ。しかし、情状酌量の余地はある。きみの家は、わしがきみのことを知る前から住人の立ちのき手続きが進められていて、すでに完了した。貸家が不足しておるからな」

ぼくは愕然とした。

「ぼくの家がなくなったんですか？」

「私物は保管されている。身寄りはいるかね？」

母の大叔母がクリスマス・カードを送ってくれていた。昔ながらの紙のカードで、毎年、最後の言葉は〝かしこ（意味、わかる？）〟だ。去年は老人ホームから送られてきた。ぼくは首を横に振った。

判事は肘にとめた袖を大きな手でつかみ、クマのような姿勢でぼくをにらんだ。

「どうして、わしが片腕をなくしたか、知っているか？」

全身が緊張した。礼儀正しい若者に食ってかかる気だろうか？　いや、判事も、ぼくが答えを知ってるとは思ってない。ぼくは力を抜いた。

「いいえ」

「第二次アフガン紛争のせいだ。軍は怒りをどこへ向ければいいか決めてくれるし、規律正しい生活をするのはいいことだ。裁判所は、広範な裁量を認められている。今は戦時だ。入隊を考えたことはあるか？」

判事は椅子の背にもたれ、指で文鎮《ぶんちん》をなでた。何かの弾丸のようだ。恐竜の歯かもしれない。軍――とくに陸軍は、もう何年も配管工みたいな扱いを受けてきた。誰かがするべき汚れ仕事を、人目につかないところで片づける。もっとも、その見かたを非難することはできない。テロの時代は終わり、アメリカ支配下の平和《パクス・アメリカヌム》に変わった。誰もが新型のホログラム受信機を買いたがり、安い航空料金で旅行したがり、一人になりたがる。銃とバターの勝負では、バターが勝った。たいていの人が、軍隊なんて自分には関係ないと思ってる。

「どう思うかね、ジェイソン？」と、判事。

即答はできない。人工臓器が発達し、手足を失っても精巧な人工物で補える。マーチ判事が片腕を治さないのは、新兵募集の広告塔のつもりか？ それとも、入隊するなという警告か？

「刑務所には行きたくありません」

「入隊したいという意思表示だな。ジェイソン、それで、きみの暴力事件が片づいたと思うか？」

「わかりません。でも、もう人をなぐる気はしません」〈プロザック2〉と、ほかに何か打たれた薬のおかげで、ぼくはいい気分になっていた。でなければ、判事の言葉で呆然《ぼうぜん》としていただけだ。

判事はうなずいた。

「調書によれば、きみは今まで問題を起こしたことがない。本当かね？」

つまり、武器を持って強盗に入ったりしたことはないという意味だろう。友達のメッツガーと二人で、カフェテリアのプディングを台なしにしたなんてレベルの話じゃないはずだ。

ぼくはうなずいた。

「ジェイソン、わしはこの件を却下するつもりだ。きみは養育が必要な年齢ではないが、実際より前の日付で書類を作成し、こっそり里親を手配しよう。住む家もできる」

ぼくは肩をすくめ、判事は書類にペンを走らせた。

判事がブザーを鳴らすと、廷吏が入ってきて、ぼくを室外へ出そうとした。ぼくがドアに近づいたとき、判事が大声で言った。

「がんばれよ。身体を大事にな、ジェイソン。ここへ二度と来るなよ」

だが、三週間後にマーチ判事は、ぼくと再会した。ぼくだって会いたかったわけじゃない。今度は、執務室には出頭しなかった。

「判事が入廷します。全員起立！」

黒衣のマーチ判事は颯爽《さっそう》と法廷に入ってくると、ふたつのアメリカ国旗のあいだにすわり、メガネのレンズの上からぼくをにらみつけた。

ぼくは窓の外を見た。葉の落ちた木立がある。何週間か前には、昼間の空は夜空に比べて青みが強かった。今では、発射物の衝撃で噴き上げられた塵《ちり》が成層圏に達し、昼も夜も同じように灰色だ。今後は何年も雨が降らず、作物が実らないかもしれないという。人々はブロッコリーを買いだめしていた。

人類は正体不明の相手と戦争している。敵はぼくたちを殺したがっているが、理由がわからない。それなのに、ぼくたちは世界の終末を先延ばしすることしかできず、あいかわらずくだらない儀式にこだわっている。

「きみは里親の家の窓をバットで壊し、逮捕しにきた警官をなぐったそうだな？」

「何もかも気に入らなかったんです」

判事はグルリと目を天井に向けた。

「キャニオン・シティの独房もきっと気に入らんぞ、ミスタ・ワンダー」

ミスタ・ワンダー？　この前はジェイソンと呼んでくれたのに？

ぼくはゴクリと唾を飲んだ。

背後で法廷のドアがカチャリと音を立てた。誰が入ってきたのだろう？　ぼくは振り返った。パリッと糊のきいた緑の軍服姿の男が、新兵募集のパンフレットを抱え、直立不動で通路に立っていた。頭とひげはツルツルに剃《そ》りあげられ、その剃り跡が青く見える。

マーチ判事が席から男を見おろした。

「自分で選びたまえ、ミスタ・ワンダー」

3

マーチ判事は五分かけて、ぼくに言い聞かせた――自分で選んでおいて、あとで軍をやめたら、ただじゃおかんから、そう思え。

ぼくは消毒薬のにおいに満ちた廊下に出ると、新兵募集担当軍曹と並んでベンチにすわった。へどを洗い落としたピンクの大理石の壁に、手錠をかけられたコカイン中毒者のすすり泣きが反響している。その声に負けないよう、軍曹は大声で言った。

「ここと、ここと、ここにサインしなさい、ジェイソン。それから、きみの希望職種について話し合おう」

希望職種だと？　へっ。とにかく、ごろつきやろくでなしどもと一緒に刑務所に閉じこめられるのだけは、ごめんだ。ぼくはペンを取ってサインし、軍曹の胸を見た。いろいろなリボンや銀色の空挺記章。とてもかっこよく見えた。

ぼくは軍曹の記章をペンで示した。薄青い横長のプレートのまんなかに昔のマスケット銃が描いてある。

「それ、なんですか？」

「ただひとつ、意味のあるものだ。戦闘歩兵記章。戦闘に参加した証拠だ」

「歩兵にならないと、もらえないんですか？」

軍曹は首を振った。

「戦闘に参加しないと、もらえない。戦闘に参加するには、歩兵になるのがいちばんだ」

「歩兵って、行軍したりするんでしょう？」

「行軍は誰でもやるが、歩兵の行軍にはちゃんと意味がある。歩兵は〈戦闘の女王〉と言われている。わたしも歩兵だ」

肩布の下にベレー帽をねじこんだ姿が、いかにもかっこよく見えた。軍に〝セックス・アンド・ロックンロール〟という部署がない以上、ぼくにとっては緑色の軍服が着られるだけでいい。それに、ぼくはコロラド州一のハイキング好きだ。ぼくは書類の〝歩兵〟の部分にチェックを入れ、軍曹から〈戦闘の女王〉の話を聞いた。やがて軍曹は、ぼくが記入した黄色い書類をたたんで足早に立ち去った。

初年兵の訓練基地に出頭しろという命令が届くまで、一カ月はのらくらできる。ぼくの里親になってくれたのはライアン夫妻だ。ミスタ・ライアンは何時間も庭の木々を見て過ごす。二十世紀末に植えた木だそうで、ミスタ・ライアンと同じように老いぼれ、今にも折れそうだ。塵《ちり》で空が曇ってから、葉はすっかり落ちてしまっている。

ミセス・ライアンは、日曜の朝には必ずきちんとハイヒールをはいて教会へ行き、ミスタ・ライアンはリビングで背を丸めて昔のゲームに熱中する。二人とも、ごく普通の人に見えた。

ミセス・ライアンがキッチン・テーブルの向こうから、二十世紀末ふうのボウルを差し出した。たぶん、石油から作ったプラスチック製だ。

「もっと豆を食べたら、ジェイソン？　新鮮な豆は、これが最後よ。明日からは冷凍しかなくなるわよ」眉をひそめた。「冷凍の豆がなくなったあとは、どうなるかわからないわ」

ぼくが首を振ると、ミセス・ライアンはミスタ・ライアンに豆を突き出した。

ミスタ・ライアンはうなって、そのままテレビを見つづけた。そう、テレビだ。大気中に塵が充満したため、ホログラム信号は受信できなくなった。でも、ケーブルテレビ時代の有線は当時のまま埋設されているから、ブラウン管テレビがあればニュースが見られる。ライアン夫妻が持っていたテレビは、それこそ博物館ものの骨董品だった。

テレビはホログラム受信機みたいなものだが、平らな画面に映像が出る。慣れれば気にならない。

画面で、ニュース・キャスターが博士にたずねた。

「ガニメデですか？」

博士は、二人のあいだのデスクの上に浮かぶホロ映像をポインターで示した。ゆっくり回転する岩のかたまりだ。

「木星最大の衛星です。地球の月より大きく、重力は地球より小さい。太陽系内で、地球以外にただひとつ、液体の水がある天体です。もちろん、ガニメデの水は地中に……厚い地層の下にあります。これは、探査機ガリレオが三十七年前、つまり西暦二〇〇〇年に撮影した映像です。ガニメデの輪郭がくっきり見えますね。このときは、まわりに散乱光は見えませんでした。ガニメデには大気がなく、遊離したオゾンと酸素がわずかにただよう程度だったからです」博士は椅子ごとクルリと向きを変え、よく似たもうひとつの映像を示した。こちらは輪郭がぼやけている。「一週間前の望遠鏡映像です。ほら！　大気があります！」

「どういうことですか、博士？」

「異星人はガニメデに前進基地を造りました。大気を生成し、ガニメデ全体をおおったのです」

「つまり？」キャスターは眉をひそめた。

「異星人がほしいのは、水と大気のある惑星です。だから、地球を爆撃するにも核弾頭を使わず、ただ落下するだけの発射物を送りこんでくる。いずれは地球人が死に絶えるくらい大きな物体ですが、大気汚染を起こすほど大きくはなく、〝核の冬〟のような人為的氷河期を招く恐れもありません」

「異星人は、回復できないほど損傷した惑星はほしくないということですか？」

博士はうなずいた。

ミスタ・ライアンはフォークを振った。

「なら、海兵隊をガニメデへ送れ！　完膚なきまでに、たたき壊してしまえ！」

庭の木々が葉を落として、ミスタ・ライアンは気が立っている。だが、人類にはネズミ一四ですら木星へ送ることはできない。一九七〇年代以降、人間をもっとも身近な月へすら送るハードウェアも意思もなくなっていたのだから。惑星全体に空調を備えつけるほど強力な種族を攻撃するなんて、とても考えられない。

「あなた、そんなことをしたら事態が悪化するだけよ」と、ミセス・ライアン。豆を一粒ずつつまんでは、真珠のように大事そうにタッパーウェアに移している。

ミスタ・ライアンは生まれてからずっとそうしてきたかのように、あごを引きしめた。

キャスターが正面を向いて言った。

「いつ、もとに戻れるかわからない。軍は戦う準備ができていない。真珠湾攻撃を受けたときより情けない状況ではありませんか？」

ミスタ・ライアンはテレビのスイッチを切った。

「新聞を読む」

最近、また紙の新聞が発行されるようになった。すでに枯れ果てようとしている木々を伐採しても、〈緑を守る会〉も抗議しなかった。

ミスタ・ライアンがぼくに向きなおった。

「おまえが選んだのは、どの部署だ？」

「〈戦闘の女王〉です」口に出すと、かっこよく聞こえる。

「なんてこった！　まさか歩兵のことじゃないだろうな？」

そのまさかだよ。

「軍曹にすすめられたんです」

「わしは販売部にいた。最初は、イヤというほど腕立て伏せをやらされるぞ。それに、この戦争に勝つとしたら、決定的な役目を果たすのはロケット乗りだろう」

正直、それはぼくも考えた。すでに国際連合宇宙軍が編制され、動きだしている。だが、メッツガーくらい数学が得意じゃないと、宇宙軍には入れない。ぼくの場合、ずば抜けてよかったのは、言語学の試験だけで、あとの科目はどれも振るわず、毎週、呼び出されて注意を受けた。低学年のころは、微積分のための準備コースでCマイナスをとり、コンピューター修理屋のようなずるい方法でなんとか点数を稼いだ。だから、三年になるとメッツガーとは別のクラスになった。

ミスタ・ライアンは頭を振った。

「歩兵か。一カ月のあいだに身体を作っておいたほうがいいぞ」

一カ月間、ぼくは母を忘れるために〈プロザック2〉を飲み、偽の身分証で酒を飲んで契約金を使い果たし、眠り、エロ・サイトをのぞいた。ほかの時間はだらだら過ごした。

出頭の前日、旅行許可証を受け取るために新兵募集事務所へ行った。宇宙軍士官候補生の制服を着た男が出てきた。カーキ色のジャンプスーツに長いブーツ、紺《こん》のスカーフという姿で、薄暗がりでも、かっこよく見えた。

「ジェイソン・ワンダーじゃないか!」と、男。メッツガーだ。顔を紅潮させている。「話は聞いたよ。サインしたそうだな……あのあとで……」

メッツガーはぼくの親友みたいなものだが、ぼくが担任をなぐって停学になってから会っていなかった。

「遠慮しなくていいよ」ぼくは肩をすくめた。メッツガーが言葉に詰まるのも無理はない。ぼくと違って、メッツガーは両親とも生きている。でも、それはメッツガーのせいじゃない。立場が逆なら、ぼくだってメッツガーに連絡するかどうか疑問だ。母なら〝若い男の子の友情なんて、かんじんなときに役に立たないものよ〟と言ってから、〝今のは忘れて〟と付け加えただろう。「じゃ、きみも学校をやめたんだな！　高校を卒業しないで入隊できるのは、裁判所命令を受けた問題児だけかと思ってた」

「成績がよくて、親が同意すれば、高校を卒業してなくても、予備役士官訓練課程に進めるんだ。卒業したら……」メッツガーは両手を合わせ、空に向けてグイと上げた。

すでに軍は地球からミサイルを撃ち上げている。異星人の発射物を迎撃するためだ。数カ月以内に、迎撃艇――新型スペース・シャトル――が、地球とガニメデのあいだをパトロールしはじめるに違いない。ホロ・ファンタジイの光景が現実になる。メッツガーは何をやらせてもうまい。とくにホロ・ゲームの腕は目を疑うほどすばらしい。ゲームでの反射神経のよさは、迎撃艇パイロットへの第一歩だという。

「きみはどうするんだ、ジェイソン？　ヘリコプターのパイロットになるのか？」ときどきメッツガーが、とても大人に思える。気配りができるからだ。数学の苦手なぼくがロケット乗りになれるはずがない。ロケットの次に人気があるのは武装ヘリだ。

ぼくは、メッツガーの肩についている青いモールを指ではじいた。

「ヘリコプターなんて、腰抜けの仕事だ」

「そうか？　じゃ、何になるんだ？」

そばを二人の女の子が通り過ぎた。ブロンドのほうがメッツガーの全身を見まわし、口もとを手で隠して連れに何かささやいた。メッツガーはニヤッと笑った。

ただでさえ、メッツガーは女の子の目を引く。そのうえ、今じゃロケット乗りの卵だから、まさしく《スター・ウォーズ》のルーク・スカイウォーカー並みの人気者だ。ぼくは目をグルリと上へ向け、目を細めて灰色の太陽を見た。

「歩兵だ」

「歩兵か」メッツガーは目をしばたたいた。「そいつはいい。よかったな」葉を落とした木立に目を向けた。「で、いつ出発だ？」

「明日の朝だ」

「今日まで身体づくりに励んでたんだろう？」

「当然さ」

「今夜はとことん酔っぱらおうぜ」

翌朝、まだ暗いうちに、ぼくは二日酔いのまま、空港のロビーの椅子にだらりとすわり、窓の外の古めかしい輸送機を見つめた。着陸装置が投光照明に照らし出されるその姿は、戦争が始まってからの夜明けのように灰色だ。

プロペラ機なんて、博物館でしか見たことがなかった。だが、ジェット・エンジンは発射物の衝撃で舞い上がった塵を吸いこんで動かなくなる。ジャンボ・ジェット機の墜落事故が二度あって、民間ジェット機は飛行をやめ、ただのジュラルミンのかたまりになった。いまや空港は軍専用だ。

プロペラ機も塵の影響は受けるが、フィルターで緩和できるので、お蔵入りしていた昔の飛行機でも動ける。四つのエンジン・ナセルの下に、フィルターの集塵袋が牛の乳房のようにぶらさがっている。

ぼくはズキズキするこめかみをさすった。メッツガーとビールを飲んだあと、車で郊外へ行ってヤギをさらい、学校のカフェテリアに放した。例によって、メッツガーのアイデアだ。いたずらっぽい性格も、戦闘艇のパイロットにはふさわしい。

ぼくは隣の男を見た。体格のいい黒人で、ほかの志願兵たちと同じように、出発ロビーの椅子にぐったりと腰かけている。こいつも二日酔いらしい。

「あのおんぼろ飛行機が本当に飛べるのかな？」

男は顔をしかめた。

「おんぼろ飛行機？　C＝130ハーキュリーズがか？　活躍してたころは最高の輸送機だったんだぞ！」男はさまざまな記号と数字の組み合わせを挙げながら、とうとうと熱く語った。この手の新兵は、本当に入隊したくて志願したんだろう。正気を保っているのは、ぼくだけだ。

「ケツを上げろ、ひよっこども！」飛行機から出てきた伍長がどなった。新兵より、もっと頭がどうかしてる。ぼくたち五十人は立ち上がって伸びをし、ブツブツつぶやいたり、くだらないおしゃべりをしたりしはじめた。ぞろぞろ動きまわって戦争に勝てるなら、ぼくたちは最高の戦士だ。

ぼくたちは飛行機に乗せられ、飛び立った。ハーキュリーズの唯一のとりえは――墜落しないことを別にすれば――飛行中に、砂利道を転がるドラム缶のように大きな音を立てることだ。おかげで、悲嘆にくれるぼくはイカレた新兵たちの声にわずらわされずにすんだ。飛行機は二度、集塵袋を取り替えるために着陸し、最後に――滑走路を延々と走ってから――飛び立ったのは、地方時間で正午ごろだった。どこの地方かは、どうでもいい。

「ケツを上げろ、ひよっこども！　ペンシルベニア州インディアンタウン・ギャップに着いたぞ！」

よかった、文化的な場所だ。グリーンランドとかジャングルとかじゃない。

飛行機の後部が開いて地面までタラップがおりると、冷たい風が勢いよく吹きこんできた。新兵たちがタラップを降り、舗装にひびが入って雑草だらけになった滑走路に、四列に並んだ。ぼくは寒くて歯の根も合わなくなっていた。目玉が飛び出そうになるほど、あごがガクガク震えている。ペンシルベニア州のどこが文化的なんだよ。

「小隊！　気をつけ！」

ホロ復刻版の戦争映画はたくさん見たから、〝気をつけ〟とは直立不動の姿勢をとることだとわかっていた。くだらない習慣だ。母親に背丈を測られるときも、こんなふうに背筋をピンと伸ばして立ち、鉛筆で柱に印をつけてもらう。

吹きつける風に、枯れ葉が雪の上を転がり、最後のハーキュリーズの排気ガスが流されてゆく。誰かが咳《せき》をした。

ぼくは、まっすぐ前を見た。インディアンタウン・ギャップは雪がまだらに積もった丘陵地で、葉を落とした広葉樹の森におおわれ、灰色に見えた。マツの木のにおいに慣れたコロラド州の人間にとっては、めずらしい風景だ。

ぼくは、空港で話した大柄な黒人訓練生に言った。

「ハワイ軍に入ったほうがよかったな」

黒人訓練生は笑い声を上げた。

ぼくにしては下手なジョークだ。以前、チアリーダーの女の子とランチ中のメッツガーを笑わせて、鼻からミルクを吹き出させたことがあるくらいだから。

「訓練生、おまえの名前は？」背後で大声がして、ぼくの首筋の毛が逆立った。

「ぼくですか、サー？」

「サーだと？〝サー〟と呼ばれるのは士官だけだ！」声のぬしがぼくの前へまわり、かぶっているつば広の茶色い帽子が、ぼくの額《ひたい》にぶつかりそうなほど近づいてきた。顔は日焼けし、かなりの年齢で、耳の上にまばらに生えている髪は灰色だ。目も同じ色で、インディアンタウン・ギャップの風より冷たい。

「おれはオード訓練担当先任軍曹だ。オード軍曹と呼べ！　名前は？」口から飛び出た唾がたちまち凍って氷の粒になり、ぼくのあごに当たってファウル・チップのように撥《は》ね返った。

「ジ……ジェイソン・ワンダーであります、オード軍曹！」

「ワンダー訓練生」軍曹は呼びかけて、いったん口を閉じ、風のなかでも全員に聞こえるよう、声を張り上げた。新しいグループが着くたびに、同じ言葉を繰り返しているに違いない。誰か、ぼくみたいにドジなやつが餌食になる。そう思ったとたん、どうやら、ぼくは目をグルリとまわしたようだ。「気をつけの姿勢をとったときに許されるのは、まばたきすること、唾を飲むこと、息をすることだけだ。冗談を言ったり、目玉をグルッとまわしたり、マカレナを踊ったりするのは禁止だ！」

何を踊るって？　ぼくは冷たい風のなかで、調子の悪いポンティアックのようにブルブル震えた。

軍曹はぼくに背を向け、背後で手を組んだ。

「ワンダー、おまえが正しい〝気をつけ〟の姿勢をとりしだい、小隊は、そよ風の吹く野外から屋内へ移る」

滑走路の上で凍《こご》える訓練生たちの憎悪の視線を感じた。こんなのはフェアじゃない。なかなか震えが止まらない。震えるのはしかたないじゃないか。ぼくが何をしたっていうんだ？　ああ、冗談を言わなきゃよかったのか。

スキー用のフリース・ジャケットを着ていても、凍えそうだ。オード軍曹は緑色の軍服しか着ていない。糊のきいた木綿のシャツにズボン。ゆったりしたズボンの裾をピカピカの編み上げブーツのなかにたくしこんである。それと、やけにつばの大きい帽子。この姿で、プールサイドの監視員みたいに行ったり来たりしている。

三分もすると、寒さで感覚が麻痺して、震えが止まった。でも、ぼくには、その三分が三十分にも感じられた。

オード軍曹が両手を背後で組んだまま、ぼくたちに向きなおり、身体をゆすった。

「よろしい。おれが〝解散〟と言ったら、おまえたちは装備をかつぎ、顔を上げて、とっと補給小屋へ行け」と、軍曹。はるかかなたに見える白塗りの小屋を指さした。五百メートルほど向こうだろうが、隣の郡くらい遠く見える。

誰かがすすり泣いた。

「あそこへ行けば、温かい食事にありつけるぞ」と、軍曹。「裏地つきのフィールド・ジャケットを含む軍服が支給される。フィールド・ジャケットは、寒さから身を守ってくれる最高の衣服だ」

「クソ、早く行こうや！」誰かがささやいた。

オード軍曹には聞こえなかったらしい。

「おまえたちに服や食事を提供するために、わが国の血税から少なからぬ金額が割り当てられている。納税者を守るのが、おまえたちの特権だ」

風がうなりを上げた。

「ムスコが凍りついちまった。でなきゃ、小便を漏らしてるはずだ」誰かが、歯を食いしばったまま泣き声で言った。本当に漏らしたら、みんな、湯気で手を温めようと群がるだろう。

オード軍曹は、小声での私語をすべて無視した。しぶしぶ入隊した孤児をしめあげる軍曹に、血税から給料が支払われている——納税者が知ったら、怒り狂うかもしれない。

「解散！」と、軍曹。

〝とっとと〟という言葉は、軍では〝殺到〟を表わすらしい。次に何が起こるかわかってたら、ぼくは反対側へ走っていただろう。

4

ぼくたちはオマハ・ビーチ（第二次世界大戦中の、連合国がドイツ支配下の西欧へ侵攻したノルマンディー上陸作戦において、上陸するフランスの海岸の一部を示す暗号名）を制するかのような勢いで、寒い野外から補給小屋へなだれこんだ。広い納屋を、腰の高さのカウンターで長くふたつに仕切った建物だ。カウンターの向こうを、緑色の野戦服姿の男たちがうつろな目をしてうろつき、その奥には衣類や装備の重さでたわんだ棚が並んでいる。

ぼくたちは列を作って一人ずつ、あごまで届くほど積み上げられた衣類を受け取った。おばあちゃんのクローゼットみたいなにおいがする。

空港から一緒だった航空機ファンの黒人訓練生に言った。

「これ、中古品だぞ！」

「前の戦争が終わってから、使ってない」と、黒人訓練生。

「第二次アフガン紛争か？」

「第二次世界大戦さ」

ぼくは笑い声を上げた。

「本当だぞ」黒人訓練生は自分の受け取った服や装備をドサッと木製のテーブルに置くと、

白塗りの壁を親指で示した。「陸軍は兵が増えすぎてる。この前、インディアンタウン・ギャップに部隊を置いたのは、ベトナム戦争のときだった」

カウンターの向こうにいる退屈そうな補給係が、新しいフィールド・ジャケットのビニール袋を破ると、カウンターの上に防虫剤が転がり出た。

ぼくは黒人訓練生に向かって片手を差し出した。

「ぼくはジェイソン・ワンダー」

「ドルーワン・パーカーだ」大きな手でぼくの手を包みこんだ。

「きみは、なぜ、そんなに詳しいんだ、パーカー？」

「前から入隊したかったんだ。伯父が将官で、高級副官部にいる」

そんなえらいやつが歩兵を選んだのか！ぼくの選択は正しかったんだ。

「伯父から、地獄の訓練をちゃんと受けたら、高級副官部へ転属させてやると言われた。だから、まず歩兵から始めるんだ」

一瞬、ぼくは落ちこんだが、すぐに元気を取り戻した。

「転属できるのか？」

パーカーは首を振った。

「戦時中はコネがなきゃ無理だ。ここの兵士のほとんどは、死ぬまで歩兵だな」

「実際に戦うのは宇宙軍だろう。月の近くでの戦いは終わったぞ」

「そこは問題じゃない。経済がダメになってる。失業率は今世紀最高だ。陸軍は、貧民が食いつなぐための就職先と化した。ここみたいな古い駐屯地を復活させ、おれたちを訓練するために、古い装備を引きずり出してる」

「なんのために訓練するんだろう？」

パーカーは肩をすくめた。

「仕事はいろいろあるさ——爆撃跡のクレーターの掃除。これから爆撃されそうな町の人たちの避難誘導。食料がなくなったあとの暴動の鎮圧。きみはニュースを見てないのか？」

パーカーはいいやつだし、頭も切れそうだ。ぼくにニュースをわかりやすく解説してくれないかな。

小屋の端にある車一台分の幅の引き戸が開き、冷たい外気が入ってきた。横なぐりの雪が吹きつけてくる。キャンバスをかけたトラックがバックして近づき、開いた戸口をふさいだ。トラックの貨物ベイの入口に、白い作業服を着た男が腰に両手を当てて立っている。まだ軍はディーゼル燃料の使用を許されている。

信じがたいことに、前世紀末には、内燃機関を持つ車がバッファローの群れのように道路を突っ走り、空気を汚染していたという。今また汚染源が現われた。

ぼくは咳《せき》をした。

「こりゃ、ひどいな！」

「いや、むしろ、ありがたい」と、パーカー。立ち上がり、ぼくをトラックまで引っ張っていった。「このトラックは食料を運んできたんだ」

パーカーがすばやく動いてくれたおかげで、ぼくたち二人は、食事を受け取る列の四番目に入れた。こいつとは仲よくしておこう。

白服の食料係が、二十センチ×十三センチほどの厚紙の箱を次々とぼくたちに手渡しはじめた。ぼくたち二人は受け取ると、もとのテーブルに戻った。

「ボツリヌス菌入りの箱だぞ！」パーカーがささやいた。

「え？」

パーカーが箱を引き裂くと、緑色の缶詰めと茶色のレトルトパウチがいくつか、テーブルの上に落ちた。

「C号携行食だ。缶詰めのひとつがメイン料理で、ほかにデザートやなんかがついてる。ベトナム戦争時代から倉庫に保管されてたに違いない！　陸軍は何ひとつ廃棄しないからな」

パーカーは肩をすくめ、缶の表示を読んだ。

「メイン料理は、まあまあかな。これだ――〈肉汁つきビーフ〉」

ぼくは自分の箱を傾け、なかをのぞいた。缶には〈ハムとリマ豆〉と書いてある。

「〈ハムとリマ豆〉ってのもある」と、パーカー。「へどをリサイクルしたようなもんだ」

「箱を交換しようか、パーカー？」

パーカーは、想像以上に頭のいいやつだった。十五分後、ぼくはリマ豆のにおいがするゲップをしながら列に並び、自分のバッグを足で少しずつ押して前へ進んでいた。列の先頭では、検査役のオード訓練担当軍曹がテーブルに向かってすわり、ぼくたちは一人ずつ持ち物を軍曹の前に出した。

ぼくがバッグをテーブルに置くと、オード軍曹は顔も上げずに言った。

「身体はあったまったか、ワンダー?」

「はい、軍曹」

軍曹はぼくの携帯コンピューター《チップマン》を取り、ぼくの名前が書いてある大きな緑色のポリ袋に入れた。

「これは初年兵訓練が終わったら返す」

「じゃ、メールを送るときは、どうしたらいいんですか?」

軍曹はパッと顔を上げた。

「……軍曹」ぼくが付け加えると、軍曹はうなずいた。なるほど。何か言うときは、ちょっとへつらったほうがいいらしい。

「ワンダー訓練生、もう通信衛星は機能していない。それに、ここには陸上線の中継装置はひとつもない。こんな機械を持っていても、保存しておいたエロ画面やホロ・ゲームの再生以外には役にも立たん。どうせ忙しくなるから、どっちも楽しむ暇はない」

軍曹はそばの箱に手を突っこみ、さえない緑色のメール器《チップボード》を取り出した。

「代わりに、これを使え」

「ひどい代用品ですね。陸軍では、こんながらくたが余ってるんですか? 〈ワールドボウル〉でデンバー・ブロンコスが優勝する前から、誰も使ってませんよ」

「訓練生、陸軍は、おまえたちが家へ手紙を出すことを奨励している」

ぼくは胸が詰まる思いがした。この野郎、ぼくには手紙を出す家なんかないことを知ってるくせに。

軍曹はぼくの洗面道具を探って、シェービング・クリームのスプレー缶を取り、ポリ袋に放りこんだ。

「ひげは毎日そるだろうが、これはいらん」と、軍曹。代わりに、古めかしいキャップつきのチューブをぼくのバッグに入れた。

ぼくは孤児だ。戦争で母を失った。家を失った。それなのに、この戦争好きのガキ大将は、ぼくのシェービング・クリームを取り上げるしか能がないのか？

心のなかで不満が膨れ上がり、抑えきれなくなった。ぼくは、背後で鼻をすすったり、うろうろ歩きまわったり、しゃくりあげたりしている連中全員に聞こえるよう、声を張り上げた。

「訓練担当軍曹、失礼ですが、こんなつまらない嫌がらせをなさるより、ぼくたちに自分の命を救う方法を教えてくださるべきではないかと思います」

あたりは死体安置所のように静まり返った。

「ああ」誰かがつぶやいた。

オード軍曹はぼくを見つめ、ほんの少し眉をひそめた。

「もっともな意見だ、ワンダー訓練生。提案のしかたも、軍の礼儀にかなっている」

軍曹は立ち上がって両手を腰に当て、集まった訓練生たちに話しかけた。

「おまえたちが訓練する武器コントロールや車両その他のシステムの多くは、信頼できる音声認識技術が登場する前に設計されたものだ。チップボードを練習しておけば、現代の若者に欠けているキータッチや手書きの技術が上がる。それで、自分の命や仲間の命を救えるかもしれんぞ」

軍曹は、シェービング・クリームのスプレー缶を高く上げた。

「この部隊は、連絡が来たら、すぐ飛行機で世界のどこかへ移動させられるかもしれない。その飛行機は、あらかじめ減圧されているかもしれないし、途中で急に減圧するかもしれない。すると、スプレー缶の圧縮エアロゾルが爆発し、少なくとも、おまえたちの荷物が破壊される。最悪の場合は、飛行機が墜落する。みな、つねにきれいにひげを剃《そ》っておけ。頬ひげがあると、ガス・マスクが顔に密着しないからな。ほかに提案は?」

ぼくは内心ニヤついた。〝軍の礼儀にかなっている〟とは、〝小生意気だが、問題は起こさない〟という意味だ。

「ワンダー訓練生、おまえは自分の小隊にいちばん必要なものを、上官たちよりもよく知っているつもりのようだな。だから、あんな提案をしたんだろう?」

ヤバい。

「いいえ、軍曹」

「寒いか?」

この質問に対する正しい答えはあるのか？

「少し冷えてきました、軍曹」

オード軍曹は今にもニヤリと笑いそうな顔でうなずいた。

「では、全員、ウォーミング・アップをしよう。小隊！　床に伏せろ。腕立て伏せを五十回だ」

五十人の腹が床を打ち、さまざまなうめき声が上がった。ぼくが寒いと言わなかったら、軍曹は〝それはよかった。運動には最適の気温だ〟と言っただろう。どっちにしても、腕立て伏せをさせられる。この軍曹は油断できないやつかもしれない。

「いや、ワンダー、おまえはいい。おまえはリーダーだ。立って、大声で数をかぞえろ」

なるほど、油断のならない野郎だ。ぼくは立ち上がった。

「一！」

誰かが「ゲス野郎！」とささやいた。軍曹のことじゃない。

五十回の腕立て伏せが終わったとき、ぼくは、ただただ軍曹から遠く離れたどこかの穴に、もぐりこみたかった。だが、そんな幸運は訪れなかった。軍曹は、ぼくの薬瓶を取って両眉を上げた。

「ただの〈プロザック2〉です、軍曹」

薬瓶も、緑色のポリ袋に入れられた。いったい、なんのつもりだ？　ぼくはプロザック中毒じゃない。フットボールでブロンコスが負けたりすれば二、三錠のむが、そのくらい誰だってするだろう。何年も前から、医者の処方箋がなくても買えた。〈プロザック2〉は、前のプロザックよりずっと強力だという。ぼくは母が死んでから、少し使いすぎたかもしれない。別に、ぼくだけじゃないはずだ。

また軍曹が立ち上がった。これで、ぼくは小隊にリンチされるだろう。

「訓練生諸君、あることをしたら、ニューヨーク時間で一分のうちに除隊になるか、営倉にぶちこまれる！　それは薬物濫用だ。不健康な状態で仕事をすると、仲間を殺すことになるかもしれない。おまえたちが戦闘で負傷したとする。医務兵は、すでに薬にむしばまれた身体に効く薬を作る訓練など受けていないし、そんな時間も材料もない。おまえたちは、薬物濫用のせいで命を落とすかもしれない。処方箋がなくても買える抗うつ剤は、コカインその他と同様に危険とみなされる。持っていれば、問答無用で没収される。あとになって、持っていることがわかれば、除隊か営倉行きだ。わかったか？」

「はい、軍曹！」五十人が異口同音に答えた。

一時間のオリエンテーションを受けたあと、ぼくたちは第三小隊の兵舎に転がりこんだ。ただの細長い白塗りの部屋で、明かりは上下に開閉する窓から入ってくるだけだ。正規の戦闘歩兵中隊は四個小隊からなり、各小隊は五十人ずつだ。訓練中隊も同じだが、各小隊に正規の士官はいない。各小隊兵舎の端で寝起きする訓練担当軍曹が、全員をいたぶる。第三小隊の訓練担当軍曹はブロックという男だそうだ。パーカーの話では、訓練担当軍曹としては温和で、訓練生にはありがたい相手らしい。パーカーは、風邪を引いてもありがたいと思うタイプだろう。ウイルスに活躍の場を与えることになるからだ。

巻いたマットレスを載せた金属製の狭い二段ベッドが、中央通路をはさんで、ずらりと壁ぎわに並んでいる。どのベッドにも壁に金属のロッカーがついていて、ロッカーの奥の壁は白塗りの羽目板——部屋の壁だ。ペンシルベニアの冬からぼくたちを守ってくれるのは、厚さ三センチの板だけだ。

パーカーは、自分の荷物をベッドの上の段に放り上げた。ぼくは下の段に投げた。

「下でなくていいのか？」

ぼくがたずねると、パーカーはうなずいた。

「上の段には寝たことがない」ニヤッと笑った。「これは仕事じゃない。冒険だ」吐く息が渦《うず》を巻き、綿《わた》のように白く頬を隠した。

ぼくはフィールド・ジャケットを脱ぎ、震え上がった。五十人の体温くらいじゃ、この部屋はすぐには暖まらないだろう。ジャケットは鉛のように重かったが、軍曹が言ったとおり温かいし、風も通さない。しゃくにさわるのは、いつもオード軍曹が正しいことだ。だが、あの男は中隊全体の先任軍曹だから、そうたびたびは顔を合わせずにすむだろう。

「訓練生諸君！」

オード軍曹の声で、全員の話し声と動作がピタリと止まった。ブーツの音が中央通路を進んできた。

「手を止めるな。〝気をつけ〟とは言ってない」

ふたたび荷ほどきが始まった。軍曹は言葉を続けた。

「残念だが、ブロック訓練担当軍曹は転属になった。陸軍でも指折りの立派な下士官だ。ブロック軍曹の訓練を受けていれば、おまえたちには大きな名誉となっただろう。今期のブロック軍曹の仕事は、おれが引き継いで、訓練担当先任軍曹としての仕事と並行して進める。したがって、この兵舎の端の下士官の部屋には、おれが泊まる。毎日、第三小隊の諸君と密接に知り合えるのが楽しみだ」

やれやれ。

「質問はあるか?」と、軍曹。

誰かがたずねた――ありがたいことに、ぼくじゃない。

「温度調節装置はどこですか、軍曹?」

オード軍曹は通路の端に立ち、背後で手を組んだ。

「この兵舎を温める熱は、石炭式ボイラーで供給されている。おまえたちも知っているだろうが、今世紀は燃料としての石炭は使われていないし、採炭も行なわれていない。おまえたちの何人かが生まれる前に終わった。今はロシアから輸入しているが、長くは続かないだろう」

暖房も、長くは続かなかった。十時の消灯とともにボイラーのスイッチが切れた。

二段ベッドの前で、パーカーはブーツの磨きかたやロッカーの整理のしかた、マットレスの上にシーツをピンと張ってとめる方法を教えてくれた。今日の収穫は、コツを知っている相手とベッドの上下を分け合う仲になったことだ。ぼくがパーカーからいろいろ教えてもらっているあいだ、軍曹に言われたようにチップボードを使って家に手紙を書く者もいた。兵舎のはずれにチップボードを接続できるコンセントがあり、手紙をプリントアウトして封筒に入れ、郵便として運んでもらえる。ぼくたちの雑用が少なすぎるとでも思ったのか、軍曹は〝新しいブーツを足になじませておけ……明日、そのままで歩きまわったら、すぐにブーツが破けるぞ〟などと言った。

ぼくたちはフィールド・ジャケットと股引《ももひき》を身につけたまま、ごわごわの毛布にくるまって二段ベッドに寝た。ウールのソックスを重ねて三足はき、タオルをスカーフのように首に巻いている。

二粒の〈プロザック2〉をポケットに入れたままだったことを思い出した。飲むのも怖いし、見られるのも怖い。結局、今日は一日じゅう〈プロザック2〉を飲まなかった。

上の段がパーカーの重みでたわんでいる。周囲で四十九人もの赤の他人が、いびきをかいたり身体をかいたり屁《へ》をひったりしていた。

母が死んでからはじめて、薬の温かい酔いを感じないまま、母のことを考えた。もういない。週末だけいないとか、映画を観にいっているとかじゃなく、永久に会えない。部屋いっぱいに人がいるのに、ぼくは生まれてはじめて完全に一人ぼっちだ。ぼくはベッドの枠が揺れるほど身体を震わせて、すすり泣いた。

やがて、眠りに落ちた。

「〇四〇〇時だぞ！　整列しろ、訓練生諸君！」

午前四時だって？　そんなはずはない。まだ眠ったばかりだ。頭上の明かりが目の奥まで突き刺さり、ガチャガチャと金属音が響きわたった。中央通路にオード軍曹が立ち、ゴミ入れ用のドラム缶の内側をステッキでかきまぜるように叩いていた。軍服の着かたは完璧で、顔は輝いている。あちこちのベッドから訓練生たちがタイルの床にドサドサと降りはじめた。ぼくも起き上がった。

「ううん！」パーカーが目を覚ました。上の段のたわみが少しずつ端に寄ってゆく。ベッドの上を転がっているらしい。次の瞬間、パーカーが落ちてきた。上の段にいることを忘れてベッドから出たのだろう。パーカーは悲鳴を上げて脚を押さえた。ぼくは目をそらし、吐き気をこらえた。股引でおおわれた脚の膝から下が不自然な方向に曲がっている。

パーカーは、この訓練小隊で最初の負傷者となった。最後の負傷者だったら、人類の歴史は変わっていただろう。

5

オード軍曹は二人の訓練生を向かい合わせ、たがいの両腕を組ませた。それを椅子代わりにしてパーカーがすわり、二人の首に腕をまわすと、二人は青ざめた顔のパーカーをそろそろと診療所へ運びはじめた。パーカーが歯を食いしばり、無言で運ばれてゆくあいだ、残った者たちは外の中隊通りに出て、照明を浴びた凍土の上に直立不動で立ちつづけた。

パーカーを運んだ二人が戻ってくると、軍曹がぼくたちに向かって言った。

「おはよう、第三小隊！」

「おはようございます、軍曹！」四十九人の声が、さも意欲ありげに答えた。

「この駐屯地を見てまわりたいか？」

やれやれ、面倒なことになりそうだ。

「はい、軍曹！」

「通常、トレーニングはスウェットスーツとランニングシューズで行なう。まもなく届く予定だ」

また石炭輸送船でロシアから送られてくるに違いない。

「今回は野戦服で行なう。昨夜、ブーツが足になじむよう柔らかくしておけと言ったはずだ。みな、覚えているだろうな」

ああ、しまった。軍曹はぼくたちの正面に立ち、四列横隊を四列縦隊に変えて前進させ、続いて駆け足をさせた。軍曹は列の横を走りながら、息切れひとつせず、声をかけつづけた。ケガをしたパーカーは、除隊を勧告されるか、脚が治ってから訓練を開始するか、どちらかだという。ぼくには、同じ二段ベッドで寝る仲間がいなくなった。

三百メートル以上も走ると、ぼくは汗をかき、硬いブーツでかかとに靴ずれができた。でも、まもなくランニングは終わるだろう。

駐屯地にある木造の建物群のはずれまで来たときには、汗が目に流れこみ、肩で息をしていた。かかとが痛い。ぼくはチラリと軍曹を見た。軍曹は声をかけながら、ブーツを地面すれすれに動かして進んでいる。もう兵舎に戻りたい。

「射撃場まで足を伸ばしたい者はいるか？」と、軍曹。

ぼくだけでなく全員が息切れしていたのかもしれないし、おじけづいたのかもしれない。誰も答えなかった。

「大変けっこう！　今日は絶好のランニング日和だ！」

さらに駆け足が続いた。

射撃場から引き返すころには、ロサンゼルスの近くまで来たかと思うほど遠い道のりに感じられた。ぼくは一隊から五十メートルほど遅れ、足を引きずってついていった。問題は、長いブーツと重いジャケットだ。サッカーのときは俊足なのに……。たしかに、ミスタ・ライアンやメッツガーに言われたとおり、事前に身体を作っておくべきだったんだろう。

左肩のそばで、死にそうにゼイゼイ言う声が聞こえた。見ると、メガネをかけた男がフィールド・ジャケットからカメみたいに首を突き出し、腕を振りまわして走っている。ぼくはビリじゃなかったようだ。カメ男はメガネを弾ませ、前方の一隊を見て、「ああ、ああ」とすすり泣いた。

ぼくは声を出さなかった。息を無駄にしたくない。カメ男が泣いているのは、靴ずれか疲れのせいだろう。やがて、そいつの視線の方向に気づいた。軍曹が前方の小隊を離れ、ハゲタカのように向かってくる。ぼくも泣きたくなった。

「きついか、訓練生諸君？」と、軍曹。

カメ男は首を振った。

軍曹は微笑した。

「さすがだ、ローレンゼン。ワンダー訓練生は、二段ベッドを分け合う仲間がいない。おまえたち二人が組めば完璧だ」

ぼくに、こんな変なやつを押しつけようってのか！　ぼくはのろまじゃない。体調が万全じゃないだけだ。事情通のパーカーを失ったばかりか、代わりにこんなバカのおもりをしなきゃならないなんて……。

軍曹は走るスピードを上げ、駆け足で進む小隊本隊のまわりをホオジロザメのようにグルグルまわった。

カメ男が、あえぎながら言った。

「軍曹らしい言いかただ。ぼくたちを組ませたいのか。よく知り合えってことだな。ぼくはウォルター・ローレンゼン」よろよろ走りながら片手を差し出そうとした。だが、その手は風になびくティッシュのように震えている。

「ジェイソン・ワンダーだ、ウォルター」ぼくは歯を食いしばり、靴ずれの痛みと友達候補に対する失望に耐えた。

ぼくたちが足を引きずって中隊通りに戻ってくると、朝食前に汗がひくようにと、小隊全体が兵舎の清掃を命じられた。靴ずれのできた足を引きずって食堂まで歩けば、さらに身体が冷える。着くころには、ぼくたちは氷の彫像になっているだろう。食堂の緑色の板ぶき屋根に突き出た煙突から、薄い白煙が渦《うず》を巻いて立ちのぼっている。胸がおどった。煙が出ているということは……。

だが、食事のある暖かい食堂の前には、バスケット・ゴールの高さの雲梯《うんてい》がふたつ並んでいた。列の最初の二人が手袋を脱ぎ、それぞれ雲梯の端にある木の踏み段を登ると、横木にぶらさがってサルのように移動した。向こう端に着くと、二人の訓練生は喝采《かっさい》のなかを入口の階段へ突進し、食事の用意された暖かい建物のなかへ消えた。次の二人があとに続いた。

ウォルターとぼくは踏み段を登り、雲梯にぶらさがった。横木をわたりはじめると、氷のように冷えた鋼鉄で、手のひらが刺されるように痛んだ。ぼくの上半身は強い。半分まで進み、チラリと横の雲梯を見た。緑色のフィールド・ジャケットを着たウォルターが、二本目の横木に片手でぶらさがったまま、動けなくなっている。

「このペアは、おりて列の後ろに戻れ！」

ぼくたちが地面におりると、軍曹は次のペアに雲梯へ向かうよう合図した。列の最後尾にまわり、身体を温めようとピョンピョン跳ねているとき、ウォルターがささやいた。

「ごめん、ジェイソン」

「どうってことないさ」ぼくは、こぶしに息を吹きかけた。

列は建物の端まで続いていた。どこのバカが植えたのか、高さ二メートルほどのかぼそい若木があり、石で四角く仕切ったケチくさい庭のまんなかで春を待っている。空から塵《ちり》しか降ってこない以上、もう春は来ないと、陸軍は思い知るべきだ。

三回、雲梯に挑戦して、三回とも落ちたので、ぼくたちは最後に食堂に入った。横木の二本目までしか行けなかったウォルターは、肉刺《まめ》のできた手のひらをさすった。すでにテーブルについている訓練生が何人か、チラッとこっちを見てクスクス笑った。ぼくたち二人は仲間はずれにされた気がして、縮こまった。

いくつも並んでいるテーブルを見わたすうちに、身体が温まり、血のめぐりがよくなってきた。仕切りのあるプラスチック・トレイにたっぷり載せられたパンケーキ、目玉焼き、ベーコンから湯気が上がっている。ベーコンのいいにおいを嗅ぐと、よだれが出そうになった。

「よかった。ＳＯＳはない」と、ウォルター。

「え?」

「朝からクソまみれの石《シット・オン・ア・シングル》を食わされずにすむ。刻んだ牛肉にクリーム・ソースをかけて、トーストに載せたやつとかな。これはひどいらしい。おじいちゃんが兵士だったけど、いつもその料理のことで文句を言ってた。おじいちゃんは名誉勲章をもらったんだ」

「その料理を食ったからか?」

ウォルターは笑みを浮かべた。

「うまいことを言うな、ジェイソン」

もちろんだ。ぼくは笑みを返し、胸を張った。

続く数日間の訓練は、寒さと汗と疲労が入り混じった汚い印象しか残っていない。教練や儀式みたいなどうでもいいことと、食中毒を起こさないように水を沸騰させる方法などを教わった。少しでも興味が持てたのは、プラスチック爆弾の実演だけだ。怖くて、思わず震え上がった。十歳のとき、アーノルド・ルダウィッツが独立記念日のかんしゃく玉で指先を吹き飛ばすのを見た。それ以来、爆発物は大の苦手だ。初年兵の訓練を修了する前に、本物の手榴弾を投げさせられるという。今から、その日が思いやられる。

だが、ライフルは好きだ。二週間たつと、M=一六を渡された。古い型だが、威力はある。教室の各自の机にM=一六が置かれ、その下に、この銃を構成するさまざまな部品の輪郭を描いた布が敷いてあった。最初に教わるのは、ライフルを分解して、もとどおりに組み立てる方法と、掃除や手入れのしかただ。子犬のように手をかけなければならない。そのあと、ライフルを使った殺しかたを教わる。

　ぼくたち四個小隊の中隊員全員は、自分の椅子と銃を前にして、気をつけの姿勢で立っていた。みんな、見るからに興奮している。男は銃で生き物を殺したがるというが、それは違う。全自動のＭ＝一六で標的を次々と倒すのは、雪の上におしっこで自分の名前を書く行為の延長であり、その最終形だ。

　中隊長のジャコビッチ大尉が、高さ三十センチの演壇に上がった。いつも授業前に奇妙な儀式がある。各小隊が無意味な言葉を繰り返し唱え、自分たちこそが軍隊一すぐれた小隊だと言わんばかりに、野蛮な団結心を見せつけるのだ。ぼくたち第三小隊は「ＷＥＴＳＵ！ＷＥＴＳＵ！」と、わめいた。「おれたちはタフだ《ウィー・イート・ジス・シット・アップ》」の略だ。やがて、静かになった。

「席につけ！」

　金属の椅子の脚が床板をこする音が響き、訓練生たちがすわると、いっそう静かになった。ぼくたちは机に置いた両手を組み、顔を上げた。指先でライフルに触れる者もいる。

「紳士諸君」と、ジャコビッチ大尉。田舎者の十代の訓練生に対する呼びかたにしては、大げさだ。「戦争はうまくいっている」ジャコビッチは唇を引き結んだ。本当は戦況が悪化してるに違いない。でも、誰も、そんなこと気にする暇も気力もない。ぼくたちの生活で勝利とは、一時間だけ余分に眠ることか、熱いシャワーを浴びることだ。

　個人用通信器もテレビもないので、ぼくたちが外界のことを知るには、手紙をもらった者から話を聞くしかなかった。手紙によれば、スペース・シャトルを改造した迎撃艇が、宇宙を飛びながら異星人の発射物をそらしているが、いつも成功するとはかぎらないらしい。メッツガーは迎撃艇のパイロットになったのか？　発射物を迎撃しているのだろうか？　ジャコビッチ大尉が咳払《せきばら》いした。腕組みして遠くから訓練を見ていることがあるが、めったに姿を見せない。ぼくたちより、ほんの少し年上なだけだ。士官学校を卒業生したばかりらしい。大尉の野戦服はオード軍曹の野戦服よりパリッとしていて、しかも、あごひげをツルツルに剃ってある。戦闘歩兵記章はつけていない。訓練担当軍曹のなかで実戦経験者は、オードだけだ。

以前、ジャコビッチはこの教室で、〝捕虜の虐待はジュネーブ条約によって禁じられている〟と講義した。捕虜になりそうな敵は八億キロのかなたにいる。その話のあいだ、ぼくは居眠りをしていた。

「今日から、諸君の訓練は危険で苦しい局面を迎える」と、ジャコビッチ。「この中隊は、射撃場で負傷者を出したことはいちどもない。充分に注意すれば、この記録を保持できる。照明！」照明が暗くなり、ジャコビッチが脇へよけると、かすかな音とともに天井から平面のスクリーンがおりてきた。スクリーン上に、ぼんやりした文字が現われ、やがて映画のタイトルになった。今日の午後の部の上映は、教育大作《小火器の安全装置入門》だ。

睡眠時間は六時間と決まっているが、実質的に四時間しかとれない毎日だ。当然、訓練にも身が入らない。だから、照明が落ちてホロ映像やビデオ映像が流れると、みんな居眠りを決めこむ。訓練担当者たちは、これを知っておくべきだ。おまけに、ロシアの石炭が届いてから、教室のある建物は蒸し風呂のように暑くなった。ぼくの腹におさまった昼食のシチューが景気よく消化されはじめ、まぶたが重くなった。

ぼくたちの軍服はひどく古い型で、襟章をピンでとめてある。眠らないようにするには、眠気を感じたら、すぐにピンをはずして裏返し、あごの近くに寄せて親指で支える。居眠りを始めて頭がガクッと下に垂れると、あごにピンが刺さって目が覚める。ほんの少し血が出るだけだ。バカな小細工だが、訓練担当者に居眠りを見つけられると面倒だから、そうするしかない。

ぼくはピンを手さぐりし、裏返しにしようとした。そうするつもりだった。

ガシャーン！

気がつくと、ぼくはよだれを垂らして、ライフルの部品を描いた布の上に頭を置いていた。M＝一六が床に落ちている。

「訓練生！」パッと照明がつき、ジャコビッチがぼくの前に立った。

ぼくは跳び上がって〝気をつけ〟をした。

「はい、大尉！」

「小火器の安全装置についての講義は退屈か？」

「いいえ、大尉！」

「自分の武器を粗末にしていいと思っているのか？」

「いいえ、大尉！」

「では、拾え！」

ぼくは言われたとおりにした。ちくしょう。ほかのみんなだって、映画のあいだは眠ってるのに。

「オード軍曹！」ジャコビッチが叫んだ。

〝親分〟が現われ、ジャコビッチと並んだ。彫像のように直立不動だ。ジャコビッチはぼくの名札をのぞいて、軍曹にたずねた。

「ワンダー訓練生は第三小隊か？」

「はい、大尉」と、軍曹。

訓練担当軍曹にとって、自分の生徒の一人が中隊長の前でドジを踏むのは、しゃくにさわるだろう。

「第三小隊に武器の正しい扱いかたを確実に覚えさせろ」と、ジャコビッチ。いかにも士官学校出身らしい〝まわれ右〟をすると、ふたたび演壇に上がった。映画が再開されると、ぼくはもう眠らなかった。

その晩、ぼくたちは夕食後にM＝一六を分解し、掃除して、もとどおり組み立てる作業を六回も行なってから、中隊の武器庫にしまった。もちろん、兵舎の掃除やブーツ磨きなど、いつもの雑用もあった。オード軍曹が気前よく消灯時刻を真夜中まで遅らせた結果、ぼくたちは四時間しか眠れなくなった。

消灯後、軍曹は執務室のドアを閉め、姿を消した。同室の四十九人の訓練生は黙ってベッドに横になっていたが、やがて誰かが小声で言った。

「ワンダー、このドジめ！　撃ち殺されるがいい！」

ぼくは反対意見が出るのを待ったが、無駄だった。

四時間後に、ぼくたちは起きて射撃場まで行軍する。各自、実弾をこめたライフルを持って。

6

翌日も、いつものように始まった。

「おれがあ、結婚、したい娘《こ》はあ……」スパロー訓練生が歌った。身長が百九十五センチ。体重は、装備類を背負わなくても八十キロある。子供のころに黒人少年聖歌隊にいたので、オード軍曹から、かけ声をかける係に任命された。

「空挺、レンジャー、歩兵隊！」第三小隊は行軍しながら歌った。朝の灰色の風景のなか、肩からライフルを下げて射撃場へ向かっている。苦労は平等に負担するという名目で、何十年も前から女も戦闘職種についていた。歩兵、機甲部隊、野戦砲兵隊などだが、訓練は男とは別に受ける。スパローの歌は、おとぎ話のように現実離れして聞こえた。現に女は、おとぎ話のような存在だ。

プールサイドでくつろぐメッツガーの姿が目に浮かぶようだ。水泳パンツに花形パイロットの証《あかし》のスカーフ。二人のブロンド女――いや、一人はブロンドで、もう一人はブルネットだ――をはべらせ、銃の引き金を引く人差し指にできた肉刺《まめ》を手当てしてもらってる。宇宙を駆けめぐり、週に何百万人もの命を救うのだから、当然だ。それに引き換え、ぼくがこのインディアンタウン・ギャップでいい思いをするのは、陸軍でアップル・コブラーと呼ばれてる焼き菓子にありついたときくらいだ。

この日は戦争が始まってからにしてはめずらしく、好天と言っていい天気だった。もやがほとんど晴れて明るく、風はなく、気温もマイナス一度くらいだ。だが、やがて空気中に異常が生じはじめた。

もちろん、超過気圧のせいだ。いまや誰もが知っている。異星人の発射物が巨大なため、時速五万キロ近いスピードで大気圏に突入すると、前方の空気が圧縮される。

ウォルターがぼくを振り返った。防弾ヘルメットごしに眉をひそめている。

「今の――」

音が聞こえるより先に物体が見えた。二度と見たくない光景だ。

太陽のようにまばゆい光が空をおおうほど長い尾を引いて、三十メートル上空を流れた。実際は三十キロあまり上だったそうだ。轟音が響き、衝撃波を受けて小隊の全員が地面に倒れた。続いて、目がくらむような閃光が走った。発射物の落下地点までの距離は、州の幅の半分はある。それでも、古いフィルム・カメラのフラッシュ並みに強烈な光に見えた。

マットレスの上にバサッとかけたシーツのように地面が激しく揺れ、ぼくたちは倒れたままバウンドした。息ができなくなり、目から火が出た気がした。

「たまげたな」と、誰かの声。

やがて、ぼくたちの上を爆風が通り、家くらいの高さの裸の木々がセイタカアワダチソウのようにやすやすとなぎ倒された。

しばらくは誰も動かず、ただ地面に横たわって呼吸するだけだった。

最初に立ち上がったのはオード軍曹だ。少しでも動揺した軍曹の姿をはじめて見た。目を大きく見開いている。近くにいたぼくには、軍曹のつぶやきが聞こえた。

「なんてこった！」

軍曹は軍服の土ぼこりを払って帽子をかぶりなおし、大声で言った。

「立て！　第三小隊、点呼をとるぞ！」

全員が立ち上がり、分隊ごとに順に名乗った。誰もケガをしたとは言わない。まだ頭がぼうっとしているうちに、軍曹の命令で行軍を再開した。

みんな、発射物の落ちた西を見つめた。

「あっちは何があったっけ？」誰かが小声でたずねた。

「ピッツバーグだ……だった」

涙がこみあげ、胸が痛くなった。

ぼくは、軍曹が訓練を中止するだろうと思った。なにしろ、大勢の人々が殺されるのを目の当たりにしたばかりだ。全身が凍るほど恐ろしい光景だった。だが、軍曹は、うわのそらで行軍を続けた。射撃場に着くまで、もう誰も歌わなかった。

銃身の短いM＝一六は狙撃兵の使う銃じゃない。弾丸が蛇行しながら飛ぶのは、標的に命中したときの破壊力を高めるためだ。弾丸そのものは小さいため、一人でも大量に運べる。

しかし、銃の特性上、命中率は低い。三百メートル以上の距離から撃つのは、望遠鏡つきの照準も使わずに標的に石をぶつけるようなものだ。だが、インディアンタウン・ギャップの陸軍は賢明かつ石頭で、いちばん遠い標的までの距離を四百六十メートルに設定している。

ウォルターは前線に並ぶたこつぼ壕《ごう》のひとつに胸まで隠れて立ち、M＝一六を発射した。ぼくはそばの地面にすわってウォルターの〝コーチ〟をつとめ、スコアを記録した。射手とコーチが組になって、次々と標的の列に挑戦してゆく。ぼくは、ただよう無煙火薬のにおいを嗅ぎながら、古風な鉛筆で当たりはずれを記録した。

「今のは命中かい、ジェイソン？」

ぼくが知るわけないだろう？　至近距離の標的は撃ちやすいが、塵で視界が悪く、遠くの標的は見えない。ぼくはウォルターのスコア・カードに印をつけた。

「命中だ！」

「わあっ！　満点だ！」

たとえ歩兵が射撃の達人並みのスコアを出せなくても、射手の腕のせいではなく、記録係のミスとみなされる。それが暗黙の了解だ。

やがて、どの組も役割を交代し、今度はぼくがたこつぼ壕に入って標的を撃ちはじめた。近くの標的を制覇し、遠くの標的に照準を合わせた。

ウォルターは目を細めて弾道を見つめた。

「今のは、はずれだと思うよ、ジェイソン」

「嘘つけ」

ウォルターは首を振った。

「もっと本気を出せよ。ぼくみたいに」

ぼくはカッとなった。

「なんだと、ウォルター！　当たりと記録しろよ！」

またしてもウォルターは首を振った。大きすぎるヘルメットのなかで頭だけが左右に動いている。

「ズルはダメだよ」

オード軍曹がぼくたちの後ろを通り過ぎた。ぼくは口を閉じて射撃を続けた。

そのあと、訓練担当軍曹たちが木製の野外テーブルを囲んで、スコアに評価を書き足した。ぼくたちは、軍曹たちの背後に止まっている三台の二・五トン積みトラックを見た。古くさい内燃機関式のトラックで、ディーゼル燃料で動く。重量があるので、電池では動かない。一台には雑多な品物と一人の衛生兵が乗っていた。救急車代わりだ。ぼくたちがいつ実射の練習を始めてもいいように、手の届くところにバンドエイドがたっぷり用意されている。

見ていると、涙が出そうになった。兵士たちの健康に対する陸軍の配慮に感激したわけではない。トラックが三台しかないのが気になった。小隊は四つだ。点数の低かった小隊は全装備をかついで、駐屯地までの十キロ近くを徒歩で帰るしかない。

オード軍曹が立ち上がり、メール器《チップボード》の画面表示を読み上げた。

「一位、第二小隊」

第二小隊が歓声を上げてトラックに乗りこんだ。オード軍曹はその兵士たちを見送り、言葉を続けた。

「第一小隊もパーフェクトを達成している。見事だ！」

全員が満点か？　気分が悪くなった。ひょっとしたら、ほかの軍曹たちは自分の小隊にこっそり採点システムを教えたんじゃないか？　オード軍曹は、ぼくたちに何も教えてくれず、少なくともウォルターは採点のからくりに気づかなかった。ぼくたちはコケにされたんだ。

十五分後、第三小隊は十キロ離れた駐屯地へ向かってとぼとぼ歩いていた。前方を行く最後のトラックが見えなくなり、ぼくたちは第四小隊のトラックが巻き上げた土ぼこりを浴びた。でも、もう、ほかの小隊の連中の野次を聞かされずにすむ。

「よくやったぞ、ワンダー！　中隊で満点を取れなかったのは、おまえ一人だ！」

満点を取れなかった理由を話したら、ウォルターが第三小隊に殺される。ライフルを分解しようとするだけで緊張して手が震えるやつだ。仲間にからかわれたりしたら、ボロボロに落ちこむだろう。しぶといぼくは、すでにみんなに嫌われてる。それでも、かまわない。

だが、こんな扱いは不公平だ。ウォルターと並んで歩きながら、ライフルの負い皮を握りしめる両手が震えた。

「ああ、ジェイソン」と、ウォルター。「言ってくれれば、射撃練習を助けてあげたのに。絶対、ぼくと同じくらいうまく撃てたはずだ」

何が起こったのか、自分でもわからなかった。ひょっとしたら、ピッツバーグへの爆撃を見て動揺してたのかもしれない。大勢の人が死んだというのに、オード軍曹やバカで無神経な陸軍が射撃練習なんかやらせるから、不満が大きくなったのかもしれない。ぼくはウォルターのカメみたいに細い首につかみかかり、絞《し》め上げた。ウォルターのヘルメットが落ち、地面の上で揺れた。

「鈍い四つ眼のヒキガエルめ！　空気を読め！」ぼくたちは倒れて道を転がり、ほかの小隊員たちはあっけにとられた。

「休め！」

ぼくのこぶしはウォルターの鼻の手前で止まった。オード軍曹の声なら、三十階から落ちるピアノも途中で止められる。軍曹は、ぼくたちのフィールド・ジャケットの襟を引っぱって立たせた。

ウォルターは左の鼻の穴から細く血を流し、ひびの入ったメガネの奥から、傷ついた子犬のような目でぼくを見た。

軍曹は渋い顔でぼくを見た。

「ワンダー、力を合わせて乗り切らないと、全員が失敗する。いつになったら、それがわかるんだ？」

ぼく？　ぼくはミスタ・チームワークだぞ。問題は、ほかのクソ野郎どもだ。

軍曹は小隊を進ませ、ぼくの隣について歩きながら言った。

「ワンダー、自分の銃の手入れをして武器庫に返し、明日の予定に合わせて必要な軍服を用意し、掃除当番が終わったら、おれの執務室に出頭しろ」

「はい、軍曹」ぼくの気持ちは沈んだ。まあ、小隊のほかのメンバーは、ぼくのドジのとばっちりを受けずにすむ。

「よろしい。早く帰って、仕事を全部すませろ、ワンダー」

四十九人のブーツが、ペンシルベニア州の凍土を踏み砕いた。何もかも背負って十キロの距離を歩く――これほど骨の折れる仕事があるだろうか？

「小隊！　控《ひか》え銃《つつ》！」

心臓が喉まで跳ね上がった。普通はライフルを肩にかついで歩く。控え銃は駆け足をするときで、身体の前で横にして持つ。

軍曹は、ぼくたちに駐屯地までの十キロを走らせるつもりだ。ぼくに、夜の出頭の時間を与えるために。

ぼくはミスタ・チームワークというより、ミスタ人気者らしい。ぼくを罵倒する者は一人もいなかった。ささやき声さえ聞こえない。十キロの行軍は無言で続いた。

消灯後、ぼくはオード軍曹の執務室へ向かった。開いたドアの隙間から明かりが漏れている。軍曹は灰色の金属製デスクに向かってすわり、斜め前に帽子を置いていた。二二〇〇時に脱いでハンガーにかけてある軍服が、なぜ朝と同じようにパリッとしているのか、見当もつかない。ぼくはドアの脇の柱を叩いた。

軍曹は顔を上げずに言った。

「入れ！　入ったら、ドアを閉めろ」

おやおや。ぼくはドアを閉め、デスクの正面まで進んで、気をつけをした。

「ワンダー訓練生、出頭しました、軍曹」

軍曹は古風な紙のグリーティング・カードを読んでいたが、そばの帽子のつばの下にカードと封筒をすべりこませた。ぼくはゴクリと唾を飲んで目をしばたたき、息を吐いた。

ぼくは誰かの答案を向かい側からのぞくという手で、何度も抜き打ちテストを切り抜けてきた。逆さに文字を読むのは得意だ。軍曹のカードには、〝お誕生日おめでとう。母より〟とあった。

封筒に書いてある差出人の住所は、ピッツバーグだった。

なんてことだ。オード軍曹は母親を亡くしたばかりなのか。母が死んだとき、ぼくは誰かに出くわすたびに手あたりしだいにぶちのめした。そのぼくが今、軍曹の前に立ってる。ぼくは歯を食いしばり、最悪の事態を覚悟した。

ようやく軍曹が唾を飲み、顔を上げた。

「おまえは、なぜここにいる、ワンダー？」

この質問は引っかけか？

「出頭するよう、軍曹に命じられたからです」

「なぜ軍に入ったかという意味だ」

そうしなければ、マーチ判事に人間のクズどもと一緒に刑務所に放りこまれ、老いぼれるまで、ほったらかしにされるからだ。

「先頭に立って戦いにおもむく歩兵になりたいからです、軍曹！」

「ごまかすな。おまえが入隊を志願したいきさつは知っている。おまえの母親のこともな。亡くなったのは本当にお気の毒だ」と、軍曹。目が穏やかになり、今にも涙ぐみそうだ。ぼくも知ってます。軍曹が誰を亡くしたのか……どれほどつらいか……知ってます。でも、兵士はそんなことを口にするべきじゃない。

「では、わかりません」

「坊や」

軍曹にこんな呼びかたをされるとは夢にも思わなかった。

軍曹は椅子にすわったまま、ふんぞりかえった。

「おまえが本気で歩兵隊に所属しているのかどうか、おれにはよくわからない。歩兵隊とは、力を合わせて作業するところだ。斜《はす》に構えて目玉をグルッとまわすところではない」

「力を合わせて？　ほかの連中は射撃訓練でズルをしたんですよ！」

軍曹はうなずいた。

「ウォルターは、おまえのスコアを八十点満点の七十八点と正直に記録していた。本当に六十点を超えた者は、中隊全体でほかに一人もいないかもしれん。満点の記録は何度も見たが、実際に七十八点を取った訓練生は、この十年間で二人だけだ」

ぼくは唖然《あぜん》とした。オード軍曹がスコアのからくりを知ってることに気づくべきだった。軍曹は、なんでも知ってる。ぼくのスコアは七十八点だったのか。少しホッとした。

「ワンダー、入隊適性審査のとき、おまえの数学の成績は平均点すれすれだったが、言語力がずば抜けていたため、総合点ではジャコビッチ大尉の入隊適性審査の点数をうわまわっていたほどだ。ジャコビッチ大尉は士官学校出身だぞ！　おまえのような頭のいい者にとって、歩兵隊は最低レベルの運動場にしか見えないのだろうな」

また劣等生あつかいされて、説教されるのか。ぼくは聞こえよがしに大きなため息をついた。

「歩兵をバカにしたければ、するがいい。だが、規律にしたがえないとなれば、大問題だ」と、軍曹。

ぼくはゴクリと唾を飲んだ。バカになんかしてない。規律も理解してる。母親を失ったばかりの軍曹が、いつもと同じように訓練を命じたのも、規律にしたがったからだ。それに、ぼくが目をグルリとまわすのは、バカにしてるからじゃなくて、びっくりしたからだ。

だが、軍曹は、ぼくが何も知らず、何も理解してないと、思いこんでいる。軍曹の目が険しくなった。

「世界は死にかけている、ワンダー。歩兵隊がそれを逆転させられるのかどうか、おれは知らない。だが、自分の義務は心得ている。いつ歩兵隊が世界の運命を背負わされてもいいように訓練することだ。チームに溶けこまない歩兵は、目ざわりなだけではない。本人にとっても仲間の兵士たちにとっても危険だ。おまえは軍をやめたいか？」

そりゃ、やめたくてたまらない。でも、やめれば刑務所行きだ。ぼくは首を横に振った。

軍曹はため息をついた。

「おまえに、やめろと命じることはできない。だが、どれだけ真剣に歩兵隊にいたいのかを、じっくり考えさせることはできる」

ぼくは息をのんだ。それほどの情熱はない。

軍曹は身をかがめてデスクの引き出しに手を伸ばし、ビニール袋を出した。その袋から鉛筆くらいの大きさの紫色のものを取り出すと、二本の指でつまんで、ぼくに見せた。輪にした紐に通した手動の歯ブラシだ。

「ワンダー、これが何か、わかるか？」

ぼくは目を細めて見た。

「歯ブラシですか？」母なら、得体の知れないものだと言うだろう。それほどに汚れていた。

「歯ブラシですか、だと？」軍曹はどなった。

ぼくは緊張した。

「歯ブラシであります、軍曹！」

軍曹は微笑して立ち上がり、ゆっくりとデスクをまわって、ぼくの前に立った。

「いやいや、違うぞ。ワンダー訓練生、これは〈第三小隊記念夜間衛生器具〉だ」

「ぼくとしたことが失礼しました」ぼくの頭はどうかしちゃったのか？

軍曹の笑顔は消えない。両手で輪を広げ、まんなかにぶらさがっている歯ブラシを揺らした。

「いくつかの訓練種目が終わるたびに、特別な訓練生が獲得する」軍曹は手を伸ばすと、紐のついた歯ブラシをペンダントのように、ぼくの首にかけた。歯ブラシが鼻をかすめたとき、何に使うものか、はっきりわかった。

夜中に、ぼくはトイレの床にしゃがんで横に移動しながら、六つある便器の三番目まで進み、悪態をつきながら小さなブラシで便器をこすった。軍曹によれば、これが夜間運動になるという。軍曹は絶対に歯ブラシを首からはずすなと言った。自分の将来について考える時間を与えるためだそうだ。

わかったぞ。炊事勤務や当直勤務ではなく、火の用心のために兵舎内を見まわる当番でもないかぎり、夜は眠るのが普通だ。軍曹は堂々と嫌がらせして、ぼくが自発的に軍をやめるのを待つつもりだ。

それなら、こっちもあいつをコケにしてやろう。ぼくは力をこめて便器をこすった。

五十人の小隊がひとつの部屋で寝起きすれば、完全なプライバシーは望めない。それにしても、このトイレは憲法の修正第四条（プライバシーの保障という考えかたから人民の安全を保証する条項）を踏みにじった実例だ。個室はなく、トイレ全体に便器が並び、二メートルも離れていない向かい側に洗面台の列がある。クソをするとき、正面に見えるのは、下の毛を剃《そ》る（アメリカでは、ひげを剃るときに下の毛も始末する男性が多い）やつの尻だ。シャワー室はトイレの端にあり、これまたドアがない。

これが刑務所なら、残酷で異常な罰だという理由で、ぼくたちはみな釈放されるだろう。はじめの二、三週間は、みんな萎縮しているから、夜中に起きてクソをするにもプライバシーを尊重しあうが、そのうち慣れて鈍感になる。だが、慣れないやつもいる。

「きみがそんなことをするはめになって残念だ、ジェイソン」

顔を上げると、フィールド・ジャケットを着たウォルターが震えながら立っていた。白くて細い両脚はむき出しで、ソックスを重ね履きした足だけが異様にふくらんで見える。まるで綿棒に乗ってバランスをとっているかのようだ。

「クソをしにきたのか？」と、ぼく。「それとも、しゃべりにきたのか？」

「ぼくは本当にヒキガエルに似てるかい、ジェイソン？」

「いや」本当はそっくりだ。ぼくは苦笑を見られないよう、顔を伏せた。

ウォルターは笑顔を見せ、続いて眉をひそめた。

「本当は、ぼくがここで掃除するべきなんだ。ぼくは小隊一のドジだから」

「そんなことはない」と、ぼく。本心じゃない。「陸軍が、きみに向いてないだけだ」

「向いてるはずだ」

ぼくはしゃがんだまま横に移動し、別の象牙色の玉座をこすりはじめた。

「なぜだ？」

「ぼくのおじいちゃんが名誉勲章をもらったんだ。人の命を救ったから。ぼくの家族はみんな軍人だった。ぼくが勲章をもらえなかったら、母ががっかりする」

「バカ言うなよ、ウォルター。勲章をもらえるのは、事態が悪化したときだ。軍のミスを隠すためにな。ぼくの家族は誰も軍に入らなかった。今じゃ、入りたくても入れないけど」涙で視界がくもり、ぼくはますます力を入れて便器をこすった。正体不明の敵が、ぼくの母を殺した。母がインディアナポリスへ行ってたのが悪かったのか？　敵はピッツバーグをも全滅させ、オード軍曹の母親の命を奪った。「いつまでたっても終わらない。こんなのは間違ってる。とにかく、なんの意味があるんだ？」

「おじいちゃんは百歳まで生きた。第二次世界大戦でも戦ったんだ。かんじんなのは事態を止めることだと言ってた」

ウォルターは、そわそわと足を踏み変えた。腹がゴロゴロ鳴っている。どうやら、そろそろ一人きりになりたいようだ。でも、恥ずかしがり屋だから、ぼくに対しても、一人にしてくれとは言えない。ぼくは立ち上がって伸びをした。

「ちょっと休憩するよ。外の空気を吸ってくる」

寒々とした戸外へ出て夜空を見あげた。塵の向こうに、あいかわらず星々が輝いている。あの空のどこかで、メッツガーのような花形パイロットたちが人類を救うために戦っているのだろう。今日、ぼくはピッツバーグに住む百万人の人々が死ぬのを見た。さらに、生意気だという理由で、オード軍曹に便器磨きを命じられた。でも、今に生意気どころではない言動に走るかもしれない。

どんなやつが母とぼくの生活を奪ったのか、ぼくは知らない。復讐しても、もとの生活は戻ってこないから、本気で復讐するつもりもない。でも、自分が爆撃を止める役に立つとしたら、それは大きな意味を持つはずだ。

ウォルターがすっきりした表情でドアから顔を出し、にっこり笑った。

「ありがとう、ジェイソン。きみは、いいやつだな」

ぼくの吐く息が渦《うず》を巻いて暗闇に消えた。ぼくがいいやつだって？　とんでもない。だが、その気になれば、役に立つ人間にもなれる。

7

翌朝、ぼくたちは武器庫からM＝一六を出し、地獄へ直行した。

第三小隊だけじゃなく、八百人の訓練大隊全体が、古くさいオリーブ色の二・五トン積み兵員輸送トラックに乗って隊列を組み、目に見えない排気ガスを大量に噴出しながら進んだ。車が電化されてから、もう何年もたっている。向から先は、西——廃墟と化したピッツバーグだ。昨日はショッピング・モールや摩天楼があり、子供たちがいた場所の上空に、粗い塵《ちり》が薄い煙になってただよっている。排気ガスなんか、ものの数じゃない。

トラックの幌《ほろ》の下で、ぼくたちは向かい合ったベンチにすわり、震えながら揺られていった。

「なぜ武器を持つんだろう？」誰かがたずねた。「今回は、異星人どもが着陸したのかな？」

「略奪者がいるからさ」

「なんだと？　同胞を撃つのはごめんだぞ」

「あそこの同胞は、みんな死んだよ、相棒。略奪者もな」

「ぼくたちは民間人に食料を配るんだよ」

兵員輸送トラックでは、みんな口々に勝手なことを言い合う。大臣と議員の質疑応答が整然と行なわれるイギリス上院議会の質疑応答時間《クエスチョン・タイム》とは大違いだ。

トラックの開いた後部から、流れてゆくペンシルベニア州の田園風景が見える。最初のうちは、凍った牧草地で草を食べようとする牛がチラホラいたが、ピッツバーグに近づくにつれて、倒れている牛が多くなってきた。耳が聞こえなくなったり方向感覚を失ったりした牛もいる。一日たっても、衝撃波の強烈な圧力の跡が生々しい。

ピッツバーグに近づくとトラックはスピードを落とし、薄闇のなかをのろのろと進んだ。道の両側に民間人が列を作り、塵の雲から逃れようと移動している。車は続々とピッツバーグをあとにし、身なりのいい人々もビニールのゴミ袋を山積みにしたショッピング・カートを押して進んでくる。荷車やおもちゃの四輪車に子供を乗せ、引っぱって歩く人々もいた。子供たちが手を振った。親たちは手をかざしてトラックのヘッドライトをさえぎりながら、ぼくたちを見つめた。頭がおかしくなった者を見る目つきだ。それとも、頭がおかしいのは、あの人たちのほうか？

においを感じるほどピッツバーグに近づいたころには、暗くなっていた。焼けた建物と肉のにおいだ。〝暗くなった〟というのは正確じゃない。ピッツバーグは、まだ燃えていた。低く垂れこめた雲に赤い炎が反射して、ぼくたちの顔を照らした。ぼくたちはトラックから降り、脚を伸ばせることにホッとして整列した。

周囲の住宅街は平屋の規格住宅で、近くの二階建ての家並みは無事だった。古い住宅街で、いちど枯れた庭の木々も、ふたたび腰の高さまで伸びてきていた。煤《すす》が一面に数センチも積もり、なお降りつづけている。

ジャコビッチ大尉が中隊に向かって話しはじめた。ただよう煤で髪が汚れ、官給の紙マスクをしたまま咳《せ》きこんだ。

ジャコビッチは腰に両手を置いた。

「ここで何が起こったか、みな知っているだろう。われわれは、訓練ではなく支援を行なうことになった。生存者を捜し、略奪者から財産を守り、避難する民間人を助け、MIチームに協力する」

トラックのなかで、あれこれ推測したことは当たっていたようだ。だが、MIチームだって？　どういうことだろう。MIチームとは、もちろんアメリカ陸軍情報部《ミリタリイ・インテリジェンス・ブランチ》のことだ。目的はなんだ？

急いで駆けつけたのに、寒いなかで一時間も待たされた。そのあいだにも灰が降り、ジャコビッチは無線で連絡をとった。周囲の家の窓が、ロウソクやカンテラの火で明るくなった。カーテンの隙間から外をのぞく大人や子供の奇妙な影が映っている。運よく生き残った住人たちだ。だが、電気も水も、暖房も食料品もない。

一台の小型トラックが止まって後部開閉板が開くと、ぼくたちは次々となかの箱を降ろした。C号携行食だ。そろそろ住民にも戦争のみじめさがわかってくる。とにかく、ぼくたちの任務がここで食料を配ることだとしたら、燃えている中心部に近づくよりは安全だ。

トラックが空《から》になると、訓練担当軍曹の一人がぼくを手招きし、後部からトラックに乗るよう命じた。

「なんですか、軍曹？」

軍曹は肩をすくめた。

「スパイ連中が兵卒をひとり必要としている。おまえが志願したことにした」

スパイ連中か。なぜ陸軍情報部が未熟な訓練生を必要としているのだろう？　トラックがグラリと揺れて動きだし、ぼくは横のキャンバスにぶつかって撥《は》ね返った。ウォルターや第三小隊が遠ざかってゆく。降りそそぐ灰の向こうに仲間たちの姿が消えると、胸が詰まった。こんなやりかたは、ひどい。立派な家族だとはいえないとしても、ぼくには第三小隊しかなかった。それなのに、その家族まで奪われるのか。

自分をあわれみながら何分かトラックに揺られるうちに、光が赤くなったことに気づいた。もう、ぼくは震えてない。においが強くなり、燃えさかる炎の音が大きくなってきた。

側面の垂れぶたを上げてみた。電柱があちこちで倒れ、黒焦げになった電線がからみついている。どの通りも、まるで障害物コースのようだ。路肩に何台もの車が横倒しになり、家の窓ガラスが砕け、暗い穴になっていた。

トラックが止まり、ぼくはまた地面に降りた。爆心地に近い！

むき出しの頬が焼けそうに熱い。炎が空気をはらんで風を起こし、吹きつけてくる。軍服の袖がバタバタ鳴った。発射物が市の中心に落ちたとしたら、ここは繁華街があった場所から三、四キロしか離れていないはずだ。あたりにはまだ煉瓦《れんが》造りの倉庫や古い事務所などもあり、破壊しつくされてはいない。一日たっても、市の中心部は炎が高さ一千メートル近くにまで噴き上がっていた。その轟音が街路をゆるがし、散乱したガラスがオレンジ色の炎を映してキラキラ輝いている。ぼくを降ろしたトラックは、すぐさま向きを変えて戻っていった。

十五メートルほど先に、炎を背景にした人影が見えた。初老の男だ。オリーブ色のトレーラー三台が〝コ〟の字型に置かれ、その上をキャンバスの屋根がおおっている。男は灰の積もった屋根の下で、折りたたみテーブルの横に立っていた。いくつもの柱につけた投光照明が屋根をギラギラ照らし、どこからか携帯発電機のうなりが聞こえてきた。

男は両手を丸めて口に当てて叫んだ。

「ここは地獄じゃないが、ここから地獄が見えるぞ」

ぼくは敬礼した。男は答礼せず、ぼくを手招きした。だるそうな手つきだ。『野戦教範』第二十二部の五〈教練と儀式〉を学んだ兵士とは、とても思えない。

男は腰に手を置いて、ぼくの全身を見まわした。

「地球外生命体のことは知っているか？」

ぼくはニヤニヤ笑った。

「ぼくの小隊の訓練担当軍曹は、けっこう人間離れしてます」

男はため息をついた。

「まあ、力持ちの兵士を要求したのは、こっちだ。コーヒーがほしかったら、ここにある」テーブルの上のアルミポットと積み重ねたカップを手で示した。「わたしはハワード・ヒブルだ」

ぼくは差し出された手を握った。懸垂《けんすい》もしたことがなさそうな細い手だ。軍服は、ぼくたちが着ているような前世紀のトレーニング・ウェアと違って、最新式の迷彩タイプだ。襟の片方についている大尉の階級章は斜めに傾き、もう一方には羅針図と短剣を組み合わせた情報部の記章がある。

ヒブル大尉は、やせた手で白髪交じりのクルーカットの頭をかき、タバコを吸った。

「わたしは訓練担当軍曹をダシにした冗談なんか言わんから、そのつもりで。軍隊経験は、たぶん、わたしよりきみのほうが長い。わたしは先月までネバダ大学の教授として、独自に地球外知的生命体を研究していた。信じなくてもかまわんがね」

ぼくは信じた。大尉は――〝ヒブル大尉〟よりも〝ハワード先生〟のほうが似合っているが――オード軍曹みたいな人たちと一緒に過ごしたことはないだろう。やせた身体から軍服がだらりと下がり、顔と同じくらいしわが寄っている。ブーツはハーシーのチョコバーで磨いたかと思うほど汚い。

「生まれてからずっと、この宇宙で人類が一人ぼっちでなければいいと思っていた」と、ヒブル大尉。腹立たしげに炎を見まわした。「今は、一人ぼっちのほうがよかったと思う」

「ぼくは、ここで何をするんですか、大尉？」

「今は、あのトレーラーのなかで寝るといい。ここのグループで起きているのは、わたしだけだ。朝になって、もっと冷えたら出かける」

今日は夜明け前からトラックに揺られてきた。〝地球外生命体〟という不気味な言葉より、〝寝る〟という言葉のほうが耳に心地よい。

朝になると、激しい炎はおさまっていた。風もやみ、あちこちに小さな炎がチョロチョロと見えるだけだ。

ぼくはつまずいて空《くう》をかきながらトレーラーから出ると、野外便所へ向かった。ほかの兵士たちが、トレーラーで囲まれた四角形の空間をうろついていた。厳密には、〝兵士〟とは言えないかもしれない。ブーツの紐をほどいたままの姿や無精ひげを生やした顔が、そこかしこに見える。オード軍曹がこんな兵士たちを見たら、どなりつけるだろう。この部隊にいるのは、コンピューター・オタクばかりに違いない。こんな部隊があることは聞いていた。〝異例の〟集団で、頭の切れる変人の集まりだという。耳に入ったあくび交じりの会話から考えると、この小隊には航空宇宙技師や生物学者ばかりか、霊能者や水脈を探知するオーストラリア先住民《アボリジニー》までいるらしい。数々の謎を解くために、人類はどんな藁《わら》にもすがろうとしている。

キャンバスの屋根の下で、ヒブル大尉がドーナツの箱をあさっていた。口をもぐもぐさせながら箱から離れたが、こぼれた粉砂糖が胸についている。

「自由に食べたまえ」と、大尉。「食べたら、わたしと二人で市の中心部に入り、発射物の破片を探すんだ」

ドーナツを食べていたぼくは思わず、吹き出した。

「中心部ですか？」まだ中心部はオレンジ色の炎に包まれているはずだ。

「防熱服を着る」

「防熱服？　でも、破片には――」

「放射能はない」と、大尉。「爆発性もない。発射物は、高速で移動するただの巨大なかたまりだ。都市を焼きつくすほどの運動エネルギーを持っている。前世紀には人類も、焼夷弾でドレスデンや東京を火の海にした。宇宙から大きな岩を落下させても、同じ効果がある。恐竜の絶滅も、隕石の落下が原因だった」

「なぜ破片を探すんですか？」

大尉はグルリと目をまわし、立ちこめる煙を見た。

「ほかに研究材料があるかね？　敵は太陽系外の異星人に間違いない。その証拠に、近隣星系には存在しないはずの金属が見つかった」

ハワード先生の言う〝近隣〟と、ぼくが考える〝近隣〟とでは、何光年ものへだたりがありそうだ。先生は、ぼくにゴーグルつきのゴムの防毒マスクをかぶらせた。そのような消防士の装備のひとつとして、酸素を発生させる小さなサイドパックもある。二人とも、軍服の上から耐火性のつなぎ服とブーツカバーを身に着けた。ぼくは、さらに空《から》のバックパックを背負わされた。

ぼくたちはジープとかいう古めかしい車で市の中心部に向かった。やがて、瓦礫《がれき》の山が大きくなると、車を降り、歩きだした。

煙と揺らめく炎でゴーグルがくもるので、顔から少し離した。すぐそばにそびえる煉瓦の壁は、なんとかバランスを保っているが、いつ崩れてきてもおかしくない。

心臓がドキドキした。ぼくは周囲の瓦礫をチラリと見まわした。一面に倒れている石膏ボードの下から、ちぎれた血まみれの手足や黒焦げの死体が見えるんじゃないか？

「ジェイソン、これは戦没者取り扱い業務ではないぞ」

「え……なんですって？」

「見ればわかるような死体は残っておらん。崩壊した高層ビルの下敷きになったら、死体は跡形もなく消える」

その光景を想像して、ぼくはギュッと目を閉じた。防毒マスクをしていても、鼻から息を吸いたくない。口で呼吸しても、焼けた肉のにおいを感じた。

ハワード先生はアルミのステッキを使ってバランスをとりながら、崩れた煉瓦の山へつながる黒い大きな梁《はり》の上を、綱わたりのように歩きはじめた。ぼくも、あとを追った。膝がガクガクする。渡りきったとたんに梁がきしみ、音を立てて折れた。一トンもありそうな煉瓦の山が、ハワード先生のそばに崩れてきた。

「危ない！」と、ぼく。

先生はステッキを振りまわした。

「きみも、そのうち慣れるよ」

防熱服を着ていても、マスクの下で汗が頬を流れ、ゴーグルがくもった。爆心地に近づくにつれて、原形をとどめていない建物が増えてきた。ときおり、ドア枠や壁紙を張った壁が目に入るが、判別がつくのは、それだけだ。バン・タイプの電気自動車のバンパーはらせん状にねじれ、そこに貼られたままのステッカーの文字が見て取れた――〈マウント・レバノン高校特待生〉。マウント・レバノン高校といえば、アメリカでも指折りの名門だ。ぼくは息をのんだ。

「ハワード先生、この残骸のなかから、どうやって手がかりを見つけるんですか？」

先生は肩をすくめた。

「慣れだよ。それと勘だ。わたしの祖父は鉱脈を探す仕事をしていた」言葉を切った。「きみは、この戦争で家族を亡くしたのか、ジェイソン？」

「母しかいませんでしたが、インディアナポリスで死にました」

「悪いことをきいたな」

先生は足を止めた。

ぼくは肩をすくめた。

「先生は？」

「わたしには、フェニックスに住む叔父しかいなかった」

「じゃ、ぼくたちは二人とも孤児ですね」

「今じゃ、そこらじゅう孤児だらけだ」と、先生。高さの違うふたつの瓦礫の山のあいだにかかる焦げた木の梁を、ガニ股でくぐった。

「ハワード先生！　梁が揺れてますよ！」

「わたしは、その種の危険には鼻がきくんだ」先生は振り向きもせずに手を振ってぼくの注意をしりぞけ、ステッキで灰をかきのけた。「おやまあ！」

いかにもコンピューター・オタクらしい。プライドの高い兵士なら、「おっ、やった！」と言うところだ。

先生は身をかがめて何かを引っぱった。

「ジェイソン、ちょっとこっちへ――」

梁の片方の端を支えていた瓦礫の山が揺れ、煉瓦の破片が落ちはじめた。ハワード先生の頭上で梁がグラグラ動いた。

ぼくは突進した。

「ハワード先生！」

ドスン。

塵が舞い上がった。先生がいた場所には、壁板と焦げた材木の山しかない。

「ハワード先生！」

聞こえるのは、ごうごうという炎のうなりだけだ。

ぼくはハワード先生が好きだった。ウォルター・ローレンゼンみたいにドジだけど、純粋な人だった。

ぼくは瓦礫の山を掘りはじめた。板や漆喰を取り除くうちに、ブーツが見え、ズボンをはいた脚が……やがて先生の全身が現われた。胸を梁に押さえつけられている。ぼくは先生のゴーグルから塵を払いのけた。

「ハワード先生」

先生が目を開け、あえいだ。

「おやまあ！」と、先生。

ぼくが両手で梁をつかむと、まだ温かい焦げた表面がボロボロと崩れた。もういちど持ち上げようとすると、少し動き、先生はもがきながら梁の下からはい出てきた。

梁を落とすと、灰が雲のように舞い上がった。ぼくは先生に向きなおった。先生は立ったまま、手袋をはめた両手で何か小さなものを持ち、裏返して見つめていた。

「ハワード先生、大丈夫ですか？」

「大丈夫だ。ありがとう、ジェイソン。きみは、わたしの命のみならず、もっと大事なこれを救ってくれた」

「なんですか、それ？」

「よくわからんが、めずらしいものだ」

先生はプルーン大のねじれた金属片を持ち上げた。まだ熱いらしく、防熱手袋から煙が上がっている。

「この真珠光沢のある青色こそが発射物の特徴だ。チタンに似ているが、太陽系にはほとんどない微量元素を含んでいる」

「命と引き換えに手に入れる価値のあるものですか？」

先生は防毒マスクごしに顔をしかめた。

「いや。この大きさの破片なら、これまでも見つかっている」と、先生。手を振って廃墟を示した。「もっと大きな破片をどうやって探せばいいのか、わからん。すでに、あらゆる選別法、探知器、方法論は試した」

先生の話を聞きながら、ぼくたちは歩いた。

ぼくは瓦礫の一点を指さした。なんとなく……周囲と違って見えた。

「あそこは、どうですか？」

ハワード先生は振り返った。

「なぜだね？」

ぼくは肩をすくめた。

「わかりません。何かありそうな気がして」

先生も肩をすくめ、二人でそこを掘った。

二分後、ぼくの手に何かが触れた。防熱服のなかで首筋の毛が逆立った。

「ハワード先生……」ぼくは触れたものの周囲に手袋の指をはわせた。丸みを帯びたものだ。

力をこめて、その物体を引っぱった。

物体がスポンと瓦礫のなかから飛び出し、ぼくは尻餅をついた。

ぼくがつかんだのは、真珠光沢のある青い金属だった。直径が三十センチ近くある。手袋を通して熱が伝わってきた。

ハワード先生は跳び上がって金属片をひったくり、「おやまあ……おやまあ！」とつぶやいた。金属片を裏返すと、ふくらんだ面は真っ黒に焦げていた。「発射物の外殻の一部だ。セラミックでコーティングされていたが、地球の大気に突入し、摩擦熱で燃えつきたのだろう」

「大事なものなんですか？」

「今まで見つけた破片のなかでは最大だ。発射物の大部分は蒸発してしまう」と、先生。銀色の破片の片面に指を走らせた。かじり取られたかのように縁《ふち》が丸みを帯びている。「しかし、これはすばらしい」

「えっ？」

「陸軍がわたしをクビにしないのは、わたしの科学的直感がさえているからだ。わたしの勘では、これはロケット噴射口の端だな」

「そうですか」

先生が手のひらに載せたGPS器具のボタンを押すと、ビーッと音がした。この小さなお宝を見つけた場所を記録したのだろう。先生は後ろを向くよう、ぼくに身ぶりし、バックパックのファスナーを開けて、耐熱袋のなかに破片をすべりこませた。バックパックが重くなった。なるほど、ハワード先生が歩兵を要求したのは、運搬係がほしかったからか。

「発射物はビル並みに大きい。そのメイン推進システムの噴射口にしては、半径が小さすぎる。姿勢制御のための噴射口だと考えれば、つじつまが合う。発射物の照準の定めかたについては、ふたつの説がある。撃ちっぱなしの弾道ミサイルのようなものだと考える連中もいる。だが、四億八千万キロのかなたから飛んでくる以上、途中で針路修正ができるはずだ。この破片がそれを証明してくれた」

「遠隔操作で針路を変えるんですか?」

先生は頭を振った。

「そう主張する学者もいるだろうな。だが、電波天文学的な監視装置でも、ほかの監視手段でも、発射物への信号をとらえた試しがない。われわれも、しっかり見張っていたんだが」

「先生は、どう思われますか?」

先生はぼくのバックパックのファスナーを閉めて、もとどおりにすると、ぼくの肩をつかんで前を向かせた。ぼくたちはまた瓦礫のなかを歩きはじめた。

「きみの意見を聞きたい、ジェイソン」

やれやれ、ソクラテス式に、質問に質問で答えるのか。いかにも教授らしい。それなら、陸軍のやりかたのほうが、まだましだ。少なくとも質問を返してきたりはしないから。

ぼくはヘルメットを押し上げ、防熱服に包まれた頭をかいた。

「わかりません。三百メートル先の標的をライフルで正確にねらうこともままならないのに、四億八千万キロとなれば、なおさら困難です。発射物は誘導されてるのではありませんか？ でも、ぼくなら、リモコンは使いません。昔、ラジコン・カーを持ってました。アンテナつきの箱で操作するタイプです。でも、近所の人がガレージ・ドアの自動開閉ボタンを押すたびに、ラジコン・カーは誤作動を起こして左に向きを変えてしまうんです」

ハワード先生は倒れた街灯をまたいだ。

「頭がいい者どうしは考えかたも似るものだな。わたしも同じ意見だ。信号を送ることで操作する場合だと、地球人に妨害される恐れがある。異星人が、そのような不確実な手段を使うだろうか？」

じゃ、異星人はどうやって発射物を操作してるんだ？ ハワード先生の考えだと……。ぼくは身震いした。

「操縦士がいるってことですか？」

先生はうなずいた。

「命知らずの特攻《カミカゼ》パイロットだ」

ぼくは、またしても身震いした。

「異星人の死体を探すつもりですか？」

「地上に激突したあとに死体が残る可能性は、ほぼゼロだ。だが、死体は、この戦争の局面を変える大きな手がかりになるかもしれない」

「きっと、異星人がぼくたちを殺したいほど憎んでいる理由もわかりますね」

先生は煉瓦の山をステッキでかきまわした。

「憎む？　われわれはエイズ・ウイルスを憎みはしなかった。致死性があるとわかったから、根絶しただけだ。ひょっとすると、前世紀に地球から宇宙へ飛ばした《アイ・ラブ・ルーシー》（アメリカで一九五〇年代に放送されたコメディ）の再放送の電波が原因で、異星人の子供に先天的欠損症が増えたのかもしれんな」

それから六時間、ぼくはハワード先生がステッキで瓦礫をつつくたびに、ＥＴの黒焦げ死体が出てくるんじゃないかと思って跳び上がった。もう危機一髪の事態はなかった。先生が〝おやまあ〟と言うほどの発見もなかった。だが、骨董品の高級乗用車を復元できるほど多くの破片が集まり、一歩、足を踏み出すごとにバックパックがガチャガチャ鳴った。

日が暮れるころ、情報部のキャンプに戻った。ハワード先生は一日の収穫に満足し、防毒マスクをしたまま口笛を吹いていた。もちろん、高級乗用車一台分の破片を運んでいるのは先生じゃない。

トレーラーのなかに入り、バックパックをおろそうとすると、先生が手を貸してくれた。

「ジェイソン、なぜ、あそこを掘った？　大きな破片が見つかった場所のことだ」

ぼくは肩をすくめた。

「ただの勘です」

「見事な勘だ」

ぼくたちは煤で真っ黒になった防熱服を脱ぎ捨てた。先生はブーツカバーを脱ごうと片脚をつかんで跳びはねながら、たずねた。

「きみは初年兵の訓練中か？」

ぼくはうなずいた。

先生は床の上のバックパックを見つめた。

「訓練修了後の配属先は決まっているのか？」

「無事に修了できるかどうかが問題です。ぼくは落ちこぼれみたいなもんですから」

情報部から解放されて第三小隊に戻ったとき、すでに夕食は終わっていた。民間人たちが、配給の最後のC号携行食を持って去ってゆく。ウォルターがたずねた。

「何をしたんだ、ジェイソン？」

「たいしたことは何も」ぼくは肩をすくめた。ハワード先生が解放してくれる直前、法務部の少佐に、〝ハワード・ヒブルの部隊が存在することを口外しない〟という三枚の書類にサインさせられた。禁止事項だらけで、ピッツバーグが存在することも、ぼくが存在していることも認めちゃいけないんじゃないかと思った。

ウォルターは、ぼくの夕食用にベーコンとスクランブル・エッグとC号携行食をかき集め、ペットボトルのコーラまで添えてくれた。唾が湧いてきた。C号携行食のメイン料理は気に入らないが、今はどうでもいい。

ハワード先生の収穫を背負って歩いた背中がズキズキ痛み、防毒マスクでおおいきれなかった顔の一部が熱でヒリヒリする。ぼくはトラックのタイヤにもたれて地面にすわり、食事をとった。ハワード・ヒブル大尉は口に出しては言わなかったが、大切なことを教えてくれた――まだ人類はあきらめてない、と。ぼくががんばれば、陸軍の一兵士として事態を変えられるかもしれない。

8

ピッツバーグから戻ってくると、大隊長が一日の休暇をくれた。ほとんどの兵士が寝て過ごすが、ぼくは〈デイ・ルーム〉へ行き、めぼしい本を見つけた。電子書籍ではない。紙の本だ。

どの中隊の区画にも〈デイ・ルーム〉がある。兵士たちが自由時間を過ごすためのラウンジで、初年兵の訓練基地にはないのが普通だ。ここにいると一時間が一日《ディ》に感じられる。だから、〈デイ・ルーム〉と名づけられたのだろう。

ぼくたちの〈デイ・ルーム〉には、誰かが壊した手動式の〈フースボール〉テーブル、トレイに載った昨日の食べ残しのクッキー、コーヒー、古びて茶色くなった革製の家具があった。なんの革なのか、わからない。わからないのも当然だ。ラベルを見ると、〈ノーガハイド〉という人工皮革だった。

図書館と同じように、壁面いっぱいの棚に本がずらりと並んでいる。もちろん、《ニューヨーク・タイムズ》のダウンロード・リストは別だ。応急手当ての方法から、一般的な『野戦教範』第二十二部の五〈教練と儀式〉にいたるまで、黄ばんだ戦闘マニュアルがそろっていた。こんなものを読むくらいなら、孫子の『兵法』やアイゼンハワー将軍の『ヨーロッパ十字軍』を読んだほうがましだ。どの書棚にも、ナポレオン、ロバート・E・リー、アレクサンダー大王の軍事行動に関する歴史書がある。カラー地図つきで、広げると、ワイド・スクリーンのように画面にタッチできる。

本は電子データとはわけが違う。身をもって内容を感じ、書かれた当時のにおいを感じられる。

命を感じられる本もある。一冊の本のカバーの内側に手書きしてあった――〝ダナン、一九六六年五月二日、ベトナムにて死亡―短い人生だったが、もう戦いを学ぶ必要はない〟。もうひとつ――〝A・R・ジョーンズ大尉に捧ぐ。一九四四年、フランスのノルマンディーにて戦死〟。ジョーンズ大尉に家族がいたかどうかはわからない。ぼくと同じように天涯孤独だったかもしれない。でも、ジョーンズは家族に代わるものを得た。第一歩兵師団だ。

棚という棚の本をむさぼり読み、消灯時間までには兵舎に戻った。ぼくは自分に言い聞かせた――こんなことをするのは、つまらない基礎訓練ばかりしてたから、知的な刺激に飢えてるせいだ、と。オード軍曹とマーチ判事が、ぼくは軍隊に入る運命だったと見ぬいてたせいでもある。いろいろ複雑な事情があったが、まさかこうなるとは本当に予想外だった。ぼくはベントンの『中印紛争／冬期戦』を書棚からこっそり持ち出し、オード軍曹からもらった歯ブラシで移動式便器をゴシゴシ磨きながら、もう片方の手でページをめくった。

それから、昼間は森のなかで仲間の兵士たちとともに小規模部隊の作戦行動を学び、夜になると時間を作っては〈ディ・ルーム〉の本を読みあさる日々が続いた。

〝生まれ変わったぼく〟は、小規模部隊の作戦行動を楽しんだ。ライフルを手にした兵士は、狩猟許可を得た連続殺人鬼と同じだ。

だが、たとえ十二人の分隊でも、チームワークと武器の装備が万全なら、想像以上の戦闘能力を発揮できる。任務が成功すれば、戦死者は減る。

訓練担当軍曹たちは言った。

「今日は、歩兵小隊に欠かせない手動武器の真価に慣れてもらう」

つまり、いかに機関銃がすばらしいかということだ。もっとも、二人がかりじゃないと運べない。

ぼくたちは、いよいよ本格的な作戦行動を学び、特殊武器の扱いに慣れる訓練を受けることになった。二〇一七年式M＝六〇をぶっぱなすのは、二十キロもある機関銃をかついで野山を越えるよりも大変だ。弾薬が重いので、装填《そうてん》するだけでひと苦労だ。戦術訓練のあと、ぼくは機関銃を運んだ。こんな楽しいことを独り占めするのはもったいないと言い張ったが、誰も耳を貸さなかった。団結心のかけらもない連中だ。ぼくは口を閉じた。これくらい、もう慣れっこだ。

数週間後、昼食をとっていると、ウォルターがささやきかけてきた。

「訓練担当軍曹の一人が言ってたぞ。ジェイソン、きみは、なかなかいいってさ」

ぼくたちは野原で木々にもたれ、枯れ葉でおおわれた地面にすわっていた。ペンシルベニアだけでなく、地球全体が、成層圏をただよう塵《ちり》のせいで、いつも夕暮れのように薄暗い。今は夏のはずなのに、まるで冬のように乾燥している。緑の葉を恋しく思った。

ぼくはレトルトパウチから茶色い粥《かゆ》を絞り出し、飲みこんだ。ぼくたちの食事はC号携行食から簡易口糧《MRE》に代わったが、時代遅れな点ではたいして違わない。それでも、一個あたりの値段は三分の一だ。

「自分でも、なかなかイケてるのはわかってたよ、ウォルター」

「でも、きみ本人以外の口から聞いたのは、はじめてだ。よかったね」

同感だ。だが、ぼくのことはともかく、世界情勢は悪化する一方だ。

株価は停滞したままで、一時期ぼくの里親だったライアン夫妻のような年金生活者が、もはや投資で食べてゆくことはできない。軍は、ぼくたちのような新兵を獲得しようと躍起になった。でも、足りなくなった人数を埋め合わせるのがやっとだ。

ぼくたちは愚痴をこぼしたが、兵士の食料事情はまずまずだ。敵の攻撃を受けて大勢の死者が出たため、人口が減り、必要な食料も減った。だが、民間人は生鮮食品の消費を制限され、スーパーマーケットの食品価格は高騰した。その結果、リンゴやコーヒーなどが闇市で活発に取引されるようになった。ピッツバーグと違って爆撃を受けていない場所でも、状況は同じだ。

訓練が修了したら、食料を略奪しようとする不届き者たちを、ぼくが機関銃で追い払うことになるだろう。二〇一七年式M＝六〇は、ベトナム戦争時代の旧式をアフガン紛争後の新形成主義にしたがって復元したものだ。この機関銃があれば、暴徒化した群衆をたちまち大型ゴミ容器いっぱいの死体に変えられる。引き金を引くことを考えただけで恐ろしい。

それでも、二週間後の訓練修了を想像せずにはいられない。ぼくたちは、歩兵隊のシンボルを浮き出し印刷した昔ながらのハガキを一箱ずつ与えられていた。愛する者たちに卒業式の知らせを送るためだ。式に続いて、ちょっとした食事会が食堂で行なわれる。ごちそうが出るとしても、せいぜいハムとリマ豆くらいだろう。兵士の母親たちが食堂に入るにも、やっぱり雲梯《うんてい》が使われるのだろうか。

最初、ぼくは泣き叫んだ。愛する者が一人もいないからだ。やがて、思いなおして、ドルーワン・パーカーにハガキを送った。知り合った翌日にパーカーは脚を折り、それきり会っていない。だが、家族の次に大切な人だ。ついでにメッツガーにもハガキを書いた。メッツガーは大尉になり、地球と月のあいだを飛びまわりながら二個の発射物を迎撃した。胸いっぱいにメダルを下げたメッツガーの笑顔が《ピープル》誌のホームページを飾った。三通目のハガキはマーチ判事に送った。これを見たら、判事は笑みを浮かべるかもしれない。でも、すぐ仕事モードに戻り、また誰かに判決を言いわたす仕事にもどるに違いない。

すでに、ぼくは射撃の名手で、M=六〇の射手は四級特技下士官だ。基礎訓練が修了すれば、前線部隊に配属されるだろう。

二人部屋の寝室を与えられ、暖房器具が常備され、トイレもドアつきかもしれない。今までの待遇とは大違いだ。まるで統合参謀本部議長に昇進したかのように、天にものぼる思いがした。

数カ月前のぼくは家もなく、刑務所に入れられるのを待つだけの孤児だった。それなのに、いまや使う暇もないほどのカネを手にしたり、存在すら知らなかったことを学んだりしようとしている。三食、簡易ベッドつきで、アメリカ軍という超特大の家族の一員になった。

人生は甘い。

ぼくは思った。

9

そもそも、手榴弾の射程内にいたのが間違いだった。基礎訓練の最終日。ぼくたちは屋根のない見学席にすわり、オード軍曹の講義を延々と聞かされた。軍曹の背後を、塹壕《ざんごう》が迷路のようにジグザグに走り、土嚢《どのう》の壁で囲まれた四つの穴に通じている。まもなく、ぼくたちは、あの塹壕内を穴に向かって進む。穴のなかから手榴弾を投げるためだ。穴から十メートルほど離れた射程域に、枯れて裂け目の入った木の幹が何本も立っている。一個の手榴弾は炸裂して四百個の破片になる。あの木々は手榴弾の威力を示す証拠なのか？　たとえ、そうじゃないとしても、医務兵を乗せた救急車がぼくたちの後ろで待機してるのは、たしかだ。

息ができないと訴えたら、酸素を与えてくれるのか？　すべての訓練生にとって切実な問題だ。だが、ぼくにとっては、それ以上に切実だ。いまだにアーノルド・ルダウィッツのことを思い出す。アーノルドの指の爪……爆発したかんしゃく玉……人差し指からしたたり落ちる血……悲鳴を上げ、独立記念日のチキンを焼く母親のもとへ走る姿……。

通常、基礎訓練は、奥地で数日間の本格的軍事演習を行なったり、テントやたこつぼ壕のなかで眠ったり、携行食だけを口にしたりすることで、山場を迎える。掘った土について博士論文を書くようなものだ。

でも、そのほかに、どうしても通過しなければならない儀式がある。本物の手榴弾を投げることだ。ぼくたち訓練生の誰もがまだ経験していない。本当は、もっと早くインディアンタウン・ギャップに手榴弾が届くはずだった。届くのを今か今かと待っていたが、結局、十二週間も待たされた。何もかもが、この調子だ。ロシア産の石炭も遅れて届いたし、筋トレ用シューズはとうとう届かなかった。

手榴弾が届いたとき、すでに最後の野戦演習を終え、訓練は残り一日になっていた。あの日のことが今でも信じられない。

全員がヘルメットをかぶった。もちろん、訓練担当軍曹たちは別だ。軍曹たちは、つば広の帽子をかぶり、周辺を闊歩《かっぽ》していた。まるで、そのフェルト帽をかぶっていれば手榴弾の誤爆を防げるかのようだ。連中は、縄の持ち手がついた木箱を穴まで引っ張ってゆくと、戻ってきた。あの箱に手榴弾が入っている。

ウォルターがささやいた。

「最後に残った訓練生が投げたら、即時爆発したことがある。やつはツイてた。腕を一本、吹き飛ばされただけですんだからな」

ぼくたちの後ろに並んでいる訓練生が言った。

「導火線が古すぎて、すぐに爆発する手榴弾が多いらしいぞ」

またしてもアーノルドの血まみれの指を思い出し、ぼくは胸が痛んだ。

肩にウォルターのぬくもりが伝わってくる。変わったやつだが、いつのまにか、ぼくの心のよりどころになっていた。いつもそばにいるし、ぼくにはウォルターの考えてることがわかる。メッツガーとぼくの関係と同じだ。世のなかには、ぼくと違って、あたりまえのように兄弟姉妹とともに育った者たちがいる。ぼくには理解できない世界だ。

一人の軍曹が手榴弾の扱いかたを説明した。手榴弾の先端にあるバネじかけの撃鉄は、手榴弾本体の曲線に合わせた形状の安全レバーで固定され、さらに、安全レバーは安全ピンで固定されている。親指でレバーを押さえながらピンを引き抜いて手榴弾を投げた瞬間、レバーがはずれて、撃鉄がネズミ取り器のようにカチッと音を立て、信管が作動して大爆発を引き起こす。内部に巻きつけられたワイヤーと、球体の金属製ケースは粉々に吹き飛び、半径五メートル以内にあるものすべてを破壊する。

目がかすむ。見えるのは、血と、はがれた何枚もの爪だけだ。

訓練課程では、今まで経験のない恐ろしいことをいくつも行なってきた。だが、こんな本物の手榴弾を投げるなんて、無理だ。それでも、やらなければ卒業できない。

「ジェイソン？　震えてるぞ。大丈夫かい？」

「ああ、大丈夫だ」今ここで、へどを吐きそうだ。

ぼくの肩にウォルターの震えが伝わってきた。

「きみの気持ちはわかるよ。今度こそ、〈プロザック2〉を飲んだほうがいい」

そのとおりだ。ズボンのポケットを探ると、二粒の錠剤に手が触れた。訓練初日にはいていたズボンだ。〈プロザック2〉は、あのときのまま残っていた。ぼくは錠剤を指でもてあそんだ。何度も洗濯されて表面がなめらかになっているが、丈夫なラップで包まれているので効果に変わりはない。でも、こんなものを持ってること自体、ドラッグの使用を禁じる規則を公然と無視する行為だ。

両手が震えた。このままでは、このくそったれの手榴弾を自分の足もとに落としてしまう。だが、まだ二十分ある。それまでに震えが止まれば、オーケーだ。塹壕のなかをきびきびと歩いて、穴から手榴弾を投げたら、すばやく兵舎に戻り、卒業式に備えてAクラスの軍服にブラシをかけよう。

軍曹が帽子の縁《ふち》を風になびかせながら、身をもって実演しようとしている。親指で安全レバーを押さえたまま、片手で手榴弾をつかんだ。真剣な表情だ。本当に命がけなのだから、無理もない。

続いて、安全ピンに接続されているリングのあいだから、もう片方の手の指を突き出した。

軍曹は言った。

「即時爆発することはめったにない。手榴弾を落とすほうが大問題だ。絶対に落とすな！」

口で言うのは簡単だ。ぼくは本当に息もできなかった。軍曹は穴のなかに立ち、安全ピンを力強く引っ張った。

全員が軍曹を見つめている。ぼくは手さぐりで〈プロザック2〉のラップをはがし、片手で顔をこするふりをして、その錠剤を水なしでのみこんだ。

軍曹が手榴弾を投げた。ぼくたちは爆発から身を守ろうと、首をすくめた。軍曹は土嚢の壁を背にして、腹ばうつ伏せになった。

何も起こらない。

気が遠くなるような四秒間が過ぎた。

バーン！

土ぼこりと弾薬の破片が飛び散り、塹壕のなかにいるぼくたちに前方から向かってきた。すでに軍曹は立ち上がり、軍服の土ぼこりを払いのけていた。

ぼくは笑みを浮かべた。〈プロザック2〉のせいで気分が高揚している。

一人目の訓練生が軍曹に肘を小突かれ、穴に向かって進み出た。軍曹は訓練生の目を見つめながら、すべての指示を行ない、箱から取り出した一個の手榴弾を渡した。

ぼくたちの後ろで誰かが叫んだ。

「穴のなかで爆発しろ！　穴のなかで爆発しろ！　穴のなかで爆発しろ！」

ぼくたちはいっせいに頭をすくめた。

ぼくは呼吸が安定していることに気づいた。隣で、まだウォルターが緊張している。

「大丈夫さ」と、ぼく。ささやき声だ。

「もちろんだよ」

バーン！　土のかたまりが降りそそいだ。ぼくたち全員が顔を上げたとき、軍曹と手榴弾を投げた訓練生は立ち上がり、土ぼこりを払っていた。

手順としては、こうだ——手榴弾が訓練生の手を放れたとたんに軍曹がタックルし、訓練生を土嚢の陰に突き飛ばす。だが、そのほかの者たちは、手榴弾が射程に沿って飛ぶのを見つめつづける。その理由は誰にもわからない。見つめることで、距離や正確さを測ろうとしているのかもしれない。

手榴弾が標的に命中する前に爆発しなければ……そして、土嚢の壁より数十センチでも遠くに落ちさえすれば……誰もケガしない。だから、手榴弾を投げるくらいのことは、普通のおばさんにもできる。

ぼくたちは〝ネクストバッターズ・サークル〟に移動した。

本当は笑みを浮かべたい気分じゃない。それでも笑顔でいられるのは、〈プロザック2〉が効いてるおかげだ。次の訓練生と軍曹が穴へ向かった。ぼくはウォルターを振り返った。五、六十センチ後ろにうずくまり、両目を見開いている。ぼくが親指を突き立てると、ウォルターは笑顔になった。

〈プロザック2〉が効いてるはずなのに、胸がドキドキする。第二小隊の軍曹がぼくの肘を引っ張った。

「われわれの番だ、ワンダー」

前の小隊の最後の訓練生が手榴弾を投げおわり、ぼくのそばを通って戻っていった。ニヤニヤ笑いながら、耳鳴りを抑えようとして、下あごを動かしている。

あと数秒で、ぼくの番だ。

ぼくたちは穴のなかへ向かった。五十センチほど後ろにウォルターの存在を感じた。さっきまでぼくがいた〝ネクストバッターズ・サークル〟にいる。

ぼくは血が凍りつく思いがした。ウォルターがしくじったら、どうする？　あいつはいつもヘマをする。ぼくが成功して、ウォルターが自爆したら？

ぼくは後ろを見ようとした。

軍曹がぼくの肩をつかみ、目を見つめた。

「ワンダー？　よく聞け！」

「はい、軍曹」

軍曹は手順にしたがい、なにごとか説明した。ウォルターの身に何かあったら、ぼくは母を失ったときと同じように、またつらい思いをするだろう。ウォルターは弟も同然だ。

「わかったか？」

ぼくは、うわのそらでうなずき、それから、ずしりと重いものを右手に握らされた。身体が震えた。〈プロザック2〉をのんでいようといまいと関係ない。

きっと、うまくゆく。何がうまくゆくって？　わからない。そんなことはどうでもいい。

成功さえすれば、それでいい。

「投げろ！　ワンダー！」

ぼくは自分の手を見た。手のなかで手榴弾が震えている。これは本当に手榴弾なのか？

小さな撃鉄がはっきり見える。安全レバーはない。すでにはずれて、回転しながら空中を飛び、土嚢に当たった。本当は、安全ピンを引き抜いて安全レバーをはずしてから手榴弾を投げるはずだった。なんとまあ。

「このバカたれが！」軍曹がぼくの手首をつかんだとたん、こわばった手から手榴弾が転がり落ちた。

飛んだのではない。

落ちたのだ――ぼくの足もとに。地面の上で振動し、先端から白い煙が立ちのぼった。どうやら、信管に点火したようだ。

ぼくは穴のなかで手榴弾を落としてしまった。近くに仲間たちがいる。四秒後に、ぼくは爆死する。

軍曹がぼくの胸にぶつかってきて、両腕でぼくを抱きしめた。まるでアメフトのラインバッカーのようだ。ぼくの背中が土嚢に押しつけられ、そのまま軍曹と二人で土嚢を越え、穴の外で仰向けに倒れた。

ふたつの考えが頭に浮かんだ。つまり、これは、訓練生が手榴弾を落としたときによく起こることだ。だから、軍曹は訓練生とともに体当たりして、土嚢の壁を乗り越えた。手榴弾と仲間が壁の外にいるかぎり、誰もケガしない。もちろん、ぼくも生きていられる。

次に頭に浮かんだのは、ウォルターのことだ。口を開け、叫びながら、駆け寄ってくる。

「ジェイソン！」

ウォルターがさっきまでいた〝ネクストバッターズ・サークル〟に、別の訓練生がおさまった。

ウォルターはスーパーマンのように両手を前に突き出し、ヘッドスライディングした。ぼくはウォルターの目を見た。恐怖と誇りを同時に浮かべている。ウォルターは手榴弾におおいかぶさるように倒れた。

やがて、軍曹は勢いをつけ、ぼくとウォルターを壁の向こうへ押し出した。灰色の空を背景にして浮かび上がった自分のブーツのシルエットしか見えない。

背中が地面に叩きつけられたかと思うと、軍曹が身体ごと、ぼくの胸におおいかぶさり、ぼくは息ができなくなった。目から火が出るような思いがした。

10

爆発した手榴弾のように、いっきに息を吐き出した。ぼくは呆然と横たわり、空気を吸おうとした。さいわい、手榴弾は不発だったに違いない。

ボトッ、ボトッ、ボトッ。土のかたまりが降ってきた。そのひとつが頬に当たった。不発弾なんかじゃない。間違いなく手榴弾は爆発した。ぼくの上に軍曹がおおいかぶさっている。軍曹の胸の鼓動が肋骨に伝わってきた。

頬についた土が温かい。こすり落として、よく見ると、赤いものがしたたり落ちている。土ではなく、肉片だった。

悲鳴を上げようとしたが、まだ息ができない。とにかく何も聞こえない。鼓膜が破れたのか？

つば広の帽子をかぶった人影が急に動いた。第四小隊の軍曹が土嚢を飛び越えて近づいてきた。

「なんてこった。くそっ」くぐもった声だ。

軍曹は叫んだ。

「医務兵！　医務兵を呼べ！」

ウォルター！　ぼくは、のしかかっている軍曹を押しのけて上体を起こすと、身体の向きを変え、両膝をついた。土嚢の向こうを動きまわる人々の頭だけが見える。ぼくはよろよろと立ち上がって穴に近づき、なかを見おろした。

立ちのぼる煙を囲んで、大勢の者たちがウォルターのそばにひざまずいている。ウォルターは、ヘッドスライディングで着地した場所にうつ伏せに倒れていた。両腕を前に突き出したままだ。地面に片方の頬を当て、両目を開けている。どうやら無事なようだ。メガネは縁《ふち》がゆがんでいるものの、ゴムで後頭部に固定されているので、はずれていない。

だが、下半身がない。

跡形もない。残っているのは頭と胴体だけ。ゴミ箱に投げ捨てられたGIジョーの人形のようだ。

誰かが悲鳴を上げている。何度も何度も。それは、ぼくの声だった。

11

医務兵がぼくのそばにひざまずき、ぼくの身体を起こして土嚢の壁に押し当てた。

「大丈夫だぞ、きみ！　安心しろ」

医務兵はぼくを診察した。誰かほかの医務兵が、ぼくを助けた軍曹を検査している。軍曹はぼくを穴の外へ突き飛ばし、ぼくの命を救ってくれた。ウォルターも、ぼくを救おうとした。

「大丈夫じゃない！　ウォルターが死んじまった！」ぼくは声を上げて泣いた。

医務兵の背後から声が聞こえてきた。

「ケガはないか？」オード軍曹だ。オードは両膝に手を置き、前に身をかがめた。

「はい、軍曹。しかし、ショック状態におちいり、鼻と耳から出血しています。鼓膜が破れたのかもしれません。もう一人の訓練生は……」医務兵はオード軍曹に身を寄せた。「軍曹？　この訓練生は様子が変です」

オードは鼻を鳴らした？

「どこが？」

「瞳孔を見てください」

「動揺してるだけだ」

「いいえ、軍曹。〈プロザック2〉を飲んだのかもしれません。それにしても奇妙です」

「怖かったんです。成功する自信がなくて、二粒だけ残ってたのを飲みました」と、ぼく。

オードが力をこめて、ぼくの肩をつかんだ。ぼくに腹を立ててるのか、ぼくを黙らせようとしてるのか、わからない。ぼくは口をつぐんだ。

医務兵は言った。

「規則はご存じのはずです、軍曹。わたしには、この件を報告する義務があります」

オードは腕組みした。オードの後ろで、訓練生たちが遺体袋を担架に乗せようとしている。

ウォルターの遺体だ。

ぼくは息ができなかった。医務兵はぼくの顔を両手ではさみ、自分のほうを向かせた。

「飲んだのは〈プロザック2〉だけか？　この一時間、ほかに何も飲まなかったか？」

ぼくはうなずいた。

医務兵は、ぼくの軍服の袖をまくりあげた。消毒用アルコールのにおいがして、腕に針を刺されるのを感じた。

「これで気分が落ち着くだろう」

「ありがとうございます」

「二度と、わたしの手を焼かせるなよ」

意識が遠のきはじめた。

次に目を覚ましたとき、ぼくは医務室にいた。白塗りの天井から裸電球がぶらさがり、透明な液体の入った点滴袋から腕にチューブがつながっている。室内の何もかもが天井と同じように白く、からっぽのベッドがいくつか並んでいた。

部屋の端にある両開きのスイング・ドアはガラスの半分が曇りガラスで、その向こうにふたつの人影がぼんやり見えた。

「なぜ、もっと早く、あいつを追い出さなかったんだ、オード!」角ばった横顔。ジャコビッチ大尉だ。

「頭のいい子です、大尉。着実に回復に向かっていたんです」と、オード。

「いや、最初から、何をしでかすかわからないやつだった!」

「大尉、その点では、どの訓練生も同じです。われわれの仕事は連中を一人前の兵士に育てることであって、追い出すことではありません」

「では、ウォルター・ローレンゼンは? どんな兵士に育とうとしているんだ?」

ふたつの人影は微動だにしない。

「おっしゃるとおりです、大尉。すべて、わたしの責任です。訓練生に非はありません」

「このバカたれが、オード! おまえは優秀な兵士だ。にもかかわらず、いまだに軍曹だ。規則違反の麻薬中毒者をかばったりするからだぞ。おまえの年齢で、おまえほどの経歴があれば、とっくに師団先任曹長になって内勤を命じられていても不思議ではない」

「わたしは戦地で戦うほうが好きです、大尉」

「ふむ、だが、わたしは罪に値する者をほうっておくことはできない。おまえのことではないぞ。たとえ、おまえに責任があろうと関係ない。これからどうなるか、わかっているはずだ。あの訓練生は司令官決裁を受けるか、軍法会議にかけられるか、どちらかだ。わたしは、これからも兵士たちを公平に扱うつもりだ。しかし、あの訓練生がわたしの目の前で司令官決裁を選んだら、黙って受け入れようと思う。軍法会議にかけられることを思えば、ハンデを与えられるほうがずっとましだろう」

「大尉、軍法会議では証拠の提示を求められるはず――」

「証拠だと？　あいつはドラッグをやったと医務兵の前で白状したんだぞ！」

長い沈黙。

「まさか、おまえたち全員が規則のひとつも理解できんとはな、軍曹。あいつが口をきけるようになったら、ただちに選択肢について説明してやれ」

ぼくは点滴が落ちるのを見つめた。

「わかりました、大尉」と、オード。

ブーツの足音が廊下を遠ざかり、人影はひとつだけになった。オードはうなだれて帽子を脱ぎ、そのなかを見つめると、ため息をついた。

ぼくは、またしても意識が遠のくのを感じた。ほほえんでいる。夢を見ているに違いない。こんな状況じゃなかったら、現実だと信じこんでいたかもしれない。ジャコビッチはオードに責任があると言った。冗談じゃない。

二日後、ぼくは病室を出て、兵舎に戻った。墓場のように静まり返っている。どのベッドもスプリングがむき出しになり、丸めたマットレスが置いてあった。茶色い床の上に、荷物を詰めこんだダッフルバッグが山積みにされ、出発のときを待っている。今日は第三小隊の卒業の日だ。人けのない床にブーツの音を響かせながら、ぼくはオード軍曹の執務室へ向かった。

開いたドアの隙間からオードの姿が見えた。デスクに向かってすわり、紙にペンを走らせている。

ぼくはゴクリと唾を飲み、ドアをノックした。

「入れ！」

「ワンダー訓練生、出頭しました、軍曹」

オードは顔を上げ、ペンを置いた。

「身体は大丈夫か？」

「大丈夫だと医師は言っています、軍曹」

オードはうなずいた。

「ワンダー、ドラッグについての内務規定を知らなかったのか？」

ぼくはデスクの上の紙を逆さまから読んだ。この執務室を訪ねるたびに同じことをしている。ミセス・リリアン・ローレンゼンあての手書きの手紙だ。〝あなたの息子さんは、立派な若者であり、立派な兵士でした〟。そこまでしか書いてない。ゴミ箱のなかに、丸めた紙くずが三つ入っていた。

目頭が熱くなり、ぼくは唾を飲みこんだ。

「知っていました、軍曹。自分が選択を誤ったんです。責任は、ほかの誰でもなく、自分にあります」

オードは、ふたたびうなずいた。

「おれが賛成するかどうかは別として、今のおまえにはふたつの選択肢がある。軍法会議にかけられるか、司令官決裁を受けるか、どちらかだ。軍法会議では、陪審員裁判の前に行なわれる審理で、法務総監の一人がおまえの弁護を担当することになる。陪審員を選出しなければならないが、下士官から選んでも士官を選んでもいい。たいていの下士官は士官を選ぶ。世間的に下士官は役立たずだと思われているからだ」

「そんなことはありません、軍曹」

オードは笑みを浮かべそうになった。

「第二の選択肢は、おまえの司令官に罰を決めてもらうことだ。司令官の決めた罰が気に入らなくても、抗議はできない。イチかバチかの賭けだ。世間的には、軍法会議よりも司令官決裁のほうが有利だとされている。説得するべき相手が見ず知らずの人間の集団ではなく、自分が知っている一人の人間だからだ」

「自分の司令官はジャコビッチ大尉ですよね」病室のなかで聞いたかぎり、ジャコビッチはぼくを嫌っているようだった。

「規則にしたがえば、たしかにジャコビッチ大尉が──」

ぼくの将来は決まったも同然だ。あれこれ作戦を練る時間はない。

「規則にしたがえば？　噂によると、大尉は姿勢をよくするために、毎朝、真新しい本で自分の尻を叩くそうですね！」

オードは下を向き、片手で口もとを隠すと、咳払いして言った。

「そうかもしれないが、大尉は公平なかたで、れっきとした軍人の家系の出身だ。第二次アフガン紛争のとき、おれは大尉の父上であるジャコビッチ大将の指揮下で戦った」

ジャコビッチ大尉は、敵の捕虜を拷問したら銃殺するぞと、ぼくたちに説教した。ぼくが月へ行く機会がほとんどないように、捕虜をとる機会もまずない。だから、ジャコビッチが本当に情け深いかどうかは、わからない。それでも、ジャコビッチの情けにすがるか？　それとも、軍法会議にかけられるか？　まさにイチかバチだ。

「自分にとって最悪の結末はなんですか？」

「最悪の結末？　営倉に入れられることかな。だが、一年以内には出られる。もうひとつは、懲戒免職だ」

「一年ぐらいなら営倉で我慢できます」

オードは顔をしかめた。

「営倉に入れられるより懲戒免職になる可能性のほうが高いぞ、ワンダー」

ぼくの心は沈んだ。オード軍曹の言うとおりだ。病室で耳にしたように、ジャコビッチはぼくを追い出すに決まってる。

「自分は軍に残ります。残る必要があります」

オードは片手で手紙を隠した。

「なあ、ワンダー、残れば、ひどい目にあうかもしれんのだぞ」

「ウォルターは、ぼくのすべてでした、軍曹。今は軍が自分のすべてです」その言葉を口にしてはじめて、自分にとってウォルターと軍がこれほど大きな存在になっていたことに気づいた。でも、ぼくは本当のことを言っただけだ。ジャコビッチがぼくを助けてくれないつもりなら、イチかバチかやってみるしかない。

「軍法会議を希望します」

オードはデスクを叩きながら、手のひらの下の手紙を見ると、頭を振り、ぼくと目を合わせた。

「軍法会議を選んだら、間違いなく除隊になるぞ。そんな連中を何人も見てきた」

のどが詰まる感じがして、ぼくは涙をこらえようと目をしばたたいた。だが、一粒の涙があふれ出て、頬を伝った。オードは、ぼくの肩に手をかけた。

「おまえなら乗り越えられる。力を合わせて乗り越えよう」

ぼくはデスクの上の手紙を見た。ウォルターは、もう何も乗り越えられない。とにかく、軍を味方につけるべきだ。オード軍曹の機嫌をとって、この難局を乗り切ろう。

「懲戒免職を望んだら、尋問もされず、営倉に入れられることもありませんか？」

「たぶんな。だが……」

それなら、もういい。除隊を受け入れよう。あとは、マーチ判事に刑務所へ送りこまれるか、民間人に戻るのか、わからないが、しかたがない。

「わかりました。自分が除隊を望んでいると、大尉にお伝えください」

「しかし……卒業式は二時間後だ。一時間後に尋問を行ない、大尉におまえの言い分を聞いてもらうこともできる。失うものは何もない」

ぼくは頭を振った。歯ブラシのついた紐が首にかかっているのを思い出した。

「この歯ブラシは返したほうがいいですか？」民間人に戻ったら、もうぼくには必要ない。ぼくは歯ブラシをはずそうと、紐に手を伸ばした。

オードは咳払いした。

「たいてい卒業後に返してもらうことにしている。おれが歯ブラシを与えたやつで……軍を辞めた者はいない。結局、初日に見たのが、おまえの本当の姿だったのかもしれん。根性のないろくでなしだ」

くそっ。もっと、ぼくを気づかってくれてもいいじゃないか。こんなふうに、ぼくをこきおろすなんて、ひどい。ぼくは、ふたたび歯ブラシを軍服のシャツのなかに押しこんだ。除隊するのが賢明な方法だ。息が苦しくなってきた。オード軍曹がぼくを怒らせるようなことを言うからだ。もう、格好をつけてる場合じゃない。オードは笑みを浮かべていない。でも、うなずいたように、ぼくには思えた。

「いいとも、クソッたれ！　ご根性なしだって？　ジャコビッチとのケンカなら、喜んで買ってやろうじゃないですか。尋問を行なってください。今すぐに！」

12

ぼくは鋼《はがね》のスプリングがむき出しになったベッドにすわり、Aクラスの軍服にブラシをかけて身にまとうと、中隊通りを進み、自分の運命を決める尋問に向かった。

ジャコビッチ大尉の秘書室の窓から見えるインディアンタウン・ギャップは、夏のはずだ。でも、ぼくの将来と同じくらい暗く、ひえびえとしている。当番兵が灰色のデスクの向こうにすわり、うわのそらでスクリーンを見つめたまま、シリコンの音声記録チップに声を吹きこんでいる。

デスクの周囲に、空《あ》いている椅子がいくつかあるが、軍服がしわにならないよう、ぼくは壁にもたれた。ズボンの裾をたくしあげて、ローカットのエナメル靴を磨き、下襟についていた糸くずを取った。だが、ジャコビッチ大尉ほどかっこよくはならなかった。この瞬間にぼくの運命の鍵を握っているのは、ジャコビッチだ。どんなおべっかも通用しそうにない。窓には霜がついているのに、なかのシャツがびしょびしょになるほど汗をかいている。

あらかじめ、司令官決裁について調べておいた。ほぼオード軍曹が言ったとおりだ。規則に違反した者は、自分の指揮官の情けにすがることになる。いわゆる〈軍事的正義という概念〉による保護下で自分の正当性を主張することはできない。

論理的には、軍法会議で見ず知らずの士官や下士官の集団を説得するくらいなら、顔見知りの人間ひとりを説得するほうが簡単だ。司令官決裁のやっかいな点は、指揮官が違反者を厳罰に処した場合、違反者を救う最高裁判所が存在しないことだ。

ジャコビッチはぼくを懲戒免職にするかもしれない。それとも、営倉に入れる気だろうか？　いや、その両方ということもありうる。あるいは、雑用を命じたり、厳しく叱責したりするだけかもしれない。まあ、それはないか。

「当番兵！」

椅子にすわっていたら、トースターから飛び出すパンよりも高く跳び上がっていたに違いない。現に当番兵は跳び上がった。

オード軍曹が入ってきた。ぼくに気づかないふりをしている。軍曹は当番兵に言った。

「訓練スケジュールを紛失したようだ。コピーしてくれ、伍長」

当番兵の伍長がコピーするあいだ、ようやく軍曹はぼくを見て、うなずいた。

「ワンダー訓練生」

「オード訓練担当軍曹」

オード軍曹は訓練スケジュールを完璧に頭に焼きつけている――まるでキンタマに入れ墨するかのように。ぼくに会いにくるための口実だとは、うれしいじゃないか。

当番兵はコピーを渡すと、自分の仕事を再開した。軍曹はぼくを見て、ほんの少しあごを上げた。

ぼくも、あごを上げた。オードはうなずき、片手でこぶしを握ると、ピストンのように数センチ前後に動かした。

ぼくがうなずき返すと、背を向けて部屋を出ていった。

ぼくの胸に何かがこみあげてきて、思わず、ほほえみそうになった。今の軍曹の態度は、軍曹にとって誰かの両頰にキスするのと同じくらいめずらしいことだ。

当番兵のデスクの上のインターコムが鳴った。

「ワンダー訓練生を呼べ！」ジャコビッチ大尉の声だ。何を考えているのか、口調からは判断できない。

ぼくは息ができなくなり、両脚が動かなくなった。ここを動かなければ、最悪の事態は起こらないかもしれない。

当番兵は大尉の執務室のドアを親指で示した。

「おい！　ワンダー、聞こえたはずだ」

ぼくは重い足取りで進んだ。ドアの支柱を叩くと、ジャコビッチが答えた。

「入れ！」

当番兵が小声で言った。

「健闘を祈る、坊や」

ジャコビッチも訓練生担当の士官だ。ぼくの処分を決めてから卒業式に出る。ぼくが敬礼すると、ジャコビッチは答礼し、書類をパラパラめくった。

ジャコビッチが顔を上げた。ぼくはホッとした。やっと、緊張がほぐれ、口もきけそうだ。

でも、その場に突っ立ったまま、動かなかった。

「わたしが事実を列挙する必要があるかね、ワンダー？」

「いいえ、大尉。自分が申し上げます」防御は最高の攻撃だ。「自分は当直中に禁止薬物を摂取し、薬物の影響で訓練事故を起こしました。そして――」

横たわるウォルターの姿が頭から離れそうにない。ぼくは目を固く閉じ、唾を飲みこんだ。

「きみがウォルター・ローレンゼンと親しかったことは知っている。だからといって、きみの不始末は無視できない」

「はい、大尉」

「反論の余地はあるか？」

「いいえ、大尉」

「罰を軽減するための証拠はあるか？」

ぼくは深呼吸した。

「大尉、今回の事故は、自分に数多くのことを教え、自分を強い兵士に育ててくれるはずです。自分は、この逆境を逆手にとろうと強く決心しました。軍にとどまるためなら、どんな罰も受ける覚悟です」

ジャコビッチはあごをさすった。

「模範的な回答だ。だが、軍曹がきみに教えたとは思えない。きみが自力でそのような結論を導き出したのは、軍曹の影響だろう。きみにとっては、いいことだ、訓練生」

胸がドキドキした。あきらめるのは、まだ早そうだ。

ジャコビッチは書類をめくった。

「自分で書いた手紙を読み返しているところだ。ウォルター訓練生の母親への手紙だ。このような手紙を書くはめになったのは、はじめてだ」

ぼくは涙をこぼしそうになり、目をパチパチさせた。

「ワンダー訓練生、わたしの父は歩兵だった」

「はい、大尉。オード軍曹がジャコビッチ大将を絶賛していました」

「いつも父は言っていた――このような手紙は、亡くなった兵士の勇敢さを測ると同時に、自分の士官としての資質を測るものだ――と」

ぼくはうなずいた。いったい、ジャコビッチは何を言いたいんだ？

「わたしは今回の事故は自分がいたらなかったせいだと思っている」

「大尉、いたらなかったのは、自分です」

「きみを軍に残すことにしたら、きみはほかの士官の指揮下に入る」

「非常にありがたいことです、大尉」

「ふたたび、きみが意気地のない真似をしたら、その士官もこんな手紙を書かなければならなくなる」

ああ、なんてことだ。

「こんなことになるとは夢にも思わなかった」と、ジャコビッチ。

「大尉――」

ジャコビッチは顔をしかめた。

「いいか、ワンダー。きみがここに来る前に、わたしはこの手紙にたくさんの思いをこめた。きみの人生を台なしにするつもりはない。きみが民間人なら、あんな薬をのんでも問題はなかったはずだ。わたしは、司令官として罰をくだす気はない。給料や諸手当を没収したり、きみを懲戒処分にしたりするつもりもない。きみが除隊したとしても、決して不名誉なことではない。民間企業の面接を受けにいくつもりなら、きみにとって有利なように――」

「大尉、自分の望みは軍に残ることだけです！」

ジャコビッチは動きを止めて、ぼくを見つめ、椅子ごと窓のほうを向いて目をそらした。

スクリーンに表示された時計がゆっくりと数秒を刻んだ。

ジャコビッチは振り返り、ぼくを見あげた。

冷たくはないが、厳しい目だ。

「すまんな、ワンダー。その望みだけは、かなえてやれない」

ぼくの息が荒くなった。こうなることはわかってた。どうにかして……どうにかして――。

ドアをノックする音がして、当番兵の伍長が顔をのぞかせた。

「大尉、面談希望者が来ています」

「連中なら、待たせておけ。言ったはずだぞ。わたしは――」

「団体ではありません、大尉。個人です。個人的にお会いしたいそうです」

ジャコビッチは立ち上がり、両手のこぶしを握りしめてデスクに置いた。

「伍長、これは、わたしが指揮する中隊の問題だ。司令官決裁が終わるまで、誰とも会うことはできん！」

13

「わしがはるばるやってきたのは、当番兵がコンピューターに話しかけるのを見るためではない！」

振り向くと、戸口にゴリラのように大きな人影が見えた。マーチ判事だ。

判事は当番兵を押しのけ、執務室に入ってきた。袖に記章のついたスーツ姿で、蝶ネクタイを締めている。よく見ると、上着の下襟にボタン大の水色のコサージュがついていて、白い星々があしらってある。名誉勲章だ。はじめて見た。

ジャコビッチ大尉は首をかしげた。

「いったい、あんたは何者だ？」

やがて、判事のほうへ首を伸ばし、下襟の名誉勲章をじっと見た。このアメリカ最高の勲章を見れば、統合参謀本部議長も含めて誰もが敬礼する。名誉勲章をもらってよかったと思う唯一の瞬間だ。

ジャコビッチは背筋を伸ばし、サッと敬礼した。

判事は答礼した。

「マーチといいます。もと大佐です、ジャコビッチ大尉」

もと大佐だって？　驚いた！

「判事、どのようなご用でしょうか？」と、ジャコビッチ。

「ワンダー訓練生が基礎訓練を終えて卒業すると聞いて、駆けつけました。飛行機がとれなかったので、一日半かけて列車で来ました」

ジャコビッチとぼくは猛獣でも見るような目で判事を見た。

「ワンダーが招待状を送ってくれましてね」と、判事。

「どういうことですか？」と、ジャコビッチ。

「以前、ワンダー訓練生は、わしのお得意様でした。わしが裁判官に転職したのは、数年前です。卒業式のことをもっと詳しく知りたいと思っていたところ、ワンダーが問題を起こして尋問を受けていると耳にしました」

オード軍曹だ。軍曹が話したに違いない。

ジャコビッチはあごを突き出した。

「もう尋問は終わりました」

「あなたは分別のあるかたのはずです、大尉。きちんとした尋問手続きをとるかどうかは、あなたしだいです」

ジャコビッチは判事を見つめた。

「なぜ、その問題を蒸し返さなければならないのですか？」

「わしがワンダー訓練生の行状について知りたいからです」

「もと佐官級の士官として、そして判事として、ワンダーに助言しても無駄なことはおわかりでしょう」

「ワンダーは公正な扱いを受けるに値する人間です。あなたの父上に仕えた士官として、わしにはわかります！」

ジャコビッチはフンと鼻を鳴らした。

「あなたがあのディッキー・マーチですか？」

判事はうなずき、デスクに片手を伸ばすと、写真立てをこちらに向けた。写真のなかで、ジャコビッチ大尉によく似た白髪交じりの男が、旧式の軍用車両のバンパーに片足を乗せ、ほほえんでいる。

「お父上は実に立派な軍人だった」と、判事。ジャコビッチは目をしばたたいた。

「ありがとうございます、大佐。いいえ、判事」

ジャコビッチは写真立ての向きを戻し、咳払いした。

「何がおっしゃりたかったのですか？」

「わしのシナリオを実行に移した結果、ワンダー訓練生は歩兵隊に入りました。ワンダーにとっては、それでよかったと思います。しかも、ワンダーは歩兵に向いている。わしは今でも、そう思っとります」

「ワンダーは重罪をおかしました」

「ワンダー訓練生が飲んだのは一般的な大衆薬です。たったいちど、合法的な薬を飲んだだけです」

「しかし、薬剤の使用に関しては明瞭な規則があり、悪い結果を招いた場合は罰しなければなりません。現に、ワンダーのせいで一人の訓練生が死にました。戦闘時なら、もっと重い罪になっていたかもしれません」

「戦闘時は、いかに優秀な兵士でもミスをおかす。そもそも、優秀な兵士は、ほとんどいない」

ジャコビッチは唇を噛みしめた。

「カブール包囲のときに、あなたの父上とわしが何をしたか、ご存じないのですか？　敵の砲兵隊が攻めこんできたとき、われわれは一日じゅう身をすくめているしかなかった」と、判事。

ジャコビッチは礼儀正しくうなずきながらも表情を険しくした。ぼくも同じだ。マーチ判事の話は支離滅裂だ。

「われわれは簡易ベッドの上で車座になって語り合い、ほんの少しの草《グラス》を吸った」と、判事。

ぼくはポカンと口を開けた。判事の言葉の意味がわからなかったからじゃない。〝草《グラス》〟とはマリファナを意味する古い俗語だ。当時は違法だった。

ジャコビッチもそれを知っているようだ。その証拠に、ゆっくりと頭を振った。

「信じられません」

「あなたの父上が非番のときの出来事まで何もかも話すと思うかね？　ちょっと草《グラス》を吸ったぐらいで父上の名誉が汚されたと思うのか？　われわれが逮捕されていたら、果たして軍はわれわれを除隊させようと躍起になっただろうか？」

ジャコビッチはデスクに置いた両腕を突っ張り、椅子ごと向きを変え、ぼくたちに背を向けて窓の外を見た。

判事はぼくを見て、自分のあごの下を一本の指で軽く叩いた。

ぼくはうなずき、そして、あごを上げた。

遠くでエンジン音がうなりを上げ、やがて静かになった。輸送機が到着したようだ。

ジャコビッチは背中を向けたまま言った。

「十五分後に戻ってこい」

判事とぼくは執務室を出て、中隊通りに立った。

「判事閣下、ありがとうございました。本当にありがとうございました！　来てくださったことはもちろん、何もかもに感謝しています」

判事はぼくに向きなおり、ぼくの磨いた靴の表面をチラリと見た。

「きちんと制服を着ているな。調子はどうだ、ジェイソン？」

「あまりよくありません。お聞きになったとおりです」

何もかもが信じられない気分だ。オード軍曹がぼくに味方してくれたことも……判事がこうして来てくださったことも……判事が勲章をたくさんもらった佐官級の士官だったことも……。

判事は食堂を指さした。雲梯《うんてい》には誰もぶら下がっていない。葉のない細い若木がそよ風に揺れている。

「一人の老兵がここでコーヒーを一杯もらってもかまわんかね？」

三分後、判事とぼくは食堂の空《あ》いたテーブルの上にコーヒーカップを置いた。厨房では、夕食の準備に追われている。

判事はコーヒーを口に含んだ。

「きみは、プロザックなんとかいう薬のほかに、何かドラッグをやったことがあるのか？」

「いいえ。神に誓って、そのようなことはありません、閣下」

判事はうなずいた。

「よかった。さもなければ、耳の穴をかっぽじってやるところだ」

ぼくは顔をしかめた。判事が若いころには、ボディーピアスは身体を傷つける行為として禁じられていたはずなのに。でも、今の判事の口調から、判事が言いたいことはよくわかった。

「閣下、どうして、ぼくのためにこんなことをしてくださるんですか？」

判事は肩をすくめた。

「きみが罪に問われたら、また、わしの訴訟者名簿にきみの名が記載されることになる。わしは面倒な訴訟は嫌いだ」

「ほんとですか」

判事はコーヒーを見つめてから、顔を上げ、にっこり笑った。

「いや。きみには、すぐれた潜在能力があると思っただけだ。正しい方向へ導いてやる必要がある。わしも、いまだに導きを必要としておる」

それこそ、ぼくが求めてることだ。ぼくは頭を振った。

「閣下、あなたが大尉の父上の指揮下にいたなんて、信じられません。二人で……つまり……その……マリファナを吸ったということも」

判事は、残っているほうの手でカップに砂糖を入れると、砂糖の容器を置き、スプーンでコーヒーをかき混ぜた。

「ジェイソン、わしのもとへ来る被告たちのあいだでささやかれている言葉がある。連中は、わしがそのことを知らんと思っておる」

「閣下？」

「本当のことを言っても信じてもらえないときは、嘘をつきとおせ」

判事は、もうひとくちコーヒーを飲むと肩をすくめ、唖然とした表情のぼくを見つめた。

この嘘つきじじいめ。

ぼくたちはすわって、しばらくコーヒーを飲んでいた。

食堂のドアが開き、ジャコビッチの当番兵が顔をのぞかせた。

「ワンダー！　大尉がお待ちだぞ」

ぼくは紙コップを力いっぱい押しつぶした。

「さっさと来い！」

当番兵は顔を引っこめ、バタンとドアを閉めた。ぼくは跳び上がりそうになった。

ぼくたちが執務室に戻ったとき、ジャコビッチは判事を部屋から閉め出した。

ジャコビッチは椅子にすわって、ふんぞりかえり、五本の指をそろえてあごの下に添えた。

「マリファナの件だ。父からマーチ大佐のことはすべて聞いている。ディッキー・マーチは優秀な兵士だが規則破りの常習犯だった。一緒に酒は飲んだが、二人ともマリファナに手を出したことはないそうだ」

ぼくは血が凍る思いがした。マーチ判事は、ジャコビッチの父親を誹謗《ひぼう》中傷《ちゅうしょう》する嘘をついてまで、ぼくを擁護しようとした。ジャコビッチは、そのことを見破ったようだ。

「ワンダー、マーチ判事がどうやって名誉勲章を手に入れたか知っているか？」

ぼくは首を振った。

「第二次アフガン紛争中、わたしの父とマーチ判事は、地対空ロケットでヘリコプターが撃退されたときの唯一の生存者だった。父は両脚を骨折していた。判事は片腕を折り、ベルトが絡まっていた。ヘリコプターの残骸から炎が上がった。判事は塹壕掘りの道具《シャベル》を使って、なんとか片腕ごとベルトを叩き切り、残骸が爆発する寸前に父を引きずって逃げた。それから三日間、敵のパトロール隊に見つからないよう、父を背負って逃げつづけ、助けが来るのを待った」

ジャコビッチは椅子にすわったまま、またしても上体をそらし、別の写真立てを指さした。美しい女性が赤ちゃんをだっこしているホロ写真だ。

「わたしは妻と息子のために何もかも犠牲にするつもりだ。だが、親子が本当にそのような犠牲を強《し》いられることはめったにない。それは兵士も同じだ。われわれが戦うのは、神や国や故郷の家族のためじゃない。すぐそばにいる兵士のためだ。われわれにとって兵士たちは、ほかの誰よりも大切な家族だ」

ぼくはゴクリと唾を飲んだ。

「大尉?」

「わたしはマーチ判事に借りがある。父も判事に借りがある。だから、判事は家族も同然だ。きみのために嘘をつく意味があると判事が思っているなら、それでいい。だから、軍にとどまろうとは考えないでくれ。未熟なアメリカ陸軍士官学校出身者は、たわいもない嘘にだまされやすいものだ。きみは軍にとどまろうとしている。わたしの大切な人間が、きみは変われると信じているからだ」

とどまろうとしてるだって? 心臓が口から飛び出そうになった。

「大尉、自分は最高の兵士になれるはず——」

「黙れ。わたしは毎日、きっと人生を変えてみせますとかいう約束の言葉を山ほど耳にする。判事も裁判所で同じことを聞かされているはずだ。きみが軍にとどまるのなら、今回の事件は記録に残る。きみは今後、困難な任務にはつけないだろう」

基礎訓練よりひどい目にあうはずがない。心臓がドキドキして、一瞬、われを忘れた。

「……このままではわれわれの卒業式まで遅らせることになるぞ。ワンダー、わたしは〝下がれ！〟と言ったのだ」

ジャコビッチは片手をひらひらと振った。

ぼくは敬礼するのを忘れそうになりながら、まわれ右した。ぼくは基礎訓練を乗り越えた！　人生最悪の失敗を乗り越えた！

卒業式は支障なく終わった。マーチ判事がとどまり、見守ってくれたおかげだ。その後、ぼくたち訓練生は食堂でクッキーを食べ、粉末ブドウ・ジュースを飲み、全員の親と握手した。ぼくはペンシルベニア州ハーシーでステーキ・ディナーをごちそうして判事を買収しようとしたが、逆に判事がおごってくれた。判事がコロラド行きの列車に乗ると、二人とも声を出して泣いた。

ぼくたちは基礎訓練のあと二週間の休暇をもらった。ほとんどの訓練生には故郷に家族がいる。ぼくにとっていちばん親しい人間はメッツガーだ。

ロケット乗りのメッツガーはケープ・カナベラルにいる。民間の飛行機はもう飛んでいないため、ぼくは軍用輸送トラックに便乗してフィラデルフィアまで行き、そこから、また別のトラックに便乗して南をめざすしかない。

フィラデルフィア行きのトラックはひどく揺れて、寒かったが、考える時間はたっぷりあった。ウォルターのことや世界の運命のことを考えた。でも、今までのバカな自分を反省する時間がいちばん長かった。ジャコビッチは、さっさと軍を去ってくれればいいのにと言った。

だが、すでに、ぼくは苦労して、低賃金、汚い、危険と三拍子そろった仕事にありついていた。失敗しても将来に影響しない仕事だ。ドルーワン・パーカーは、ぼくと知り合った翌日に脚を折ったが、軍に高位の親戚がいた。軍で実績を上げるのは、パーカーのような新兵なのかもしれない。ぼくのようなやつじゃないことは、たしかだ。インディアンタウン・ギャップから離れれば離れるほど、現実がはっきり見えてきた。

フィラデルフィアの貨物庫は倉庫地区にあった。広い部屋に灰色の金属製デスクがあり、その向こうに一人の補給担当軍曹がいた。壁の一面に自動販売機。そして、ビニールのソファがふたつ。湿った段ボールのにおいがした。フロリダ行きの輸送トラックが出発するまで、時間をもてあました。

二十歳前後の民間人の若者二人が荷物の上にすわっている。ほかの輸送トラックに便乗して、インディアンタウン・ギャップへ基礎訓練を受けにいく新兵たちだ。髪がボサボサで服はしわだらけ。生意気そうなやつらだ。つまり、数カ月前のぼくと同じだ。

ぼくはソファに長々と寝そべり、画面で在庫をチェックする補給担当軍曹を見つめた。日焼けした肌はニキビ跡だらけで、ひきつれた傷跡があごのラインに沿って走っている。

「ご出身はどちらですか、軍曹？」

「ブロンクス区だ」と、軍曹。名札に〝オチョア〟と書いてある。正規軍の下士官は初年兵の訓練担当軍曹とは違う。誰でも気軽に軍曹と話ができる。

「何をしているんですか、軍曹？」ぼくは軍曹の画面を指さした。

「この倉庫にある紙製品の在庫を入力している」

「たとえば？」

「トイレット・ペーパーや包装紙だ」

「別々に管理しているんですか？」

軍曹は肩をすくめた。

「ここは軍だ。紙は紙だ」

「ご自分の仕事が好きですか？」

軍曹はまたしても肩をすくめた。

「もうすぐ辞める」

除隊まで、あとわずかということか。

「除隊になるとは考えたこともなかった」

「なぜですか？」

「それなりの処分を受けたことがあるからだ」

指揮官に尋問されて、罰をくだされたのか？　何か聞き出せそうだぞ！

「原因はなんですか？」

「たいていは飲み屋でのいざこざだ。おれは海軍基地に配置されてたんだ」軍曹は、嚙《か》みタバコの汁をデスクの横のバケツに吐き捨てた。「海軍のやつらと酒なんか飲めるか？」

なるほど。

「そのせいで昇進できなかったんですね」

「軍は自分たちのことしか考えてない」

ぼくは胸がふくらむ思いがした。

軍曹は肩をすくめた。

「おまえもドラッグ事件さえなかったらな」

ぼくの心は沈んだ。

「クスリをやったら希望はない」

「それはコカイン中毒者のことですよね。〈プロザック2〉をやった者はどうなんですか？」

軍曹は首を振った。

「ここは軍だ。クスリはクスリさ」

ぼくは自分の靴を見つめた。靴をいつもピカピカにしておく方法を教わったが、そんなものはなんの役にも立たなかった。この軍曹は二十年後のぼくだ。たとえ、ぼくがドラッグ事件を起こさなかったとしても関係ない。

ぼくは貨物庫を出て、あてもなく歩いた。通りの向こう側で、店先教会が食事を配っている。大勢の人々が教会のドアからブロックの端まで長い列を作って並んでいる。みんな、ホームレスではない。責任と尊敬に値する者たちなのに、この戦争によって希望を奪われた。ぼくは無意識に列に並んでいた。

今なら、簡単に姿を消せるだろう。家も仕事もない孤児に逆戻りだ。軍には人があふれている。少しぐらい兵士がいなくなっても、また新しい兵士を見つければいいだけだ。脱走兵を追うためにカネを使うような真似はしない。

ぼくのダッフルバッグには数カ月分の給料と民間人の服が入っている。なんとかいうコメディアンの墓碑名に、〝フィラデルフィアよりここのほうがいい〟と記されていたことを思い出した。フィラデルフィアには、たいしたものは何もない。だが、広いから、いくらでも道に迷うことができる。

ぼくはそっと貨物庫に戻り、ダッフルバッグを背負った。このまま路地に隠れ、民間服に着替えて、民間人に紛れこんでしまえばいい。

画面を見ていたオチョア軍曹が顔を上げた。

「きみが乗るケープ・カナベラル行きの輸送トラックは〇四〇〇時に到着する。道に迷うなよ、特技下士官！」

もう遅い。

ぼくがスイング・ドアを開けようとすると、ドアを押し返され、民間人の服を着た一人の黒人が入ってきた。片手にスーツケースを持ち、もう片方の手に持ったアルミの松葉づえで身体を支えている。

ぼくはあわてて脇によけた。

「ワンダー!」

ぼくは振り返った。ドルーワン・パーカーが白い歯を見せて笑っている。例の片脚を折った訓練生だ。

パーカーはドサリとバッグを置き、片手を差し出した。

「立派になったな! 賢そうで岩のように揺るぎない! 基礎訓練を終えたんだな!」

パーカーはぼくの頭をグイグイ振りながら、ぼくを上から下までじろじろ見た。

「ここへ何しにきたんだ?」と、ぼく。

「第二のチャンスさ」パーカーは両手を広げ、片脚を上げてみせた。「骨折が治って、一週間前にピンがはずされた。もういちど基礎訓練に参加するつもりだ」

「やっぱり歩兵隊に入るのか? きみはケガしたんだから、楽ができるよう伯父さんに頼めばいいのに」

パーカーは笑みを消し、足もとを見た。

「おれは嘘をついてた。おれには将官の伯父なんかいない。空軍軍曹の従兄がいるだけだ。おれは、きみ以上に軍にすがって生きるしかない。しかも、この脚は治ったものの、まだ曲がったままだ。また基礎訓練を受けられずに追い出されるかもしれない。でも、先のことはわからない。おれの親父がよく言ってたよ——人生の九十パーセントは、やってみなきゃわからないって」

パーカーと会ったのは、パーカーが脚を折って以来だから久しぶりだ。あのときのパーカーは楽天家だった。今は現実主義者だ。でも、パーカーは結果を出すだろう。

パーカーはぼくを見た。

「基礎訓練は終わったんだろ？　次は、どこをめざすんだ？　このラッキー野郎め」

ラッキーか。たしかに、そうかもしれない。ぼくは肩をすくめ、ダッフルバッグを床に置くと、すわって輸送トラックの到着を待った。

「行けと言われた場所へ行くだけさ」

ぼくはパーカーの幸運を祈りながら、輸送トラックのなかで揺られつづけた。一日半後には、睡眠不足と、通過してきた道路の砂で、目が真っ赤になっていた。

目的地に着くと、ぼくはトラックの後部から、倉庫群が並ぶ灰色の舗道にダッフルバッグを放り投げた。ここフロリダ州ケープ・カナベラルのアメリカ宇宙軍基地のはずれには、数多くの建物が集まっている。ぼくがダッフルバッグを追って、舗道を歩きだしたとき、地面が揺れた。

14

地面は揺れつづけた。発射物の襲来か？　ぼくは何かしがみつけるものがないか、あたりを見まわし、それから上を見た。遠くで、堂々とした迎撃艇がうなりを上げながら、ゆっくりと離昇しはじめた。オレンジ色の炎を噴射し、白煙をたなびかせながら空に向かって矢のように突き進んでゆく。

ぼくから十数メートル離れた場所に、煙を背にした人影が見えた。メッツガーが腕組みして、笑みを浮かべている。正規軍の新兵募集のポスターのように、かっこいい。メッツガーの初年兵のリボンは青色で、ぼくのよりずっと立派だ。優秀なパイロットが与えられる勲章を胸いっぱいにつけている。そうとも、ロケット乗りは世界を救おうとしている。勲章をもらって当然だ。

メッツガーが近づいてきた。肩章に、大尉を示す銀色の線章がついている。ぼくが反射的に敬礼すると、メッツガーは答礼した。いかにも宇宙軍らしい、だるそうな態度だ。オード軍曹は、アルマーニのタキシードと同じように、よれよれの野戦服にもきちんとアイロンをかけろと厳しく指導した。第二次世界大戦のパイロットたちは、軍用機の燃料を冷却するために、高度一万メートルの上空で冷えたビールを使ったという。結局、勲章をつけてるパイロットなんて、その程度なのかもしれない。

メッツガーは腰に両手を置き、ぼくを上から下まで見ると口笛を吹いた。

「サマになってるじゃないか」

ぼくは肩をすくめた。

「命からがら逃げるのが歩兵の仕事だからな」できれば、メッツガーの腕をパンチしたり、抱きついたりしたいくらいだ。

ぼくは、のけぞって上を見た。いまだに、高層ビルをポカンと見あげるおのぼりさんのようだ。

メッツガーは迎撃艇に向かって親指を立てた。いまや迎撃艇は飛行機雲の先の小さな点にしか見えない。フロリダの灰色の空と比べると、きわだって白い。

「ロケット乗りは、ここや、西海岸のバンデンバーグ基地や、中国のロプノール湖から飛び立つ。南半球を守っているのは、ヨハネスバーグから飛ぶ迎撃艇だけだ。赤道の南には発射物の標的になるものがあまりないからね」

メッツガーはぼくの前を横切って、ぼくのダッフルバッグを手に取り、自分の車まで連れていってくれた。そのハイブリッド車のライセンス・プレートには〝ROKJOK《ロケット乗り》〟の文字があった。

ぼくは口笛を吹いた。

「高そうな車だな！」

「バッテリーがすごいんだ。それに、ガソリンに切り替えると、飛ぶように速く走れる」

「ガソリンが手に入るのか？」

「ロケット乗りは、なんでも手に入れられるのさ」メッツガーはダッフルバッグを後部座席に放り投げた。「乗れよ。今から女の子たちとパーティーをするんだ」

「すげえ」ぼくが思春期になってからデートしたのは、ニキビづらした女の子たちだけだ。メッツガーに処女を捧げたくてたまらないチアリーダーたちからは、ことごとく肘鉄をくらった。もちろん、デートした女の子たちも、ぼくを同じように見てたのかもしれない。

「たいしたことないよ。でも、きみのデートのお相手は最上級だ。本当さ」幼なじみの誰かと、こうして一緒にパーティーに行けるなんて最高だ。まさに以心伝心で、とても気楽だ。

すれ違う車はほとんどなかった。ロケット乗りみたいにガソリンを手に入れられる者は、一人もいない。塵のせいで視界の悪い黄昏のなか、どの車もライトをつけて走っていた。ぼくたちにはライトさえ必要なかった。メッツガーの車には暗視ヘッドアップ・ディスプレイが装備されていたからだ。空は、どんよりと曇り、交通量も少ない。そのせいで、民間人の世界はいつにもまして静かだった。あちこちで葬儀が行なわれているのかもしれない。

メッツガーはベテラン運転手のように、きわめて正確に車のハンドルをあやつった。

「どうやって、軍に残るつもりだ？」

ぼくは、すべて話した。ウォルターのこと。尋問のこと。

「そうか」

残念そうな口調だ。

ぼくは肩をすくめた。

「ところで、テッドおじさんとバニーおばさんはどうしてる？」と、ぼく。メッツガーは自分の両親の話を持ち出すつもりはなかっただろう。ぼくの母がインディアナポリスで死んだことを知っているからだ。だからこそ、あえてメッツガーに両親のことをたずねる必要がある。

メッツガーは笑顔を浮かべた。

「今もデンバーで暮らしてるよ。先月、会ってきた。父のテッドは、きみが歩兵を選んだのは正解だと思ってる」

メッツガーの部署はグレーター・オーランドにある。ディズニーワールドは、しばらく前から閉園しているが、オーランド・メトロプレックスは唯一アメリカに残った遊園地といっていい。ここ数日、フロリダ州では気温が摂氏十五度くらいまで上昇しつづけている。車はマンションが立ち並ぶ一角を通り過ぎた。家の前にヤシの木がずらりと並んでいるものの、葉は茶色く枯れ、しなびている。

「メッツガー、ぼくたちは本当に悪いやつらを追いつめようとしてるのか？　この戦争に勝てば、世界の衰退を止められるのか？」

「たぶんな」メッツガーは下を見て、それから両横を見た。都合が悪くなると、こうして目をそらす。この前そうしたのは、ぼくが好きだった女の子から秘密のメモを渡されたときだった。メモには、ぼくがイタチみたいな息をすると書いてあった。絶対にぼくには言わないよと、メッツガーは女の子に約束した。ぼくには言えないことを、まだたくさん知っているはずだ。

「へえ」と、ぼく。おまえが何か知ってるのはお見通しだぞというメッセージだ。

パーティー会場は暗い通りにあり、門が閉まっていた。まあ、最近は、どこの通りも暗いものだ。

パーティー会場はホテルのようだった。奥にゲートつきの広い芝生があり、タキシード姿のこわもての用心棒が玄関前に出てきた。用心棒は車のなかに上半身を入れ、メッツガーの制服を見てほほえみ、ぼくの服を見て肩をすくめると、建物に入るよう手で合図した。

玄関ロビーで球技ができそうだ。だが、ぼくたちは生演奏が流れるなか、建物の奥から外へ出てプールへ向かった。プールサイドでは、数百人の客が日差しを浴びてキラキラ輝いていた。

日差し?

ぼくは上を見た。プールサイドにヤシの木が並び、今なお青々とした葉から人工の太陽光が放たれている。何日も前になるが、ピッツバーグの郊外では、生き残った者たちは昼間でもロウソクを灯していた。ここに小麦色に日焼けした人々がいるのは、奇妙だ。小麦色だって?戦争が始まって以来、兵舎のシャワー室で見たコーカサス人の尻も、フィラデルフィアの生活保護受給者たちの顔も、生《なま》のパン生地のような色をしていた。でも、ここの人々には日焼けするだけのカネがある。

ぼくはポカンと口を開けた。そして、メッツガーの肘をつかむと、ささやいた。

「誰の家だ？」

「アーロン・グロット。ホロ映画のプロデューサーだ」

バンドの生演奏で、有名歌手のカンニバルがヒット曲を歌った。もういちど見たが、やっぱりカンニバルだ。バンドの演奏が終わると、クリスタルのグラスで乾杯する音と笑い声だけが残った。制服を着ているのは、メッツガーとぼくだけだ。人々はいっせいに振り向いた。

ぼくたちのデート相手は、そのなかにいた。網目状の生地でできたカクテル・ドレスを着ている。地球上のどこかほかの場所でこんな服を着ていたら、とっくに凍死しているだろう。メッツガーは自分のガールフレンドにぼくを紹介した。シェリーという娘だ。見たこともないほど完全な美貌とスタイルの持ち主だ。

やがて、メッツガーがクリッシーを紹介してくれた。ブロンドで背はぼくと同じくらい。よく見ると、エベレストのようにヒールの高い靴を履いている。頬に軽くキスされたとき、香水のにおいがした。クリッシーがシェリーのほうへ身を乗り出した。ぼくは頭のなかで二人を比べた。クリッシーは一歩さがり、ぼくの緑色の制服を上から下へながめまわした。くそっ。ロケット乗りのような青色じゃなくて悪かったな。

クリッシーは目を見開いた。

「メッツガーの話だと、歩兵は信じられないぐらいスタミナがあるそうね。想像しただけで、おなかが震《ポンポン》えてきちゃう」

ぼくのポンポンもだ。

「で、クリッシー、何をしようか?」

「あとで、あなたに見せたいものがあるの」クリッシーはクスクス笑った。「本当は、あたし、モデルなの。ランジェリーと水着のね。あまり有名なブログには載ってないわ。あたしの胸は大きすぎるらしいのよ」

そいつはありがたい。

戦前なら、ビュッフェには豪華な料理がそろっていて当然だったに違いない。ここにある牛のヒレ肉は、なかがピンク色で、まぎれもなく本物だ。ローストしたウズラ肉を重ねたピラミッド。ボウルいっぱいの新鮮なフルーツ。リンゴ。バナナ。なんでもある。

ぼくたち四人は皿が傾かないようバランスをとりながら、テーブルを探した。そのとき、ぼくと同年代の赤毛の娘が目にとまった。見た目はクリッシーに負けないぐらい完璧で、頭がからっぽそうなところも同じだ。その娘はオード軍曹くらいの年齢の男に寄り添っていた。タキシードを着て、あごひげを生やしているが、オードよりも穏やかで、ふっくらしている。

二人はなめらかに近づいてくると、男のほうが両手でメッツガーの手を握った。

「大尉! お会いできて光栄だ!」

ホロ・テレビに映る姿は十キロほど太って見えるという。でも、ぼくは、その男がアーロン・グロットだと、すぐにわかった。アカデミー賞を何度も受賞していたからだ。

アーロンはシャンパン・グラスを頭上高く掲げると、純銀製フォークでそれをチリンと鳴らした。全員が口を閉じ、ぼくたちを見つめた。

「ここに、映画製作を可能にしてくれた男性がいます！　たとえ、その男性に演技をするつもりがないとしても、関係ありません」

ぼくは目をまるくした。ハリウッドはメッツガーを主人公にしたホロ映画を作るつもりらしい。そのあいだ、ぼくは機関銃をかついで森のなかを行軍しているだろう。いつも、この調子だ。

アーロンはメッツガーの両頰にキスし、全員に向かって言った。

「われわれはみな、この男性に大きな借りが……」

胃のあたりが冷たくなり、急に皿が重くなった気がした。どうして、ぼくはこんなにバカなんだ？　最近では、ハリウッド映画のプロデューサーでさえ、寄付金を集めないかぎり、こんなかわいい娘を自分のものにはできない。カンニバルを愛人にするだけで、家が一軒買えるほどのカネがいるはずだ。ぼくがクリッシーと付き合ったら、一ヵ月分の給料と配給がぶっとんじまう。

アーロンはぼくを引っ張って、メッツガーの隣に立たせると、ぼくとメッツガーの肩に腕をまわした。その襟章は何かと小声でたずねられるのかと思ったら、違っていた。

「このように勇敢な兵士たちがいなかったら、われわれはどうなるでしょうか？」

人々は拍手喝采した。一人ずつ近づいてきて、握手を求め、日々の戦いぶりに感謝した。いい気分だ。ぼくがパーティーの参加費用を心配してたほど貧乏だなんて、誰も知らない。以前、電子書籍の歴史書を読んで知ったのだが、昔の戦争——たしかベトナム戦争だったと思う——のあいだ、休暇中の兵士がこんなパーティーに出席した。すると、二次元映画のスターが近づいてきて、兵士に唾を吐いた。ほかの客たちは拍手して、そのスターの行動を称賛したという。

この場にいると、電子書籍に書かれていることなんて、大嘘のように思えてくる。そんな愚かなことをしなければ、アメリカは、これほどつまらない国にならなかったかもしれない。

それから数時間、メッツガーはシェリーとダンスを楽しみ、要人たちから次々に声をかけられた。ぼくは無料のシャンパンを浴びるほど飲み、バンドの演奏に耳を傾け、クリッシーを見つめた。クリッシーがクスクス笑うと、ドレスが今にも脱げ落ちそうになった。

メッツガーはパーティーの主催者であるアーロンとともに客人に挨拶してまわった。アーロンが来て、ぼくとクリッシーのあいだの椅子にすわった。もとはといえば、メッツガーの席だ。アーロンは、ぼくの肩に手を置いた。

「メッツガー大尉の話では、このところ軍人としてはパッとしないようだな」

パッとしない？　この男は胸の記章が読めるのか？　本当に読めるなら、ぼくがどんな人間かわかるはずだ。ぼくの胸にはめったにもらえない上級ライフル射手のバッジと初年兵のリボンしかついていないのだから。ぼくは肩をすくめた。

「われわれは数多くの戦争映画のプロジェクトを進めている。わたしには技術アドバイザーが必要だ」アーロンは眉を吊り上げた。

「つまり、ぼくが兵士として——」

アーロンは頭を振った。

「わたしが必要としているのは民間人のアドバイスだよ。わたしは、きみを除隊させられる人々を知っている」

ぼくは緊張した。アーロンの後ろでクリッシーが目を見開いたが、やがて、すばやく何度もうなずいた。

アーロンはぼくの肩をギュッとつかんだ。

「兵士の給料よりはるかに高い報酬を得られるぞ」

「ぼくは——」ぼくが社会の役に立つなんて、とんでもないことだ。でも、この気持ちを、もうこの世にいない人に、どうやって説明すればいい？

「なあ、きみはいい子のようだ。メッツガー大尉も、きみは人気者になると確信している。世界は破滅寸前だ。それなのに、なすすべもない。これから、きみは軍に残り、泥を掘りつづけるのか？　それとも、ここにいるみんなのような人生を送るのか？」アーロンは両手を広げ、人々に向かって光の魔法をかけるかのようなしぐさをした。

「仕事がほしければ、軍を辞める前に知らせてくれ。ほしくないとしても、候補者名簿に載せておく」アーロンは立ち上がり、にっこり笑った。まともな脳ミソを持つ者なら、自分の申し出を断るはずがないと言わんばかりだ。

アーロンが立ち去ると、クリッシーはぼくの手を握りしめた。

「すごいわ！　ジェイソン！　たったいまアーロン・グロットがあなたに仕事を依頼したのよ！」

仕事の依頼だって？　どんな仕事だ？　どうして？　二日前、ぼくは軍にとどまるよりは脱走しようと思っていた。アーロンが本当に軍にコネがあるとしたら、ぼくを合法的に除隊させることができるだけでなく、マーチ判事との約束を反古にすることさえ、取り繕ってくれるかもしれない。ぼくの人生に希望の光が見えてきた。それなのに、なぜ、ぼくは迷ってるんだろう？

ぼくが考えこんでいると、クリッシーはぼくを連れて建物のなかへ戻り、階段をあがって、絨毯《じゅうたん》を敷いた廊下を進んだ。中隊通りと同じくらい長い廊下だ。ドアの閉まったいくつもの部屋から、うめき声が聞こえ、違法ドラッグの甘ったるいにおいがただよってきた。

「ベッドルームは四十室もあるのよ。あなたの望むものは、なんでもあるわ」と、クリッシー。今のぼくの望みは、クリッシーのドレスに隠された秘密をあばくことだけだ。クリッシーはシャンパンのせいでふらふらしながらドアを開け、天蓋つきベッドのあるピンク色の部屋にぼくを導き入れた。そして、ベッドに跳び乗るとハイヒールを脱ぎ捨て、シャンパンを飲み干し、空《から》のグラスをベッド脇のテーブルに置いた。ドレスの裾がおなかの上までめくれあがった。クリッシーは仰向けになり、シルクのドレスをなでた。ぼくはベッドにすわった。

なぜ、アーロンからの仕事の依頼をうさんくさく思うのだろう？

「なんでもいいから明日のことを考えなさい、ジェイソン」クリッシーは手を伸ばし、ぼくの耳をなでた。

女性のにおいをこれほど近くで嗅いだのは数カ月ぶりだ。最後にぼくの耳にさわった女性は医者だった。ぼくが十二歳になる前、耳が痛くなったときのことだ。ぼくは息が速くなるのを感じた。明日のことって、何を考えればいいんだ？

「きつい？」

クリッシーはぼくの耳に息を吹きかけた。

「え？」

「訓練のことよ」

「きついね。いや、きつかった」

クリッシーはすわったまま横に動き、するりとドレスを脱ぎ、ピンクのレースの小さな下着をかなぐり捨てた。誘惑しているらしい。ぼくは凍りついたかのように動かなかった。動いたら、クリッシーが消えてしまう気がした。

クリッシーは身を引き、すねた口調で言った。

「あたしは退屈な女？」

「違う！　絶対に違う！」ぼくは肩をすくめた。「ただ——ぼくには責任がある」

クリッシーは、ぼくの上着についている速成歩兵のリボンに触れた。

「ジェイソン、現実を見なさいよ！　責任が重いのはメッツガーのほうよ。あなたはただの歩兵じゃないの！」

やがて、クリッシーは首をかしげた。

「それとも、宇宙軍に入るつもり？」

宇宙軍がクリッシーの両膝と鎖骨のあいだにあるなら、ぼくは間違いなく、そこをめざすだろう。

「なんだって？」

「ニュースを見なかったの？」

トラックの上で揺られていたのに、見られるはずがない。

「どのチャンネルでも持ちきりよ」クリッシーがリモコンの上に手をかざすと、ホロ・テレビの鮮明な映像が現われた。発射物による塵の影響は少しもない。これも、カネで買えるもののひとつだ。

ニュース・キャスターがぼくたちの目の前の絨毯に立ち、そのまわりで〈ホロ・ニュース・ネットワーク〉のロゴが渦巻いた。

「すでに国連ガニメデ派遣軍には志願者が殺到し、世界でも指折りの兵士たちが名乗りを挙げています。政府もついに本日認めました。数千人単位の歩兵隊を運ぶ巨大航宙艦を建造し、木星最大の衛星に攻めこむ計画をまもなく実行に移すそうです」

ぼくは頭を振った。大丈夫だ。たいして酔ってない。

女性キャスターは言葉を続けた。

「来春には、艦の骨組みを造りはじめるかもしれません。保安上の理由により、建造場所は明らかにされていませんが、おそらくアリゾナ砂漠かサハラ砂漠の研究センターでしょう」

もう一人のニュース・キャスターがスタジオの向こうでうなずいた。

「具体的な計画があるのですか？」

「情報筋によると、訓練を積んだ歩兵部隊を五年以内に送り出すようです。期待できるニュースです」

四年後に人類が絶滅している可能性は五分五分だ。何が期待できるって？

クリッシーは手を振ってホロ・テレビを消した。

「あなたは動揺してるわ、ジェイソン」

頭がクラクラする。シャンパンとニュースのせいだ。歩兵。歩兵が世界の運命を左右するのだ。ぼくにも世界を変えるチャンスがあるかもしれない。あるいは、ぼくがあんなドジを踏むまでは、そのチャンスがあったのかもしれない。ジャコビッチは、ぼくにはクソみたいな任務しか与えられないだろうと言った。ガニメデ派遣軍に選抜されるのは、軍の歴史においても、もっとも取りづらいチケットになるだろう。〈あらゆるクソッたれのもと〉だ。ぼくは歯ぎしりした。

「ジェイソン？」

「え？」

クリッシーがマニキュアを塗った指で、ぼくのズボンのチャックをするりとおろした。

「とにかく、あたしが気持ちよくさせてあげるわ」

無理だ。状況を好転させる唯一の方法は、ぼくがガニメデ派遣軍に選抜されることだ。クリッシーの出る幕じゃない。

だが、ぼくのムスコは、ぼくの妄想を急いで実行しようとしてる。ぼくは両腕をクリッシーのウエストにまわし、抱き寄せた。

クリッシーはクスクス笑った。

「ズボンのポケットが硬くなってるわ。ピストルでも入ってるの、兵隊さん?」

陳腐なセリフだが、ぼくを誘惑するには申しぶんない。

コツ! コツ!

ノックの音がすると同時に、勢いよくドアが開いた。

15

「ワンダー特技下士官か？」

黒いベレー帽をかぶった三等軍曹の憲兵《MP》が二人、入ってきた。白字で〝MP〟と書かれたたすきをして、白い手袋をはめている。

くそっ。くそっ。くそっ。アヘン窟にいるところを見つかった気分だ。あいにく、偽の身分証は、インディアンタウン・ギャップのオード軍曹が持ってるポリ袋のなかだ。未成年のくせに酒を飲み、酔った女とお楽しみ中とあっては、規則違反に決まってる。

憲兵たちはポカンと口を開けてクリッシーを見た。

「もういちど出頭しろ、特技下士官」と、憲兵の一人。

ぼくは首を振った。

「今は休暇中です」

その憲兵は昔ながらの紙の書類をひらひらと振った。にこりともしない。

「休暇は中止だ」

クリッシーはシーツを身体に巻きつけ、唇をとがらせた。

「どこへ出頭すればいいんですか？」と、ぼく。

「最寄りの駐屯地——ケープ・カナベラルだ」

「いつ？」

「今すぐに」

「わかりました。ちょっと待ってください」ぼくはクリッシーを見た。

「今すぐにだ、特技下士官！」憲兵はベルトに親指をかけた。ピストルを携帯している。

ぼくは両手を広げ、肩をすくめた。

「ちょっと！　ぼくは三ヵ月間も四十九人の野郎どもと兵舎で寝起きをともにしてきたんですよ！　せめて十分くらい——」

「たとえ、おまえが野牛どもとベッドをともにしていたとしても、知るものか。来い！」

憲兵は前へ出た。

戦時に命令を拒否することはできない。拒否したら、ただちに除隊させられる。こんなとき、権利章典なんてものは少しも当てにならない。それに、このところ、ぼくは軍に歯向かってばかりいる。たまには、ふたつ返事で命令にしたがうことも必要だ。ぼくは、もういちど憲兵のピストルを見ると、ため息をつき、シャツの裾をズボンのなかに入れてチャックを上げた。

クリッシーは不満げな声を漏らし、壁のほうへ寝返りを打った。

ぼくは立ち上がった。

「どうやって、ぼくの居所がわかったんですか?」

憲兵は人差し指で胸を叩き、もう片方の手で空を指さした。

「〝鑑札〟だよ」

ぼくはうなずいた。手引書にしたがい、すべての兵士の胸骨の下にIDチップが埋めこんである。その目的のひとつは、死体の身元を明らかにするためだ。だからこそ、破損しないよう、最大の肉のかたまりのどまんなかに埋めこむ。それにこのIDチップは、車やバイクのように、GPSによって追跡することも可能だ。合衆国憲法修正条項の第三十八条は民間人がどこにいるか、衛星で追跡することを禁じている。だが、兵士には適用されない。どうやらIDチップは〝鑑札〟と呼ばれているらしい。犬を実験台にして作られたせいだろうか。別の説明も聞いたことがあるが、実にバカげていた。

ぼくは、ふたたびクリッシーをチラリと見た。クリッシーは、ぼくに投げキスをした。ぼくの胸が痛んだ。それでも、行かなければならない。二人の憲兵にはさまれる形でブーツの足音を響かせながら、大理石のらせん階段をおり、ロビーを横切って政府管轄車両へ向かった。

ドアが開いていて、後部座席にメッツガーがすわっていた。ヘッドレストに頭をもたせかけ、目を閉じている。憲兵の一人がぼくの頭に片手を置き、ぼくをメッツガーの横に押しこんだ。

「きみも? なぜ?」と、ぼく。

　メッツガーは、ぼくのほうを向き、片目を開けた。

「おれは、連中が次の生贄《いけにえ》を見つけるたびに呼び戻される。きみが連れていかれる理由はわからない」

「未成年のくせに酒を飲んでたせいかと思った」口にしたとたん、その言葉がバカげて聞こえた。

　メッツガーは、ふたたび目を閉じた。

「じたばたするな。そのうち、わかる」

　自分は子供だと思っていたら、いつのまにか大人になっていた──それと同じようなものかもしれない。

　バッテリー式のセダン・タイプの車は、メッツガーがケープ・カナベラルからたどってきたルートをゆっくりと引き返した。ぼくは、うとうとした。シャンパンのせいで頭がはっきりしない。なのに、頭のなかは疑問でいっぱいだ。

　ウォルターのこと……母のこと……ぼくを乗せないまま木星へ向かう戦闘艦のこと……。

　いつのころからか、ぼくは自分が大きく変わってしまったことに気づいた。ノーパンのゴージャスな女の子と付き合えなくても、たいして気にしてないなんて。

　数カ月前のぼくなら、ちょっとでもセックスしないと、いらいらしてしかたがなかっただろう。

　ぼくの隣で寝息を立てているのが、メッツガーじゃなくてクリッシーならいいのに。でも、できれば、木星行きの戦闘艦のベッドで眠りたい。

車がケープ・カナベラルのメイン・ゲートを入ると、まぶしい投光照明のせいで目が覚めた。高級ワインは二日酔いにならないというが、そんなの大嘘だ。簡易口糧《MRE》が〝いつでも食《ミールズ・レディ・ト》べごろ《ウー・イート》〟の略だってのと同じくらい間違ってる。ぼくは、うめき声を上げた。

憲兵は路肩の停車帯で車を止めた。舗装にひびが入り、雑草が生い茂っている。窓のない前世紀の建物の前だ。投光照明が玄関を照らしている。

メッツガーが車から跳びおり、ぼくも続いた。

一人の憲兵がドアをバタンと閉めると、車はエンジン音を立てて走り去った。ぼくはドアを閉めた音にたじろぎ、建物を見つめた。

「これはなんだ？」

メッツガーはぼくの先に立ち、ひとつの部屋に入った。ずらりと並ぶ古風なコンソールに向かって、ワイシャツ姿の男たちがすわっている。室内が明るいのは、奥の壁一面のスクリーンに映像が映し出されているせいだ。男たちは、ヘッドセットのマイクに向かってボソボソ言っている。大昔のホロ映画さながらの姿だ。

「メッツガー大尉！　ジェイソン！」

聞き覚えのある声だ。振り向くと、しわだらけの男がいた。ピッツバーグの情報部の大尉――ハワード・ヒブル大尉だ。

ヒブル大尉はぼくたち二人と握手し、ガラス張りの会議室にぼくたちを導き入れ、椅子にすわらせると、自分もすわって両手を組んだ。

「もちろん、きみたちを見つけられるのは、わかっていた」ヒブル大尉は笑顔でぼくを見た。

「だが、きみがこれほど近くにいるとは思わなかったよ、ジェイソン」

手術着姿の医務兵が生命徴候測定コンピューターを運んできた。ヒブル大尉は、ぼくにうなずいた。医務兵はぼくの上腕に血圧計のカフを巻きつけ、コンピューター画面の表示を読み上げた。

「最低血圧は正常です」小声だ。

ぼくはヒブル大尉を見た。

「ぼくは健康体ですよ」ドラッグ検査をするつもりか？

医務兵はぼくの耳に体温計を突っこみ、低い声で数値を読み上げた。

医務兵がぼくの膝関節を調べるあいだ、ぼくはメッツガーとヒブル大尉を交互に見た。

「この博物館で何をするんですか？」

メッツガーはニヤニヤ笑った。

「博物館？」

ぼくは仕切りの向こうのスクリーンを指さした。そこに映っているのは、NASAのロケットの二次元映像だ。そのおんぼろロケットは投光照明を浴びて白く輝き、土台部分から液体酸素がもうもうと上がっている。ぼくは昔、宇宙飛行のホロ・トレーディングカードを集めていた。たいていはガムのおまけだった。

「あれはサターン・ロケットのエンジンだ」と、メッツガー。ぼくは目を細め、ロケットの先端を見た。「アポロのモジュールが装着してある。高さは約百メートル。宇宙船アポロは一九六〇年代に月への有人飛行を行なった」有人宇宙探査の最盛期が、アポロ計画を実行した七十年前だとは、嘆かわしい。ぼくは指さした。「あのロケットの任務はなんだったんですか?」

「これはアポロの現在の映像だ」

「この映像を撮影したときは現役だったということですか?」

メッツガーが口をはさんだ。

「この古い代物も、もろもろの装置も、いまだ現役だ、ジェイソン。骨組みとエンジンは、昔の材料を使って、かつての設計図どおりに造りなおした。だが、最新コンピューターを使えば、一人のパイロットで操縦できる」

サターンの土台のまわりをアリの群れのように動きまわっているのは、電気自動車だ。最初の電気自動車が舗装道路を走ったのは、二〇三二年。ぼくはポカンと口を開けた。人類は本当にアポロを造りなおしたのか! ぼくたちがインディアンタウン・ギャップとC号携行食とスペース・シャトルを現役復帰させ、メッツガーたちロケット乗りが発射物を迎撃するために宇宙へ飛んだのと同じように……。

それほどまでに人類は追いつめられているのか。ぼくはがっかりした。

一世紀前の一九三九年、ポーランドの騎兵隊が槍でドイツの戦車隊に対抗した。二〇二〇年の〈大反乱〉のときは、チベット反乱軍が中国の武装ヘリコプターに岩を投げて応戦した。二十一世紀になってから、人類はエイズを撲滅し、人権を育て、反物質エンジンと殺人光線の開発をあとまわしにした。優先順位としては、すばらしい。なのに、いまや、敵に長さ百メートルの〝岩〟を投げつけるしかないとは情けない。

そのとき、ぼくはひらめいた。人類は大きな岩をいくつも持ってるじゃないか。はじめて、水素爆弾の発明を誇らしく思った。ガニメデ派遣軍は敵の注意をそらすための囮《おとり》だ。核爆弾で敵を叩きのめせるなら、なぜ歩兵を宇宙へ送りこまねばならないのか？

胸に、安堵……希望……そして、ほんの少しの失望がこみあげてきた。結局、歩兵が先頭に立って戦うことはなさそうだ。

ぼくはヒブル大尉にほほえみかけた。

「わかりました。サターンは、ガニメデをクルミのようにやすやすと割るほど大きな核兵器を運んでゆくんですね！」

大尉は顔をしかめた。

「きみがそう思うのも無理はない。たしかに、サターンは物質の惑星間輸送に適しているかもしれない。だが、われわれは思い違いをしていた」

「思い違い？」

メッツガーが言った。

「発射物を迎撃するために発射した最初の核弾頭は、爆発しなかった。おそらく不発弾だったのだろう。一九〇〇年代後半から誰も核実験を行なっていなかったからな」

ヒブル大尉はうなずいた。

「だが、次の四発も爆発しなかった。そこで、核を使用しない従来型の弾頭を試したところ、成功した。敵は、核兵器を無力化できるようだ。原子より小さい粒子が充満した空間では、中性子の動きが鈍くなる。そのような空間を造ったとしか考えられない。もちろん、連鎖反応が妨げられる理由も、それで説明がつく」

「なるほど」ぼくには手がかりがひとつもない。メッツガー、ヒブル大尉、アインシュタインには話の意味がわかっても、ぼくにはさっぱりわからない。でも、メッツガーと大尉の目を見たとき、二人が言っていることは本当だと気づいた。間違いなく人類はおしまいだ。わけのわからない理由で、メッツガーとぼくは指名手配者のように、ここへ連れてこられた。そう思うと、希望が消えていった。

ぼくは、大きすぎる昔のエンジンをもういちど指さした。

「なぜ、ぼくたちが宇宙へ？　なぜ、ロケットで？」

ヒブル大尉は医務兵を見あげた。医務兵は、すでに診察を終え、装置にワイヤーを巻きつけると、いきなり立ち去ろうとした。

「派遣するには適任です、ヒブル大尉」

「派遣って、どこへですか？」と、ぼく。

医務兵が退室してドアが閉まると、ハワード先生はテーブルの引き出しを開け、一冊の紙の本を取り出した。〈デイ・ルーム〉で読んだ数々の本よりはるかに大きく、昔のラップトップ・コンピューター――いや、それをいくつも重ねたほどのサイズだ。

その本の上部に黄色い文字で〝最高機密〟と記してある。先生は本をドサリとテーブルに置くと、ブッブツ言いながら、黄色い字の上に手のひらを重ねた。

「この本には、世界じゅうの発射物落下地点から回収したあらゆる人工物に関して、その詳細が記載されている。敵のことがわかれば、戦況が変わるかもしれない。もっとも、この本だけで充分なことはわからない。回収したのは、大半がルタバガというカブラの一種ほどの大きさの燃えカスばかりだからね」

ぼくはルタバガを見たことがない。でも、たいして大きくはなさそうだ。ぼくは頭を振った。

「それで? なぜ、ぼくが?」

ハワード先生は、骨ばった黄色い指で、火のついていないタバコをトントンと叩いた。

「科学で説明できないものは、運や偶然と呼ばれる。太古の昔から、特定の人間たちは未知なるものとの接触を引き寄せる才能を発揮してきた。わたしはその才能を持ったことがない。だが、ピッツバーグで、きみは異星人の造った唯一かつ最重要なものへ直行した。なぜ、あんなことが起こったのか、理解できない。きみ自身にも理解できないだろう。しかし、わたしは情報部のデータベースにアクセスし、きみの記録に印をつけた。これから二週間、わたしの小隊で臨時任務に従事してもらう」

ぼくが情報部の仕事をするって？　喜びがこみあげてきた。ぼくは〈選ばれし者〉なんだ。でも、なんのために選ばれたのか？

「つまり、ぼくは人工物を探す猟犬のようなものですか？」首うなじの毛が逆立った。

ハワード先生は肩をすくめた。

「わたしの直感だ。それに……それに……」

「それに、なんですか？」

先生は自分の両手を見た。

「きみの前任の女性科学者が、ナイジェリアで発射物の破片を探索中に赤痢に感染した」

「えっ」やれやれ、ぼくはあちこち走りまわるために選ばれたのか。「ぼくに何を探せとおっしゃるんですか？」

「何もない。われわれがすでに見つけた。四日前に発射物が衝突したが、ほぼ無傷だった。きみはもう極秘の契約書類にもサインし——」

ぼくの心は躍った。

「その残骸のある場所へ一緒に行けばいいんですね！」ぼくは歴史を作ろうとしている。木星に行くよりも、すごいことかもしれない。頭がクラクラした。昔の探検家のように山刀《マチエーテ》でジャングルの草木を切りはらいながら進むと、蔓《つる》でおおわれた古い寺院が現われる。ぼくは、そんな場所へ先生を導いてゆくのか。いや、ちょっと違うような気がする。

会議室のドアがふたたび開き、一人の伍長が入ってきた。補給部の襟章のついた仕立てのいい制服を着ている。ヒブル大尉は、もういちどぼくに向かってうなずいた。伍長の首から黄色い巻尺がぶらさがっている。伍長はぼくを立たせ、ぼくの胸に巻尺を巻きつけた。

ぼくは言った。

「オーケー。ぼくは人工物を探す猟犬二号ですね」メッツガーを親指で示した。「でも、なぜメッツガーがここにいるんですか？」

ヒブル大尉は黙っていた。伍長は、ぼくの腕や股下の縫い目の長さを測っては、腕時計型コンピューターに数字を口頭で入力すると、部屋を出ていった。

ハワード先生が答えた。

「メッツガー大尉は、Ⅱ型アポロを飛ばすために選ばれた二人のパイロットのうちの一人だ。もう一人は中国のロプノール湖に出頭中だ」

「パイロット？」と、ぼく。胃が締めつけられる感じがした。「どこへ飛ばすんですか？」

「発射物が衝突したのは、南緯十度二分、東経五十五度四十分の位置で――」

「それは、つまり――」ぼくは眉をひそめ、ひとつの球体を思い描いた。

「〈豊かの海〉のどまんなかだ」ハワード先生は腕時計を見た。「明朝十時に、われわれ三人は月に向けて出発する」

16

翌日、ぼくたち三人はだぶだぶの白い宇宙服姿で、発射整備塔まで歩かされた。ぼくの宇宙服だけは採寸して作ったので、ちょうどいいサイズだった。ぼくたちは小型のスーツケース型空気調節装置を持っていた。まるで大昔の映画のようだ。衛星が民間に払い下げられて以来、ケープ・カナベラルの発射台は使われていない。だから、錆びた柱を見ても驚かなかった。ぼくは身震いした。高いところは苦手だ。宇宙カプセルに続く狭い橋はスチールの格子造りで、両足のあいだからのぞく地面は百メートルも下にある。

三日後には、地面から三十八万キロも離れた場所にいるはずだ。宇宙カプセルのハッチは開いている。ぼくは震える両手で橋の欄干を握りしめ、ぎこちない足取りで進んだ。

アポロのカプセルは造られたばかりで、新車の内部のようなにおいがした。だが、デザインはラップトップ・コンピューターと同じくらい古い。ぼくはカプセルのなかで仰向けになった。右側にハワード先生、左側にメッツガーがいる。技術兵たちが三人の頭に金魚鉢のようなヘルメットを次々にかぶせてゆく。

一人の技術兵がぼくの頭を軽く叩き、親指を突き上げると、やがて身体をかがめてカプセルの外へ引き返し、ハッチを閉めた。カプセルの小さな窓から灰色の空が見える。ぼくは両肩を縮めて、両手を身体の脇にピタリとつけ、この二十四時間のあいだに教わったことをすべて思い出そうとした。さわっちゃいけないものは、なんだっけ？　月に到着するのは三日後だ。普通は三ヵ月かかる訓練を、昨日一日で終わらせた。航宙中の仕事を覚えなければならないのかと心配したが、その必要はないと説明された。

ぼくの訓練担当軍曹が言った。

「アメリカ最初の宇宙飛行士はサルだった。実に優秀だったよ」それから、ぼくのファイルについている〝歩兵〟のラベルをにらみつけた。「本物のバカなサルだな」

軍曹によると、宇宙へ飛んだサルは小さな宇宙チョッキとオムツを身につけていたそうだ。でも、どうやって宇宙で小便をすればいいかは教えてくれなかった。

メッツガーと地上管制官の声がヘルメットのなかで反響した。ぼくたちのカプセルのなかは、かつての宇宙探査者たちのカプセルよりも広い。カプセル内の大半を埋めつくしていた古めかしい装置を、メッツガーが推奨する無線コンピューターに代えたからだ。大きさは、プレイステーション40とたいして変わらない。

ぼくは史上最大の通常爆弾のてっぺんにいる。昨日のブリーフィングによると、この宇宙船が造られたのは四十年も前だ。だが、先代のアポロにはいくつかの問題があった。二十隻以上ものアポロが打ち上げられたが、一隻は地面に墜落し、クルーが焼死した。別の一隻は月へ行く途中で部品が欠落し、満身創痍《まんしんそうい》の状態で地球に帰還した。メッツガーが乗っているような迎撃艇を造るために、スペース・シャトルの機体が復元されたものの、五十回に一回の割で出撃時にその機体は分解する。何年も前から人間の代わりにロボットを乗せるようになったのも、無理はない。

ぼくの心臓が耳ざわりな音を立てた。木のフェンスを棒で次々に叩いているような音だ。

メッツガーはぼくをチラリと見て、白い手袋をした親指を突き上げた。

はるか下でポンプが轟音を発し、カプセルの床が揺れた。

ヘルメットのなかで誰かの声がした。

「発進！」

17

大きな音がすることはわかっていた。Gがかかると、胸の上で鍵盤を叩かれるような感じがするのだろうと思っていた。でも、これほど揺れるとは予想していなかった。思わず、悲鳴を上げそうになった。そういえば、こんなおんぼろ船は狂ったように振動すると、本で読んだことがある。

ぼくは座席を強く握りしめた。気密服に穴が開くんじゃないかと思ったほどだ。手の力をゆるめようとしたが、無駄だった。数カ月ぶりに青空——正確には紺色の空——が見えた。

やがて、ぼんやりした前方の風景が、星々の輝く暗闇に変わった。

エンジンが停止すると、今度は静寂に包まれた。何も聞こえない。ジェットコースターに乗ったときと同じだ。

メッツガーが、機体の姿勢がどうの、傾きがどうのと、言っている。それから、ちらりとぼくを見ると、ヘルメットのバイザーごしにウインクした。船が回転し、風景が変わった。

もちろん、体感的にはわからない。上下が逆転した感覚はなかった。つまり、地球に対して上下が逆になっただけだ。その結果、足もとにあったはずの地球が、今は頭上にある。

百五十キロ離れた惑星が小さな風防ガラスいっぱいに広がった。いや、風のない宇宙空間ではフロントガラスと呼ぶべきかもしれない。ぼくが見たことのある地球は、白い雲がうっすらと縞模様を描く青い惑星だったはずだ。でも、もう、その姿はない。

発射物の攻撃を受けるようになってから、塵がただよい、地球の空は灰色になった。すっかり汚れた球体を目の当たりにして、ぼくは思わず叫び声を上げた。

鼻水を拭おうとすると、手がヘルメットのフェイスプレートに当たった。メッツガーは地上管制官との通信を続けている。それほど興奮はしていない。試験の前と同じで、声のトーンが少し高くなっているだけだ。

メッツガーは手袋をした手でボイス・ボードをつかみ、表示を見ると、手を放した。ボイス・ボードはホロ映像のように宙に浮かんだままだ。

「メッツガー、ヘルメットを脱いでもいいか?」

「ダメだ」

「鼻水を拭きたいんだけど――」

「このカプセルは作り立てだ。もし針の先ほどの穴が開いていたら、それだけで死ぬ」

ぼくたちは真空の宇宙空間をおよそ三十八万キロメートルも、漂いつづける。ホロ映画では、必ずだれかの宇宙服の加熱装置が壊れて凍え死ぬことになっている。あるいは宇宙服が裂けて頭が破裂したり、宇宙空間をただよいながら涙声で無線に呼びかけたり……。とにかく最悪のラストを迎えるものだ。ぼくは唇をなめ、鼻水のことは忘れようとした。

ヘルメットのマイクを通して聞こえる三人の息づかいのほかは何も聞こえない。

アポロは大型ライフルの弾薬筒に似ている。ぼくたちがいるのは、〝弾丸〟に当たる円錐形カプセルのなかだ。その後ろの円柱状の〝薬莢《やっきょう》〟には、月着陸船が格納されている。まず、その部分が月面に落下し、旧式のロケットで減速しながら、折りたたんだ脚を広げて着地する。任務の終了後、ぼくたちを乗せた月着陸船はロケットで離昇し、月の周回軌道上にある〝弾丸〟にドッキングする。ぼくたちは〝弾丸〟に乗り移って、それに乗って地球に帰る。

メッツガーとケープ・カナベラルは、新品のカプセルから空気が漏れることはないと判断した。そのため、翌日からヘルメットと気密服を脱ぐことになった。メッツガーは月着陸船をおおっていた外殻を投棄して、ぼくたちが乗っている〝弾丸〟カプセルを切り離し、円錐の底の部分が前方を向くよう方向転換した。続いて、月着陸船のとがった先端にあるハッチにカプセルをドッキングさせた。

ふたつのハッチをパッと開けると、カプセルと月着陸船が狭いトンネルでつながった。長いあいだカプセルに押しこまれていたので、こんな狭い空間でさえ広く感じられた。

無重力空間を動きまわるのは、水のなかを泳ぐようなものだ。もっとも、すべての動きが大げさになる。ぼくはコツをすぐに覚えたが、ハワード先生は狭いシャワー室の壁にぶつかるゴルフボールのように、あちこちにぶつかっては跳ね返った。

メッツガーとぼくは、やっとの思いで先生を座席にすわらせ、ハーネスを締めた。先生は息を切らしながら、さまざまな装置の説明を始めた。まず、子ネコほどの大きさのプラスチール製の箱を持ち上げてみせた。

「質量分析計だ。探査針《プローブ》が発射物の表面に触れると、わずか十億分の一秒で化学的組成を分析できる」

次の装置はぼくも知っていた。

「携帯ホロ・カメラですね」

先生はうなずいた。ひとつずつ装置を確認しおわるたびにリュックサックに入れてゆくと、たちまちサンタの袋のように大きくなった。そこで、はじめて先生がストップをかけた。

ぼくはリュックサックを指さした。

「誰がそれを運ぶんですか？」

「月の重力は地球の六分の一だ」

「ぼくが運ぶんですか？」

先生はうなずいた。

「それから、これもだ」先生は宙に浮かぶいくつかの包みのなかから古いピストルを取り出した。九ミリ口径のブローニング式自動拳銃だ。腐った果物でも持つかのように、指でつまんでいる。「わたしは、このようなものが大嫌いだ」

弾丸が入っていないのはわかった。遊底が後退していて、横に弾倉が浮かんでいたからだ。

ハワード先生は一個の弾薬を手に取った。

「薬莢のなかの火薬は少なめにしてある。月の重力による反動を軽減するためだ。銃弾は真空中で威力が大きくなる。燃焼に必要な酸素は火薬の粒子内に蓄えてあり――」

「ハワード先生、なぜ、ぼくに銃が必要なんですか？　ただの壊れた機械じゃありませんか」

先生は肩をすくめた。

「念のためだよ」

「そんなものが役に立つんですか？」

先生は、またしても肩をすくめた。

「知るものか。役に立てば、それにこしたことはない」

「誰の役に立つんです？」

先生は無言で肩をすくめた。

ハワード先生とメッツガーは月着陸船のなかで忙しく作業を続けた。メッツガーはシステムをチェックし、先生は発射物の残骸の分析に使うセンサーや記録装置を調べている。

ぼくの仕事は、ハワード先生がチェックしないような低レベルの月面探査装置を検査することだ。一日じゅう、その作業を続けながら、ぼくは考えごとをした。

ぼくたちは本当に月面を歩くことになる。金色のバイザーつきの白い宇宙服を着て、まるで昔の宇宙探査者のようだ。今でも宇宙服の袖にはアメリカ国旗を模した記章が縫いつけてある。

宇宙服を箱から出すまで、それが〝どんなものなのか〟、ぼくは知らなかった。何十年も前のアポロ計画の期間中に、改良を重ねながら訓練に使われてきたものだ。

今回の任務は急に決まったため、ぼくたちの宇宙服は前世紀から洗濯も検査もされていない。先駆者たちは汗だくになって必死に訓練したはずだ。最初に取り出した宇宙服のファスナーを開けると、アンモニア臭が鼻をついた。スポーツジムのロッカーを七十年ぶりに開けたら、こんなにおいがするかもしれない。ぼくは、においを嗅がないよう口で息をしながら、作業を続けた。

ぼくの体形に合わせて作りなおした宇宙服の陰に手を突っこむと、荷物脱落防止網《カーゴ・ネット》のなかに、銃身の太い信号拳銃と黄ばんだパンフレットがあった。パンフレットの著作年《コピーライト》は一九七二年で、《太平洋での生還》とタイトルが記されていた。

カプセルはパラシュートを使って海に降下する。そういえば、ハワード先生もメッツガーも、地球に帰還するための手順をまだ教えてくれてない。あとで教えてもらおう。ぼくは信号拳銃とパンフレットを自分の宇宙服のカーゴ・ポケットに押しこんだ。

〈タン〉というオレンジ味の粉末飲料も見つけた。少量をボトルの水で溶かし、味見した。簡易口糧《MRE》を食事と呼べるなら、〈タン〉をオレンジ・ジュースと呼んでもいいはずだ。

昔の宇宙探査者たちがいかに過酷な状況にあったか、想像がつく。連中は、この棺桶のような小さいカプセルに乗り、腐った残飯のようなものを食べながら、宇宙を突っきったのだ。ごはん粒を太平洋に投げこむようなものだ。大勢の者が命を落としたが、〈タン〉のせいじゃない。〈タン〉はそれほどひどい味じゃなかったから。

だが、当時はコンピューターすらなく、計算尺を使っていた。

電子版の歴史書によると、先駆者たちは全人類のために平時に宇宙へ飛んだ。それが本当なら、今も宇宙探査を続けていていいはずだ。宇宙服の袖の古い記章は国際連合のものではない。もちろん、ロシアのものでもない。人類を月へ駆りたてたのは、冷戦だ。アメリカが冷戦に勝ったとき、宇宙探査は中止になった。

ネアンデルタール人が敵を小突くには指よりも小枝のほうが便利だと気づいて以来、量子テクノロジーは武器として飛躍的に発展した。古代の一人乗り軽二輪戦車や長弓、前世紀のジェット機、核分裂、さらには今世紀の中枢接続ロボット工学、止血包帯にいたるまで、肥料がマリーゴールドを成長させるように、戦争が人類の発展に貢献しつづけてきたとは、悲しむべき事実だ。

平和は、ぼくたち人類を道に迷わせる。だからこそ、はじめて月に着陸してから七十年後に、当時と同じ原始的な船で航宙しようとしている。

三日後には、白く輝く月が窓いっぱいに見えるようになった。

メッツガーは、向かって右下のきらめく平地を指さした。

「〈豊かの海〉だ。月の裏側から数百キロしか離れていない」

「なぜ、そこに衝突したんだ？」

「そんなこと、わかるはずがないだろう？」と、メッツガー。「答えを知りたい疑問のひとつだ。今まで発射物があんな形で衝突したことはない」

ぼくはハワード先生に向きなおった。先生はニコチン・ガムを包みから出している。これはタバコ時代の船かもしれないが、今回の航宙は全面的に喫煙禁止だ。

「ハワード先生、あれはどんな地形ですか？」ぼくは得意げにたずねた。優秀な歩兵はつねにMETT——任務《ミッション》、敵《エネミィ》、地形《テレイン》、時間《タイム》を把握しているものだ。

「平坦だ。溶岩流が厚さのわからない塵の層に埋もれている。発射物が衝突したときのスリップ痕から察するに、十数センチはありそうだ。発射物は月面に対して斜めに衝突した。だから、粉々に砕けたりせず、無傷のまま残った」ハワード先生は片方の手のひらを月面に見立て、もう片方の手のひらで衝突時の角度を示した。

敵はそこにいないと考えられていることは、すでに教えてもらっていた。今回の任務は、発射物の残骸のなかに三人で鼻を突っこむことだ。でも、時間のことをきくのを忘れた。

「月面にいる時間はどれくらいですか？」どれくらいになるのか、見当もつかない。だが、着陸船でロケットを噴射しながら離昇し、カプセルと合体するのは、かっこよくて高尚なゲームだ。たとえそれが、二〇四〇年代の最新式コンピューターを使って行なったのだとしても。

ハワード先生はメッツガーに視線を移した。

メッツガーは肩をすくめた。

「かなり長時間になる」

二人とも、ぼくに何か隠してる。ぼくが二人の顔を交互に見ると、メッツガーは目をそらした。

だが、ぼくが不機嫌になっているひまなどなかった。ぼくたちは苦労して宇宙服を身につけた。メッツガーがアポロを月の周回軌道上に乗せた。

ぼくの宇宙服からは、いまだにアンモニア臭がする。たとえば、世界を救おうとしている者たちに、くさい着古しのパジャマを着せるなんて、考えられるか？

三人が月着陸船に乗りこむと、メッツガーはハッチを閉めた。これでアポロには誰もいなくなった。メッツガーの割れた声が新しいヘルメットのなかで響いた。

「月着陸船を切り離す」

かすかな振動が伝わり、ぼくたちは故郷への帰り道を絶たれた。〈タン〉が胃にもたれてる感じがする。

ゆっくりと月面に降下してゆく。ふらふらとあちこちにぶつかっているハワード先生を月着陸船の壁にハーネスで固定すると、ぼくは窓辺に立ち、グングン近づいてくる〈豊かの海〉を見つめた。

宇宙空間からは平坦に見えたが、岩がゴロゴロしていて、けっこう起伏がある。近づいてみると、大型ゴミ収集容器《ダンプスター》のように大きな岩だとわかった。月面までの最後の十五メートルほどは、エンジンが巻き上げる塵のせいで何も見えなかった。明らかにメッツガーは何も見えていない。まんいち岩の上に着陸したら、月着陸船が前につんのめり、内部の部品が引きはがされたり、帰還に必要なものが壊れたりするかもしれない。ぼくは支柱をつかみ、歯を食いしばった。

ドサッ。

そんな感じで着陸した。メッツガーの手にかかると、いかにも簡単そうに思える。

メッツガーがシステムを確認するあいだ、ぼくとハワード先生は二人で並んで待った。メッツガーは船を操縦しなければならないし、先生は月面をまともに歩けそうにない。だから、メジャーリーガーが木製バットを使っていた時代以来はじめて月面に降り立つ人間は、ぼくということになる。

待つあいだに、ひとつのことが頭に浮かんだ。

「メッツガー？ 小便はどうやってすればいい？」

「小さいコンドームみたいなあれを使う。脚に装着しただろう？」

エアロックから空気が漏れてきた。

「あれって、なんだ？」

「すまん。前もって言っておくべきだった。ま、がまんするんだな」

メッツガーはハッチを開けた。

目の前に別世界が現われた。真っ白な世界が暗い地平線まで続いている。ぼくは後ろ向きになって、手さぐりで梯子の最初の横木をつかんだ。やがて、ヘリウムでさえ凍るほど寒くて空気もない月面へ降りはじめた。

ぼくは梯子の最後の横木から〈豊かの海〉へ跳びおり、七、八百メートル先の物体に視線を定めた。

小便がパンツを濡らしたが、そんなことは、もうどうでもよかった。

18

ハワード先生は合成ナイロン製ロープを使って、装備の入ったぼくのリュックサックをおろしてきた。ぼくはよろよろと脇へよけ、岩につまずいて転びそうになった。

ぼくは悲鳴を上げた。転んで宇宙服に穴が開いたら、命取りになる。宇宙服と装備の重さを加えても、ぼくの体重は二十キロもないにもかかわらず、三日間、無重力状態で過ごしたため、すっかり調子が狂っていた。

先生は膝をガクガクさせながら梯子をおりてきた。ぼくが支えてあげると、ようやく月面の分厚い塵《ちり》のなかに立った。

「やったぞ。ミセス・ヒブルのだんなさまは、宇宙飛行士だ」

それは、ぼくのセリフだ。ミセス・ワンダーの息子だって、宇宙飛行士だぞ。

ぼくは十秒かけて勇気を振りしぼり、月着陸船を見あげた。まるで金箔を張ったがらくた入れのようだ。ぼくが月から脱出できるかどうかは、両脚の上に置いた〝サンタの袋〟にかかっている。

ぼくが月着陸船の脚の向こうを指さすと、ハワード先生はミラー加工したヘルメットのフエイスプレートごしに、そちらを見た。

ぼくたちから百メートルほど離れた場所に峡谷の縁《ふち》が見えた。さほど深くない峡谷で、幅はショッピング・モールぐらいの広さだ。縁に沿って、遺跡から掘り起こされた冷蔵庫のようなギザギザした巨岩が散らばっている。峡谷は一キロ近く先まで続いているようだ。少なくとも、ぼくにはそう見えた。月の峡谷は地球のものより規模が小さく、地平線も近い。ハワード先生とメッツガーから、湾曲の程度が知覚を狂わせると教えてもらっていた。距離がどれくらいか知らないが、ぼくは激しい胸の鼓動を感じた。

峡谷の端に発射物が突き立っていた。地中のどこまで埋まっているのか、見当もつかない。ぼくたちが見ているのは、フットボール・スタジアムより大きい藍色のドーム型の物体だ。巻き貝の殻のように、金属製の表面にらせん状の溝が刻まれている。

ハワード先生は、フェイスプレートに装着した双眼鏡で発射物を観察した。

「時速一・五万キロで斜めに突っこんだが、無傷のようだ。なかに入るための裂け目がないか、探しているところだ」

「なか？　あのなかに入るんですか？」ぼくは発射物を指さした。

先生はリュックサックを持ち上げ、背負わせてくれた。

月着陸船からメッツガーの声が聞こえてきた。

「気をつけろよ、ジェイソン」

ハワード先生とぼくは、発射物にえぐられてできた峡谷に沿って進んだ。荒らされた月面がどれほど不安定なのか、わからない。

月の重力は地球の六分の一しかない。ぎごちない足取りで、なんとか百メートルほど進んだところで、やっと地球で受けた即席レッスンの意味がわかってきた。だが、数分後にはパンツにまで汗がしみてきた。

ハワード先生は脚を引きずったり、バウンドしたりしながら、進んだ。激しい息づかいがイヤホンから聞こえてくる。

「着地する前に両膝を曲げてください、先生。縄跳びと同じですよ」

「わたしは縄跳びをしたことがない。人生最大の失敗だ」

ぼくは空を見た。前方に地球が見える。すすだらけの灰色の雲が縞模様を描く青い惑星。今は三十八万キロのかなたにある。この状況こそが、ぼくの人生最大の失敗じゃないのか？

ハワード先生はなかなか追いついてこない。ぼくたちはバスくらい大きな岩のあいだを縫って進んだ。岩だらけで、水も空気もない。三億年前から変わっていない。数日前に発射物によって掘り出された岩もたくさんある。ハワード先生は立ちどまったまま、岩にフェイスプレートを押し当てて、気孔や流紋岩がどうのとつぶやくと、やがて、なめらかな月面に足を踏み出した。だが、平地だと思ったのは、塵でおおわれた深い穴だった。ぼくは胸まで埋まった先生を引っ張り上げ、おたがいの腰を合成ナイロン製ロープでつないだ。こうすれば、ぼくについてこられるはずだ。

ようやく、ぼくたちは足を止め、五十メートル先にある発射物の残骸を見つめた。月面から突き出た部分はドーム型で、真珠光沢のある藍色の外殻でおおわれている。そもそも、こんなものが飛んできたこと自体が信じられない。しかし、側面に残るらせん状の傷が何よりの証拠だ。フットボールのように回転しながら飛んできて、時速一・五万キロで衝突したのに、ほとんど亀裂がないとは、すごい。ぼくは口笛を吹いた。

ハワード先生はささやいた。

「おやまあ」

この岩から離れたらすぐ、先生に悪態のつきかたを教えてあげよう。

耳のなかで何かが聞こえた。うなるような音が高くなったり低くなったりしながら、繰り返し聞こえてくる。

「先生、音が聞こえます。空気がないのに波長が伝わるはずがありません」

先生は月面を強く踏みつけた。

「岩を通して伝わってくるんだ。発射物が音を発している」

「もう機能してないと思ってました」

先生は、ぼくを後ろ向きにさせると、リュックサックから携帯ホロ記録装置を取り出し、自分の宇宙服に装着した。

「今から音を記録するぞ」

さらに、リュックサックのなかを探って、分光計を引っ張り出し、ゴツゴツした岩を登って発射物に近づくと、腰につないだロープの端をつかんで、ぼくを引き寄せた。まるでリスを追いかけるプードルになった気分だ。

先生は分光計の探査針《プローブ》を発射物に押し当てると、リズミカルな音に合わせてハミングした。

「フフンフン、フフン、フフン」

先生が作業を続けるあいだ、ぼくは発射物を見あげた。高さ十数メートルのあたりに、銀色の丸い開口部がある。

「ハワード先生！」ぼくは指さした。「姿勢制御用の噴射口です！　ピッツバーグで見つけたのと、そっくりです」

先生はハミングするのをやめ、発射物から離れると、ぼくの横に立ち、同じように指さした。

「もっといいものだ。近づいて、よく見よう」

ぼくは手袋をはめた手でバイザーごしに両目をおおった。らせん状のすり傷が噴射口を横切り、人間が通れるほど大きな裂け目ができている。

「外殻の弱い部分が壊れたんだな。あそこからなかへ入れ、ジェイソン」

「あのう、でも……」ぼくは頭を振ったが、ヘルメットをかぶっているので先生には見えない。

先生は、またしても、ぼくのリュックサックのなかを探りはじめた。

ぼくは全身を左右に振り、拒否の意思を示した。

「先生、ぼくは高所恐怖症なんです。狭くて暗い場所は、もっとイヤです」

「ジェイソン、わたしにできることなら、自分で登るさ。これは千載一遇のチャンスなんだ」

「人生の終わりかもしれませんよ！」

「それでも、行くしかない！」

四日前、ぼくは自分を責めていた。何も変化を起こせないからだ。人類は世界の運命を託して、ぼくを三十八万キロのかなたへ送り出した。拒否することはできなかった。ぼくは高さ十数メートルのなめらかな金属の壁を見つめた。大尉はここを登れと言うが、とても無理だ。

「ぼくには登れません」

〝できない〟と正直に言えば、拒否したことにならない。

ハワード先生はリュックサックから二枚のゴム状の円盤を取り出した。わっかにした紐で裏側どうしを結んである。

「これを手袋に装着しろ」

「先生、吸着盤は限られた空気圧のなかでしか機能しません。ここは真空なんですよ」そのことを思いついた自分を誇らしく思った。たとえ、それが弱虫だと思われないための口実だとしても、関係ない。

「これは万能グリップだ。いかなる環境においても粘着力を発揮する。きみは体重が十数キロしかない。ハエのように登れるはずだ」

「ああ」ぼくはため息をつき、ひとつの吸着盤を発射物の表面にくっつけ、続いて、もうひとつをくっつけた。腕が震えている。右の吸着盤を親指ではがし、少し上に移動させ、もういちど押して固定した。さらに左の吸着盤を移動させた。ハワード先生の言ったとおりだ。

ぼくはホロ漫画のスーパーヒーローのように発射物を登った。すごいぞ。〝ジェイソン・ワンダー、隠れた真価を発揮〟ってとこかな。

「先生、開口部に着いたら、どうすればいいんですか?」

「まずは、なかへ入れ。リュックサックから何を取り出して、どうするかは、それから指示する」

休憩するつもりはないようだ。無理もない。先生が指揮する部隊の半数は、まだ高校生だ。

「先生、このままいけば、人類は戦争を終わらせられますか?」

「われわれは、この調子で任務を果たすだけだ」

開口部の縁がヘルメットのバイザーから三十センチ上まで迫ってきた。ぼくは下を見た。わずか十数メートル下にいる先生が、ケーキの飾りのように小さく見える。一回……二回……深呼吸して、縁の上によじ登った。

縁の厚さは十センチもなく、やっぱり藍色だ。ぼくは目が暗闇に慣れるのを待った。外壁の内側に、もうひとつの壁があり、ふたつの壁のあいだを長さ二メートルほどの金属の格子が埋めている。格子と言っても、幾筋《いくすじ》ものよだれのように非対称だ。ぼくは内壁が裂けていないことを報告した。

「それは圧力隔壁だ」と、先生。

「次は何をしたらいいですか？」

「ドアかハッチはあるか？」

ぼくは首を左右に振った。

「ジェイソン？　大丈夫か？」先生の声が一オクターブ跳ね上がった。マイクに向かって首を振るバカなんか、死んじまえ。

「先生、見えま——」薄闇の向こうの内壁に何本かの線がある。ちょうどパラソルを広げた形に見えた。「待ってください。何かあります」

「修理ハッチだ。なかへ入れ！」

「鍵を忘れました」

「おお」先生は言葉を切った。「そんなものは必要ないかもしれんぞ。ハッチまで這ってゆけ。安全開閉装置が作動する可能性がある。修理工がいなくても、緊急事態に対応できるようにな」

ハッチの向こう側で修理工が待ち受けていたら、どうするんだ？　鼓動が速くなった。

ぼくは宇宙服に鉤裂きができないよう気をつけながら、這っていった。裂け目の長さは約一メートル。リュックサックとぼくを合わせた厚みは一・二メートル。ぼくはいったん引き返して、リュックサックをおろすと、片手でリュックサックを引きずりながら、壁と壁の隙間に身体をねじこんだ。発射物の発する例の奇妙な音が、太ももと腹にじかに伝わってくる。

ぼくは空いているほうの手をハッチに向かって振った。何も起こらない。

「先生？　ハッチは開きませんでした」

「全身を――」

「声が途切れて聞こえません」と、ぼく。内心、戻ってこいと言われるのを期待していた――〝よくやった。月着陸船に戻り、地球へ帰ろう〟。でも、先生の言いたいことはわかっていた。ぼくは、障害物コースで有刺鉄線の下をくぐるときのように、ハッチに向かって這っていった。

ハッチが動いた。

各パネルがカメラの絞りのように開きはじめた。

「先生の言うとおりでした。開きました」

「ジェイソン……外殻が邪魔に……」

ハッチのなかは暗いが、ぼくかリュックサックかどちらかが充分に通れるほどの広さがある。でも、リュックサックを背負ったままでは無理だ。ハッチから二メートル入った位置にも、閉じたハッチがあり、それ以上は進めない。エアロックだ。リュックサックを前に押し出しながら頭から入るか。それとも、リュックサックを引きずりながら足から入るか。足から先に入れば、外部ハッチが閉まっても、すぐにわかる。どの方向へ行けば、ここから出られるかは、先生が指示してくれるだろう。内部ハッチも外部ハッチと同様に、ぼくの動きに反応して自動的に開くに違いない。エアロックの向こうには広い空間がありそうだ。そこで身体の向きを変えればいい。

よし、足から先に行くぞ。

ぼくは腹ばいになり、生き残るための装置や拳銃など、さまざまな道具の入ったリュックサックを引きずりながら外部ハッチをくぐると、もういちど声をかけた。

「先生？ 今から入ります」

イヤホンから聞こえてきたのはバリバリという雑音だけだ。その音が、三十分前から聞こえている奇妙な音と共鳴した。通路の幅は、宇宙服を着たぼくの肩幅より少し広い程度だ。ほとんど腕を動かせない。少なくとも、このままバックで進めば、ふたたび出てきたときに外の明かりが見えるはずだ。頭から入らなくてよかった。考えただけで恐ろしい。

リュックサックを外部ハッチから引っ張り出した瞬間、ハッチが閉じた。

ぼくは身を縮め、ブーツの感触に頼りながら通路を進んだ。すでに内部ハッチは開いていた。身をよじって内部ハッチの縁を乗り越え、リュックサックを引き寄せると、膝と肘で態勢を立てなおし、リュックサックのストラップをはずした。

次の瞬間、両手がハッチの内側から引っ張られ、内部ハッチはピシャリと閉まり、暗闇に閉じこめられた。

19

何も見えない。聞こえるのは、自分の呼吸音と、高くなったり低くなったりしながら続くあの奇妙な音だけだ。両手でハッチを押した。びくともしない。服が裂けない程度に、こぶしを何度も打ちつけたが、無駄だった。周囲の壁を触ってみても、ドアノブもレバーもない。

「先生！　閉じこめられてしまいました！」

返事はおろか、雑音さえも聞こえない。発射物の外殻は、頑丈なうえに電波を通さないようだ。

リュックサックは、閉じたハッチの向こうに転がっている。懐中電灯も拳銃も、ヘルメットに付いたパイプを通して吸い上げる食料や水も、リュックサックのなかだ。いや、情報を収集して持ち帰るために必要なものが、ぜんぶあのなかに入ってる。なんとしても地球へ持ち返らなければならない。

まるで真っ暗な棺桶のなかで息を吹き返した気分だ。すっかり聞き慣れた奇妙な音のほかに、また別の音がしてきた。ゼイゼイという、もっとテンポの速い音だ。

やがて、それが自分の呼吸音だということに気づいた。暗闇に閉じこめられ、何も見えず、身動きもできない。閉所恐怖症の人がパニックを起こすと、こんな感じになるのかもしれない。

落ち着いて、よく考えろ。バイザーに重ねてあるミラー加工のサングラスを押し上げると、周囲が見えるようになり、呼吸も安定しはじめた。

ぼくがいるトンネルのような空間は真っ暗じゃなかった。地下排水溝のように筒状で、ところどころに狭間《はざま》があるのが、かろうじて見えた。壁面から発せられる紫色の照明のおかげだ。照明が揺らめくたびに、ヒューヒューと音がする。ぼくは身体をよじり、背後を見た。紫色の光に包まれた〝下水本管〟が十五メートルほど先まで続いている。その向こうは見えない。でも、エアロックほど広くないのは、たしかだ。

選択肢はふたつ。このままハワード先生か運命がハッチを開けてくれるのを待つのか？ だが、やがて、酸素生成装置が機能しなくなって窒息死する。そうでなくとも、脱水症で死ぬか、餓死するのが、オチだ。もうひとつの選択肢は、発射物のさらに奥へ、身をよじりながら足から先に進むことだ。ひょっとすると、広い空間と有益な情報と出口を見つけられるかもしれない。もっとも、ヘマをすれば、一巻の終わりだ。

とにかく、じっとしてはいられない。

なんの変哲もないように見える壁には、約十五メートルおきに、高さ一メートル、幅四センチほどの隙間があった。通風管か？ 何を通すためのものだ？ ここに大気があるのは間違いない。結局、エアロックを見つけた。つまり、このなかには何か生物がいて、呼吸してたということだ。いや、まだ呼吸してるかもしれない。リュックサックから銃を取り出せないのが残念だ。

進みつづけると、ふたたび、通風管がいくつも現われ、太ももに引っかかった。宇宙服の太もも部分に小さなふくらみがある。カーゴ・ポケットだ。マジックテープでくっついている垂れぶたを引きはがし、なかを探ると、何かが手に触れた。信号拳銃だ！　胸が高鳴った。こんなものでも武器に変わりはない。

窮屈なトンネルのなかで、なんとか拳銃をポケットから引っ張り出した。何者かが背後から忍び寄ってくるかもしれないし、いきなり前方から現われて足を食いちぎろうとするかもしれない。でも、この拳銃があれば、応戦できる。

通風管に指を触れないよう注意しながら、さらに三十メートル進んだ。

急に脚をのびのびと動かせるようになった気がした。身をよじり、二メートルほど進むと、もっと広いトンネルと直角に交差する場所へ出た。ぼくは身体の向きを変え、頭を先にした。広いトンネルに入れば、腹ばいになったり、しゃがんだりしたまま、進めそうだ。

ぼくは、その場で上体を起こした。あいかわらず、紫色の照明が奇妙な音に合わせて脈打つように揺らいでいる。自分の置かれた状況を冷静に判断した。ぼくは迷路のなかで立ち往生している。宇宙服は古いものの、最新式の酸素生成装置を装着してあるため、とりあえず呼吸はできる。食料はない。水もない。水がないのは、むしろ、ありがたい。小便を漏らさずにすむからだ。唯一の武器は、七十年前の信号拳銃。一個だけ入ってる弾は、デカくてずいしてて、初速が遅い。ぼくの任務は、さまざまな物体の大きさを測ることだが、計量器はハッチの外のリュックサックのなかだ。この発射物は、アイオワ州の都市ダビュークくらい大きい。ハッチは、ひとつだけじゃないはずだ。別のハッチを見つけるか、あるいは最初に入ったハッチの開けかたを解明するまで、這いずりまわりつづけるしかないだろう。

このまま移動すれば、測定作業はできなくても、サンプルを採取することはできるかもしれない。ぼくは手袋をはめた手で拳銃を逆さまに持ち、握り部分を湾曲した壁に叩きつけた。まるで、つるはしを地面に打ちつける地質学者のようだ。

だが、コンクリートの壁はびくともしない。拳銃はコンクリートにぶちあたったテニスボールのように跳ね返された。

ぼくは肩をすくめた。しかたがない。せめて、いま見てるものを覚えておこう。

広いほうのトンネルは、どこか大事な場所につながっているに違いない。ぼくはコースを変更した。

前のトンネルのなかより、ずっと楽に進めた。ブロードウェイを歩いてる気分だ。二十分間、小便を漏らしそうになるのを我慢しながら這いつづけると、ブロードウェイから、ガレージほどの高さと広さのある楕円形の部屋に入った。これぞまさにタイムズ・スクエアだ。壁に卵形のものがいくつも打ちつけてあり、紫ではなく緑色の光を放っている。小枝が集まっているようにも見える。コントロール装置かもしれない。

首筋の毛が逆立った。なぜか、近くにぼく以外の生物がいる気がした。

ぼくは戸口で動きを止め、目を細めて焦点を合わせた。戸口としか呼びようのないものだ。何かの影が部屋をサッと横切った。怖がってる場合じゃない。でも、いきなり、あんなものに出くわしたんだから、無理もない。全身が粟立った。

影はバナナの形をしていた。まだ熟れていない緑色のバナナだ。だが、長さ百五十センチで、腹部の幅は六十センチもある。バナナにしては形が安定していない。目がなく、頭の端に白い出っぱりがふたつあり、口もない。

影は身をくねらせ、クエスチョン・マークのような形になり、床から突き出た卵形の台に乗った。上から下まで全身の皮膚が小さく波打っている。まるで歯磨き粉のチューブが絞られてゆくかのようだ。尻尾から黒くてドロドロしたものがあふれて、台にしみこんだ。

人類が誕生してからおよそ八百万年のあいだ、ぼくたちは宇宙で一人ぼっちなのかと、いつも不思議に思ってきた。数えきれない世代を重ねながら、異星人との出会いを想像し、あこがれを抱いてきた。この瞬間に、ついに地球外知的生命体の代表と最初の物理的接触を果たした。

そして、人類の一人が異星人のトイレのなかにいる。

ヘルメットをかぶったまま、ぼくは咳払いした。

20

ぼくは信号拳銃を向けた。

「手を上げろ！」ええと、それから、なんて言えばいいんだ？　まあ、何が言いたいかは口調から察してくれるだろう。

ナメクジ野郎——その生物の外見から、とっさに浮かんだ名前だ——は頭をぼくのほうへくねらせてきた。

おたがいに凍りついたように動けなくなった。心臓が早鐘を打っている。

ずらりと壁に並んだ緑色の照明がパッとともった。ナメクジ野郎の頭が、身をよじりながらカゴから出てくるコブラのようにクネクネと動いた。

〝やあ〟とでも言うつもりか？　それとも、威嚇しようとしてるのか？

ぼくは拳銃の引き金に指をかけた。

ナメクジ野郎はするりと脱皮してトイレから出ると、ぼくの左側にまわってきた。カタツムリのように身をくねらせながら近づいてくる。でも、すばやい動きだ。ぼくも震える手で拳銃を握りしめたまま、ナメクジ野郎の左側にまわった。

ここはナメクジ野郎の縄張りだ。次の一歩で、ナメクジ野郎がしかけた罠にかかり、煮えたぎる油のなかにつっこむことになるかもしれない。

カサッ。

ぼくは、すばやく下を見た。

黒くて光沢のある物体を片足で踏んでいた。ナメクジ野郎がさっき脱皮した抜け殻だ。

ナメクジ野郎が飛びかかってきた。ぼくは、サッとしりぞいた。ぼくとナメクジ野郎との距離が三メートルに開いた。

「わかったよ。おまえの抜け殻に近づかれたくないんだろ」

ナメクジ野郎の上腹部が横にふくらみ、タコの触手のようなものが現われた。その触手を、抜け殻の横にある湾曲した金属の鞭に向かって伸ばしている。鞭じゃなくて、銃か？

ぼくはナメクジ野郎に向かって拳銃を突き出し、引き金にかけた指に力をこめた。

「動くな！」

ナメクジ野郎は動きを止めた。

「よし」ぼくはうなずいた。

ナメクジ野郎の触手が鞭に向かってすばやく伸びた。

ぼくは鞭めがけてダイビングし、手で鞭を払いのけた。もうナメクジ野郎には手が届かない。

床の上を這い、ぼくはナメクジ野郎と鞭のあいだで止まった。

ナメクジ野郎に拳銃を向けたまま、近づいていった。ナメクジ野郎はあとずさった。一歩……また一歩と、身をくねらせながら下がってゆく。この部屋には角がない。端へ行くほど、丸みを帯びて狭くなっている。そこへナメクジ野郎を追いつめて、動けないようにした。ナメクジ野郎は前後にくねりながら動いた。ぼくがそうさせているのは、やつも知ってるはずだ。

ナメクジ野郎は穴の開いた風船のように、力なく倒れた。

ぼくは心臓の鼓動を十まで数えた。

ナメクジ野郎は動かない。

身体の色が薄れてゆく。

真っ黒でドロドロしたものが尻尾からしたたり落ちた。

「なんてこった。自殺したのか」ぼくは後ろへ下がり、ヘルメットのなかで聞こえるくぐもった激しい呼吸音に耳を傾けた。

ひょっとすると、やつは死んでないかもしれない。ぼくは拳銃を持った片手をおろした。

引き金をおろし、拳銃を放り投げると、ナメクジ野郎の腹のまんなかに当たった。

ぼくはナメクジ野郎にじりじりと近づき、銃をひろうとポケットに戻した。続いて、ブーツの爪先でナメクジ野郎をつついた。ゼリーを蹴るような感触だ。間違いなく死んでる。

ハワード先生は、発射物を操縦しているのは特攻パイロットかもしれないと言った。ナメクジ野郎は死を覚悟していたに違いない。だから、落ち着いて、毒薬のようなものを飲んだのかもしれない。やつは、神と母国――やつに、そんなものがあればの話だが――のために死んだ。誇り高き兵士としては、生け捕りにされるよりもましだと考えて。

「ハワード先生?」無線はナメクジ野郎と同じように、まったく反応しない。

そのとき、首筋の毛が逆立った。ナメクジ野郎と出くわしたときと同じだ。まだ誰かいる。何かがシュー ッと音を立てた。続いて、また別の何かが音を立てた。

ぼくは振り向いた。

ぼくの通ってきた戸口が、荒れ狂うナメクジだらけになっていた。ナメクジどもがのたうち、身をよじりながら、コイの死骸からわいてくるウジ虫のように、ぼくに向かってくる。

ぼくは後ろに飛びすさり、さっきのナメクジ野郎の金属製の鞭をひったくった。何体かのナメクジどもも、同じ鞭を持っている。いつでもどこでも自分の望むときに、身体から伸びる触手で鞭をつかめるようだ。一体のナメクジが銃――ぼくが鞭だと思っていたものだ――を向けてくると、銃の片方の端にあるリングを触手で締めつけた。引き金だ! ぼくは自分の鞭をやつに向け、同じように引き金を締めつけた。

ぼくの鞭から何かが飛び出し、ナメクジがぼくに発砲する前に、そのナメクジの腹を貫通した。ナメクジは五十キロ近くもある生レバーのように倒れた。

やつの後ろには、まだ四十体近いナメクジどもがいるに違いない。やつらは戸口からちりぢりに逃げだした。ぼくに銃を向ける者もいた。

ぼくは足もとの床からナメクジ野郎の死骸を拾い上げ、盾代わりにしながら、部屋の向こう端にある戸口へあとずさった。

ナメクジどもがいっせいに発砲してきた。ぼくはナメクジ野郎の死骸を引きずりながら、トンネルのなかへ戻った。

二体のナメクジが追いかけてきた。湾曲した銃の一部が剣のようにとがっている。ぼくは切りつけられ、おびえて、あとずさった。宇宙服を切られたら、たとえ、ここから出られたとしても、月着陸船に戻るまで酸素がもたない。それに、ここの大気は毒物を含んでるかもしれないから、宇宙服のなかにすこしでもそれが入ったら、ぼくは死ぬ。

連中がふたたび近づいてくる前に、ぼくはナメクジ野郎から奪った銃を発射して、二体を倒した。それから、猛スピードで前進し、ナメクジどもの死骸を戸口まで引きずってゆき、ぬるぬるした緑色のバリケードを造った。

ぼくは最初に出くわしたナメクジ野郎の死体の腹をつかみ、小麦粉袋のように肩にかけ、よろよろと通路を進んだ。急がなければならない。ぼくもナメクジ野郎も通風管に引っかかることはなかった。湾曲部をまわると、ナメクジの集団が前方にいた。だが、後ろにも四十体のナメクジがいる。もう下がれない。

ぼくはナメクジ野郎から盗んだ銃を連射し、身をかがめてナメクジ軍団のあいだを通った。ナメクジ野郎を肩に載せたまま、こいつまで……どこまで……こいつらに追いかけられつづけるのか、見当もつかない。それに、いつ別のナメクジどもが目の前に現われるかもわからない。やつらは、まるで壁を通り抜けられるかのように、神出鬼没だ。ぼくはさらに数発、発射し、ナメクジ軍団をけちらし、進みつづけた。

ナメクジ野郎とぼくは、それほど重くない。でも、ぼくは激しく息をし、バケツ何杯分もの汗をかいていた。さらに悪いことに、スピードが落ちてきた。ナメクジ野郎から盗んだ銃も機能しなくなった。弾を使い果たしたか、故障したか、どちらかだろう。

やがて、ようやく、連中がもう追ってきていないことに気づいた。少し前から、ぼくの前には現われていない。

ぼくは交差点で止まり、ナメクジ野郎を床にすべらせ、すわって一息ついた。壁まで戻り、すばやく四方八方を見た。

ナメクジどもはどこへ行ったんだろう？　少なくとも四十体はいたのに。そのうち、十体は殺したはずだ。照明が点滅し、警報が不気味な音を鳴らしつづけている。

警報。あれは照明の点滅に合わせて、音が上がり下がりしてるだけだ。でも、こう言ってるかのようだ——〝爆破！〟……〝船体放棄！〟。

もちろんだ。ナメクジ野郎は捕虜になることを拒否し、みずから命を絶った。だとしたら、やつの仲間たちも捕虜になりたくない一心で、発射物を爆発させようとするにちがいない。ナメクジどもも、ぼくも、ルタバガみたいな破片の一部になるのか？　連中がぼくを追いかけるのをやめた理由も、それなら納得がいく。

ぼくはいつまでがんばれるのか？　狭いほうのトンネルを見た。床の上に何か白くて四角いものがある。そこまで這ってゆくと、《太平洋での生還》という文字が見て取れた。

ぼくは発射物のなかを一周して、ブロードウェイの交差点に戻り、どうにか外部ハッチに続くトンネルに戻ってきたようだ。このパンフレットは、ぼくがズボンのポケットから信号拳銃を引っ張り出したときに落ちたのだろう。

奇妙な音が一オクターブ高くなり、脈動が速くなった。照明も同様だ。

発射物は自爆のための秒読みをすでに開始している。

ぼくは狭いトンネルのなかを見た。外部ハッチまでの距離は約三十メートル。発射物が自爆するまで、あと少ししかない。引き返してきた修理工を入れるためなら、ハッチは開くはずだ。あるいは、ナメクジ野郎の死骸を近づけたら、存在を感知して開くかもしれない。危険だが、ほかに選択肢がない。ぼくはナメクジ野郎の死骸を狭いほうのチューブのなかへ洗濯袋のように押しやり、あとに続いた。

入ってきたときも、この狭いトンネルは長くて、ゆっくりとしか進めなかった。今はさらに果てしなく長く思える。照明の点滅と高くなったり低くなったりする音が一体となり、ほとんどやむまがない。

ついにトンネルの出口が見えた。ハッチは閉じたままだ。ぼくは落胆しながらも、ナメクジ野郎の死骸を前へ押し出した。

内部ハッチから三メートル以内の位置に死骸を置いた。何も起こらない。大きすぎるあやつり人形のように、死骸をクネクネ動かした。やはり、何も起こらない。

発射物が自爆するまで、どれくらい時間があるんだろう？　分単位か？　それとも、秒単位？

アーロン・グロットに言われたとおりにハリウッドの仕事を引き受けていれば、憲兵に連れ出されることもなかったかもしれない。今ごろは、人工の太陽光の下でプールサイドに寝そべり、クリッシーのモノキニの水着姿を拝み、極楽気分だっただろう。

発射物が爆発するとき、何か感じるだろうか？　それとも、脳に苦痛を伝えられないほどすばやく、神経がボロボロになるのか？

ぼくはナメクジ野郎の頭をハッチにこすりつけた。何も起こらない。

アーロンのホロ映画のなかでは、捕らわれたヒーローはドアのロックを撃ち破り、逃げだすことになってる。

信号拳銃はまだポケットに入ったままだ。ぼくは拳銃を抜き、三メートル下がった。ナメクジ野郎を盾にして、その陰からハッチに拳銃を向け、両目をつぶって引き金を引いた。

何も起こらない。もういちど、手が震えるほど強く引き金を引いた。何も起こらない。最後の望みは、七十年前の不発弾だけか。

閉じた目から涙があふれて、こぼれ落ちた。ぼくは、わけもなく、ここで死ぬのか。

ぼくは目を開けた。紫色の照明のなかで、自分の手を見た。拳銃の握り部分をつかみ、おろした引き金の上に親指を置いている。

これじゃ、引き金を引いたことにならない。まず、きちんと引き金を引かなければ、発砲できない！

震える指で引き金を引いた。

製作から七十年たった骨董品の拳銃でも、発射さえできれば、なんとかなるんじゃないか？　近くの壁に跳ね返って、宇宙服に穴があいたとしても、それがなんだ。

ぼくは正式な神への祈りの言葉なんて知らなかった。だから、「ああ、お願いです」とだけ言った。

撃鉄が雷管を叩くのを感じるまで、精一杯の力をこめて、いっきに引き金を引いた。厚い堆積物のあいだを通り抜けるかのように、引き金がゆっくりと押し戻された。ついに弾薬筒の雷管に点火した。

21

ハッチは閉まったままだ。やがて、信号拳銃が赤い閃光を放ち、ぼくの手に反動が伝わった。閃光は閉じたハッチの中央に当たった。動きはない。

閃光が跳ね返ってきたので、ぼくは身をかわした。閃光はぼくのヘルメットをかすめ、トンネルの壁の卵形のものにぶちあたって跳ね返った。

花びらが開くように、ハッチが開いた。閃光はふたたびぼくの前をかすめ、低重力の影響でスピードを落として消えていった。ぼくは卵形の物体を見た。ドアノブはずっと前からここにあったのだ。

暗い空が、夏の青空より魅力的に、ハッチの向こうで輝いていた。閃光は内部ハッチを開けるボタンを押しただけではなく、外部ハッチのエアロックか、それをコントロールするメカニズムまで壊してしまっていた。エアロックの両端が開いたままになった。発射物の与圧大気と真空の空間を隔てているのは、ぼくとナメクジ野郎の死骸だけだ。

急激な減圧により、ぼくたちはエアロックの外へ弾き飛ばされ、まるでシャンパンのコルク栓を抜くように、月面から十メートルほど上の太陽光で照らされた真空のなかへ打ち上げられた。ナメクジ野郎が先で、ぼくがあとだ。ぼくは手足をバタバタさせ、打ち上げられたズッキーニを追いかけるスーパーマンのように悲鳴を上げた。

ぼくたちは弧を描いて、ふたたび落下した。エアロックから五、六十メートルほど離れた発射物衝突地点で、ハワード先生がぼくたちに背を向ける形でかがみ、岩のサンプルを拾って袋に入れている。

ナメクジ野郎の影がよぎったとたん、ハワード先生は振り向いた。だが、もう遅かった。

ぼくは叫んだ。

「ハワード先生、危ない！」

ナメクジ野郎は一トンもある脂肪のように先生にぶつかり、押しつぶした。ぼくはプールでターンするように空中で身体の向きを変え、足から先にナメクジ野郎にぶつかり、跳ね返って十メートル近く飛ばされた。ナメクジ野郎がクッションの代わりに衝撃をやわらげてくれたうえに、この低重力下では、ぼくの体重はちっちゃなスーツケースほどしかない。だが、二度目の着地で足首を傷めた。

ぼくは仰向けに倒れ、宇宙服に穴があいたことにより急激に減圧するのを待った。月の暗い空の向こうに一面の銀河が見える。肩甲骨を通して、かすかな振動が伝わってきた。ぼくは起き上がり、四つん這いになった。約十メートル離れた場所に、巨大キュウリに激突されたハワード先生が大の字にじっと横たわっている。ナメクジ野郎の死骸がそばに転がっていた。

ぼくは先生たちの近くへ這っていった。

「ハワード先生？」

返事はない。先生はピクリとも動かない。先生の金色のフェイスプレートに映っているのは、ぼくの姿だけだ。

もうぼくと先生を隔てる発射物の外殻はないのに、通信できない。きっと衝撃で、二人のうちどちらかの……あるいは両方の無線機が壊れたのかもしれない。岩が音を伝えるなら、ヘルメットも音を伝えるはずだ。ぼくは身を乗り出し、ぼくのヘルメットを先生のヘルメットに密着させた。

「ハワード先生？」

「ジェイソン？　どうした？　わたしにぶつかってきたのは、なんだ？」金魚鉢から聞こえるかのように声が響いた。たしかにヘルメットは金魚鉢に似ている。

ぼくは叫んだ。

「発射物に自爆装置がしかけてあります！　早く離れなければなりません！　大丈夫ですか？」

先生は起き上がった。ぼくは先生を引っ張って立たせ、月着陸船のほうを向かせた。

「走ってください！」

先生はナメクジ野郎の上におおいかぶさり、手を伸ばして死骸に触れた。

「いったい、これは――？」と、先生。ぼくは先生を押しやり、片腕でナメクジ野郎を抱えた。「くそっ、逃げてくださいよ！」

ぼくが発射物内部に入ってから、どれほどの時間がたったのか？　これから、どれほどの時間がかかるのか？

ぼくが月面で跳ね返ると、腕に抱えたナメクジ野郎がサラミのように跳ねた。一歩踏み出すたびに足首に痛みが走る。前を行くハワード先生はすり足で月面を歩くことを覚え、約五メートルずつバウンドしながら進んでゆく。ぼくは十メートルずつ進んでいる。この低重力をなんとかしてくれ。もっと速く進まなければ、ぼくたちは死ぬ。

発射物からどのくらい離れたら安全なんだ？　爆発はどれほど大きいんだろう？　ぼくはチラリと後ろを見た。まだ発射物から百メートルしか離れていない。またしても、奇妙な脈動音が一瞬、聞こえなくなった。

やがてその脈動が、さらに大きな音に変わり、ぼくは心臓が止まりそうになった。ぼくは飛び跳ねようとしていたハワード先生を捕まえ、リニアモーターカーぐらいの大きさの岩の陰に引っ張っていった。次の瞬間、目がくらむような閃光が走った。発射物から出たときにバイザーをおろしておいてよかった。

爆発音と衝撃が月を持ち上げたかのように思えた。だが、月面から跳ね飛ばされて宙に浮くと、音は消えた。ぼくは先生の上に着地した。発射物の破片がぼくたちの頭上をただよい、ぼくたちが隠れている岩に跳ね返った。でも、真空なので音はしなかった。

ぼくは先生の上にうつ伏せにおおいかぶさった。数分間と思えるあいだに、野球のボールくらい大きな破片や、もっと小さい破片が空高く飛ばされ、ぼくたちの上に降りそそいできた。

やがて、ようやく、〈豊かの海〉に静寂が戻ってきた。

ぼくはハワード先生とヘルメットどうしを密着させた。

「おお！」と、先生。

ぼくたちが立ち上がると、発射物の破片が身体からなだれ落ち、月面の塵のなかに音を立てて落ちた。ナメクジ野郎が足もとに横たわっている。まったくの無傷だ。先生は、やつのそばにひざまずいた。

「これは――？」

「発射物が乗せてた連中です。あいつらは発砲してきて、ぼくをバラバラにしようとしました。暗くて、とても怖かったです」

「ああ、きみがうらやましいよ、ジェイソン！」

ぼくはため息をつき、岩陰から出て、後ろを見た。発射物があった場所には何もない。いくつもの巨大な岩が放射状に飛ばされ、その中心にはとてつもなく大きなクレーターが残りそうだ。でも、ぼくがいる位置からもはやその中心部は見えない。白と灰色の月面のはるか遠くまで、発射物の黒い破片がパンにちりばめたケシ粒のように散らばっている。

ぼくたちの横にスイカ大の岩があった。だが、その向こうの岩は、飛んできた破片によってふたつに割れている。あの岩がぼくか先生の頭に当たっていたら、どうなっていたかわからない。

破片は半径五百メートルに渡って四方八方に広がっていた。近づいて片づける気にはなれない。岩陰で身を守るのが精一杯だ。今になって、やっと自分のふがいなさに気づいた。情報を収集できなかったばかりか、世界史に残る最大の情報部の手柄を台なしにしてしまった。

ハワード先生はぼくの肩を叩き、自分のヘルメットをぼくのヘルメットにくっつけた。

「あの死骸をいつまでも真空中に置いておくことはできない」

ぼくは顔を上げた。結局、ぼくは大事なものを持ち帰ってきた。ナメクジ型異星人との戦争ではじめて捕虜をとった。たとえ、そのナメクジ野郎が凍っていて、キュウリのように硬くなっているとしても。

先生はナメクジ野郎を指さした。

「こいつを月着陸船に連れて帰ろう」

月着陸船！　発射物が爆発した地点から一キロ以内の場所に、メッツガーの乗った月着陸船がいたはずだ！　ぼくは月着陸船がいたはずの位置を振り返った。でも、家のように大きな岩に視界をさえぎられている。

「メッツガー？」

ぼくの無線がイカレているのか、それともメッツガーのがおかしいのかはわからなかったが、応答はなかった。メッツガーは発射物が自爆することを知らなかったに違いない。それでも、なんとか対処できたはずだ。

心臓が早鐘を打ちはじめた。ぼくはあとずさり、月面を飛び跳ね、てっぺんが平らな岩の上に三メートルほどジャンプした。あやうく飛び越えそうになったが、なんとかバランスを保った。

遠くの地平線を見たが、月着陸船の姿はない。このひらけた場所なら無線が通じるかもしれない。

「メッツガー？」ぼくは叫んだ。返事はない。

やがて、金箔をほどこした月着陸船の輝きがチラリと見えた。岩が広がる月面上でぼんやりとしか見えない。ぼくはうれしくなった。

だが、前と何かが違う。ひょっとして、別の角度から見たら——ぼくはすこし移動した。月着陸船の四本の脚のうち一本が倒れ、モジュールは三角帽のようにそりかえっている。まっすぐ立っていたはずのパラボラ・アンテナも、だらりと垂れさがっていた。

岩から月面に飛び降り、ナメクジ野郎の死骸を回収しながら、ぼくは落胆した。月着陸船は、たしかに原始的だ。でも、二人がかりで馬にむち打って進ませる大型幌馬車とは違う。人間の力では動かせない。ハワード先生は、こいつが再建造された唯一のサターンだと言った。ケープ・カナベラルは救命ボートを用意してくれなかった。先生とぼくは、ここでゆっくりと死んでゆく。でも、メッツガーが月着陸船のなかで生きていてくれたら、それでいい。

ぼくは壊れた月着陸船に向かって飛び跳ねつづけ、ついてこいと言うように、先生に手を振った。

「メッツガー？」ジャンプして月面に着地するたびに叫んだ。でも、返事はない。

ぼくはハワード先生より先に月着陸船にたどりつき、塵のなかにナメクジ野郎の死骸を落とした。近づいてみると、月着陸船は想像以上に損傷していた。メイン・エンジンの噴射口が船室の下に転がっていて、船室も、押しつぶした紙コップのように倒壊している。

ぼくはよじれた梯子をのぼり、フェイスプレートを月着陸船の窓に押しつけ、叫んだ。

「メッツガー？」

ヘルメットのバイザーが窓ガラスに映りこみ、月着陸船のなかが暗くなった。

「ジェイソン？」メッツガーの声だ。ぼくは跳び上がった。

「大丈夫か？」

「ほんのかすり傷程度だ。きみたち二人は？」

「無事だ。発射物には自爆装置がしかけてあった」

「吹っ飛んだのか？」

「残骸だけが残った」

「ああ」と、メッツガー。金属に声が反響した。失望した口調だ。「でも、捕虜をつかまえた。死骸だけどな」

二十分後、ぼくたち三人は月着陸船に集まり、宇宙服を壁のフックにかけて、合成チョコレートミルクを飲んだ。

ぼくはメッツガーに言った。

「クラゲみたいなやつなんだ。あるいはナメクジか。緑色のバナナに似てる」

「冗談を言うな。おれは昆虫みたいな姿を期待してた。おれたちはナメクジどもに負けそうになってるのか？」

ハワード先生は食料の包みを開いた。

「異星人の死骸を真空状態から出す必要がある」

ぼくは大げさに顔をしかめた。

「このなかに運び入れるんですか？」

ハワード先生は肩をすくめた。

「死骸を温めたら、腐ってしまうかもしれん。零下十八度で生きてたやつだぞ」

ぼくの宇宙服が壁にかかっている。先生はそれを指さした。

「あれを死骸に着せたらどうだ？」

「なるほどね。でも、やつは身長が百六十五センチで体重が七十キロ近くあるんですよ」

予備の宇宙服が一着あるが、箱に入れたままだ。

メッツガーとハワード先生は装備に身を固め、梯子をおり、ナメクジ野郎にぼくの宇宙服を着せようと悪戦苦闘した。そのあいだに、ぼくは新しい宇宙服を箱から出した。

二人はなんとか死骸を宇宙服に押しこんだ。ズボンの片脚のほうに尻尾を入れ、頭の先がヘルメットからのぞいている……なんだか、〝カメの頭〟みたいだ。二人は死骸を月面に横たえた。凍っているが、宇宙服で守られている。やがて、月着陸船のなかに戻ってきた。

ぼくは切迫した問題を切り出した。

「月着陸船を修理する方法がありません」

メッツガーが頭を振った。

「きみの緑色の友人と同じくらい、どうしようもない」

メッツガーもハワード先生もぼくの視線を避けている。

二人とも、発射物が爆発したのはぼくのせいだと思ってるのだろうか？　ぼくが二人を置き去りにして見殺しにしようとしたとでも？　二人とも、ナメクジどものことなんか、ほとんど知らないくせに。世界の歴史上、ぼくほどナメクジどもを知ってる者は誰もいないんだぞ！　ちっぽけな虫けらどもが自爆しようとしたとしても、そんなこと知ったことか。ぼくはナメクジ野郎の死骸を引きずって、ヘビの巣からやっとの思いで逃げてきたんだぞ！　こんなふうに死ねと頼んだ覚えもない。

ぼくはどなりかけて口を閉じ、目をそらして、舷窓からナメクジ野郎を見た。体形に合わない宇宙服を着せられ、故郷からはるかかなたの荒れ果てた死の世界に横たわっている。今に、ぼくも同じ目にあう。ぼくも、やっと同じように、孤独な死を迎えるのか？　灰となって〈豊かの海〉に散らばっているほかのナメクジどもは、ナメクジ野郎の家族じゃないのか？

ぼくはナメクジ野郎の向こうを見た。岩が転がっている場所よりも、さらに向こうだ。三億年間、変わっていない。遠くに丘陵地がある。暗い空を背景にして、青白く見える。数日以内に、ぼくは飢え、凍りつき、あの丘のようにさらに何億年ものあいだここに横たわりつづけるだろう。

そのとき、地平線上で何かが動いた。

22

声が出ない。ぼくはメッツガーの髪をつかむと、ぼくの横の舷窓へ顔を向けさせ、外を指さした。点のように小さなものが斜面をくだって進んでくる。もうひとつの点が現われ、また次が現われた。ナメクジどもは偵察兵を出してたんだ。そいつらが帰ってくる。ぼくたちを見たら、攻撃してくる。

ぼくは舷窓に背を向け、ハワード先生のそばに身体をねじこむと、壁にかかった貨物ネットに手を伸ばした。予備のピストルがあった。

ハワード先生は頭を振った。

ぼくはネットに深く手を突っこみ、弾倉を探しながら叫んだ。

「やられてたまるか！」

メッツガーが舷窓から向きなおった。

「いや、ジェイソン、大丈夫だよ」

メッツガーとは長い付き合いだから、口調でわかる――今の言葉は気休めじゃない。

メッツガーはハワード先生の双眼鏡を取り出し、ゴムのカバーをはずして、ぼくの目に当てた。レバーを動かしてピントを合わせると、淡い青色の四角形が見えた。宇宙服の袖についているのと同じ、国連の旗だ。双眼鏡の視野を広げると、バウンドしながら走ってくる六台の月面車が目に入った。宇宙服姿の人間たちが乗っている。

「あれは――？」

ハワード先生が答えた。

「きみに事前に知らせることはできなかったんだ。きみが異星人に捕まって尋問されたら、話してしまうかもしれないからね」

頭がクラクラした。

「ぼくたちは死なないってことですか？」

「月面に取り残されて死ぬことはない」と、ハワード先生。ぼくの手からピストルをもぎとって貨物ネットに戻した。

「あれ、なんですか？」と、ぼく。バウンドする月面車を指さした。

「重力適応全地形型車両だ」と、ハワード先生。メッツガーを見て、たずねた。「何を持っていけばいいかな？　あと二分で、あの月面車が着くぞ」

ぼくはハワード先生の肘をつかんだ。

「あの連中は、どうやってここに来たんですか？」

メッツガーは宇宙服に片足を突っこみ、ハワード先生に答えた。

「ナメクジ野郎の死体と、先生の機器がとらえた情報だけでいいでしょう」

ハワード先生はうなずき、ぼくに向きなおった。

「四日かけて走ってきたんだ。もっとかかるんじゃないかと思っていたんだがね。あの月面車は長距離移動には向いていないから。だから、われわれがここに来るときは、運を天にまかせて、ひとつしかないサターン・ロケットを使った。結局、うまくいった。われわれが先に着いていなければ、あの連中は——」舷窓の外を指さした。「——自爆した発射物の破片をあさるしかなかっただろう。きみとわたしがピッツバーグでやったようにな」

目がまわりそうだ。

「つまり……月面には、ほかの人たちもいるんですね？」

「話せば長くなる。月の裏側に基地があるんだ」

ぼくは啞然《あぜん》とした。

「いずれ、見られるよ。あの連中が、われわれを連れていってくれるからね」

一時間後、ぼくは月面車の前部座席にハーネスで身体を固定し、車はゆっくりと月の裏側へ向かった。月面車のタイヤは弾力のある多孔性の網で、車枠の金属のチューブはレース用バイクのようにデリケートだ。屋根は太陽電池パネルで、車一台分の重さがあるが、月では一人でベッドの枠みたいに端を持ち上げられる。

ぼくの隣のドライバーは、袖章の山型から見ると曹長らしい。二人のヘルメットをくっつけられるときしか声が伝わらないから、車が止まったときしか話ができない。この宇宙服にも無線はあるが、壊れている。宇宙服がこんな程度なら、昔の人はどうやって月面に到達したんだろう？　いや、これは七十年前の宇宙服だ。七十年前には壊れてなかったはずだ。

ぼくたちの車が先頭を進んだ。すぐ後ろの月面車にはハワード先生が乗り、後部座席にナメクジ野郎の死体が固定してある。

移動中、考える時間はたっぷりあった。何よりも、死なずにすんだのがうれしい。だが、ハワード先生とメッツガーには腹が立った。何も教えてくれないから、数分間とはいえ、永久に月に足止めされたと思ったじゃないか。ナメクジどもが自爆することも、先生は地球を出る前から予想していたと思うとますます腹が立つ。もっとも、ひとつしかないサターン五号ロケットを使う理由を教えてくれたときの先生の言葉をよく考えれば、見当がついたのかもしれない。それにしても、いつ爆発してもおかしくない発射物のなかへ、ぼくを入れるなんて……。

一兵士としては、保安上必要で安全な措置だったとわかる。でも、腹の虫がおさまらない。

四日間の旅のあいだ、誰にも話しかけずに考えたあげく、腹立ちは消え、逆に気分が落ちこんでいった。巨額の資金を投入したロケットを無駄にし、史上初の異星人とのコンタクトを台なしにした。成果といえば、興奮しやすい特大アメーバの、キュウリみたいにコチコチに凍った死骸だけだ。この責任を誰かがとらなきゃならない。

ハワード先生は戦争の方針を決める情報部の責任者だから、いないと困る。メッツガーは英雄だ。何年も前から知ってるが、メッツガーは泥をかぶりそうな状況をいつもスイスイかわしてきた。

つまり、ぼくしかいない。四日の移動中に、ぼくが覚悟を決めることになっていたのだろう。今回は不満や怒りが爆発しないよう、自分で適当にガス抜きした。

移動が開始して二時間後には、窮屈で退屈なドライブになった。二日たつと地形が単調になり、それは月の裏側に入っても変わらなかった。平原と丘陵と巨礫《きょれき》ばかりの土地が延々と続く。日光がギラギラ照りつけているが、アート・ギャラリーのホログラムのように白黒の世界だ。

月の裏《ダーク・サイド》側がこんなに明るいとは意外だが、この呼び名は大きな間違いだ。月は自転しないが、つねに同じ面を地球に向けている。その面が太陽に照らされると、地球からは月が見える。月が地球と太陽のあいだに入れば、地球に向いた面は暗くなり、裏《ダーク・サイド》側が照らされる。

移動中に月が動いて、ぼくたちが着陸したあたりが暗くなり、裏側が夜明けを迎えた。残念ながら、月の風景は単調すぎる。ドライブするならカンザス州のほうがいい。

裏側をしばらく走り、四日目に険しい丘陵地を登った。上に着くと、クレーターの縁《へり》だとわかった。頂上で止まると、眼下に月面基地が見えた。

ぼくは片手を目の上にかざし、何列も続く丸屋根の白い建物を見つめた。何台もの車両が建物のあいだをアリのように動きまわっている。基地は何キロも広がっていて、ひとつの町と言ったほうがいい。

照りつける日光がかげったので、ぼくは目の上にかざした手をおろした。雲がかかったのだろう。

雲？　月に空気はないぞ。

振り返って見あげると、上空に灰色の金属でできた骨組みが浮かんでいた。長さは一・六キロくらい、直径は四百メートルくらいあるだろう。ぼくはドライバーの袖を引き、骨組みを指さした。

ドライバーはぼくのほうに頭を傾け、ヘルメットどうしをくっつけた。

「心配するな。あれは航宙艦だよ。国際連合航宙艦〈ホープ〉だ」

ぼくたちの何キロも上空をただよう骨組みが、ゆっくり移動してゆく。その周囲一面に、無数のホタルのような光が消えたり現われたりしている。

「例の艦ですか？　今から五年後に完成させるという？　木星へ行く艦ですか？」

なるほど。五年後じゃなく、あと数カ月でできあがるだろう。史上最大の不意打ちだ。

もういちど艦を見あげた。ホタルの群れみたいなのは、補給用の小艇や建設作業員の輸送船……資材の曳航船などに違いない。地球から見たら壮大なショーだろう。ここから見ても、たいしたものだ。ぼくはヘルメットをドライバーのヘルメットにくっつけた。

「なぜ、ここの上空で造るんですか？」

「〈ホープ〉は惑星間航宙艦だ。ここから木星まで無事に航宙できるくらい頑丈だが、あれを地球や月みたいに重力のある場所におろしたら、自重でつぶれてしまう。〈ホープ〉は真空中で生まれた。いつかは真空中で死ぬことになるだろう。宇宙から見張っている者に見つからないよう、〈ホープ〉の軌道は、ガニメデとのあいだに必ず月か地球が入るように計算されている」

地球の者が誰も〈ホープ〉の存在を知らなければ、どんなスパイも——敵に捕まった四級特技下士官も——口外しようがない。

軌道上の〈ホープ〉はしだいに小さくなり、月の地平線に近づいた。

月面車がジグザグに斜面をくだり、クレーター内部の平原へ向かうと、漆黒の空に別の物体が見えてきた。ケープ・カナベラルで見たのと似たシャトルで、パワーを落として月面に降下しようとしている。真空中では、翼は役に立たない。

百メートル向こうに国連の旗が立っていた。風がなくてもダラリと垂れないよう、枠にはめてある。

建物を次々と通り過ぎた。月面車が止まった建物は、ほかの建物と同じ、縦に割った白いチューブを伏せたような形だった。フットボール場がまるごと入りそうな大きさで、ひとつの面にエアロックが突き出ている。メッツガーとハワード先生が月面車を降りると、軍曹が二人がかりで、座席に固定してあるナメクジ野郎の死骸をはずしはじめた。

立とうとしたぼくは、ドライバーに肘をつかまれ、座席に引き戻された。ちぇっ、ワルは英雄とは行き先が違うのか。

さらに三つ建物を通り過ぎ、車が止まった。建物のエアロックには〝拘禁棟〟と書いてある。マーチ判事もジャコビッチ大尉も月の裏側のおえらいさんも、みんな、ぼくをブタ箱に入れたがる。

ぼくが入れられた独房は窓のない二・五メートル四方の部屋で、片側の壁に狭いベッドと流しとトイレがあった。ぼくは、新しいつなぎ服とひげ剃りセットとフリーズドライの携行食を与えられた。調理済み糧食と似たようなものだ。

ぼくは壁に両手をつき、垂らした頭を振った。ベッドに横になり、なぜ拘禁されるのかと考えた。

ドアがガチャンと音を立てて開き、ぼくと同じようなつなぎ服を着て白い手袋をはめた憲兵が手招きした。ぼくは独房の外へ出た。

憲兵のあとについて、月面基地の建物をつなぐトンネルに入った。

「このトンネルは、どうやって造ったんですか?」

「レーザーで岩を溶かした」

十分も歩いたころ、トンネルの交差点で足を止め、電動運搬車が通り過ぎるのを待った。床が震え、低重力で軽くなったぼくの身体が弾んだ。

運搬車は積んでいる艦体外殻の板を揺らし、あたりを振動させてシャトルへ向かった。シャトルで軌道上へ運ぶのだろう。

戻ってくる運搬車には、仕事を終えた溶接工やリベット打ちがひしめき、膝にセルフ・ヒーティングのランチを置いて居眠りをしていた。

ぼくはうすら笑いを浮かべた。

「労働組合はあるんですか？」

憲兵はぼくをにらみつけた。

「十六時間ごとに交代する。労働時間は一ヵ月に二十八日。家は三十八万キロのかなただ」

ひとつはっきりしているのは、戦争になると人はてきぱき動くということだ。一世紀前、人間はキャンバス張りの飛行機を飛ばした。第二次世界大戦が始まり、死に物狂いの六年が過ぎると、人類はジェット機やレーダーや核兵器を手にした。ナメクジどもとの戦争が始まると、人類はたった数ヵ月であっというまに宇宙へ進出した――冷戦後の理想主義が五十年かかっても実現できなかったのに。

ようやく着いたスチールのドアの前には、デスクに向かった憲兵がいた。ぼくを連れてきた憲兵が書類を渡すと、デスクの前の憲兵は目を通し、ぼくを見てからドアの電子ロックを解除し、ぼくを通した。

なかは手術室だった。明るい室内にステンレスの器具が並び、壁は白く、吐く息が見えるくらい寒い。部屋の中央にある手術台にライトが当たり、その向こうに円形劇場のように階段状の座席が並んでいる。

手術台に、ぼくが戦ったナメクジ野郎の死骸が固定されていた。〈豊かの海〉からここまで運んできても、とくに状態が悪化した様子もない。今でも短く、緑で、先細りだ。

ナメクジ野郎の向こうに、禿《は》げ頭でゲジゲジ眉毛の、やせた男が立っていた。唇の下に前世紀ふうのひげを生やしているから、民間人だろう。白衣姿で、両手が空《あ》くようヘッドセットをかぶり、細いパイプにつながったマイクが口もとまで伸びている。ヘッドセットは、白衣の胸のポケットからペンの束にまじってのぞいている携帯コンピューター《チップマン》につながっていた。

男は、目顔でナメクジ野郎を指した。

「きみがやったのか？」

ぼくは胸を張って答えた。

「そうです」

「悲劇だ」と、男。手術台のまわりを歩きながら、パチリとゴム手袋をはめた。「人類初の地球外知的生命体との遭遇が、暴力による死で終わるとは」

ぼくは笑い声を立てそうになった。何百万という地球人がこいつらに殺されてるのに、この男はたった一体の異星人が死んだからといって嘆くのか？

男は身をかがめ、手術台に沿って横に動きながら、ナメクジの死骸を持ち上げ、レバーのかたまりみたいにボトッと落とした。

「きみが殺したんだな？」

「自殺したんです」

男は冷笑した。

「きみは異星人心理学者か？　こいつが遺書でも残したのか？」と、男。死骸に指を突きつけ、証人に反対尋問でもするかのような勢いだ。「この死骸にはブーツで蹴られた傷跡がある！」

「ぼくが蹴る前に死んでました」

男は疑わしげに目を細めた。

「ぼくは、こいつと一緒に砲弾みたいに宙に放り出されたんです。こいつが先に着地して、ぼくがその上に落ちました」

男はフンと鼻を鳴らした。

「冗談じゃない」

「冗談なんか言ってません。落ちたとき、下にいたハワード・ヒブル大尉にぶつかりました」

男はふくれっつらをし、マイクに向かって言った。

「自分の手で死亡させたと認めた」

「ぼくが戦争捕虜を殺したというんですか？　ヒブル大尉に話を聞きましたか？」

「これから尋問する」と、男。メガネを調節し、鼻をクンクンいわせたかと思うと、眉を跳ね上げ、死骸の上に身をかがめて端から端までにおいを嗅いだ。マイクを口もとに引き寄せ、声を震わせて言った。「死骸は間違いなく尿《にょう》のにおいを発散している！　地球の生物に似た排出機構や代謝機能を備えているらしい。予想外の情報だ！」

「それ、ぼくのです」

「心配するな。異星人殺害の手柄を奪う気なんかない！」男は鼻を鳴らした。

「尿のにおいのことです。ぼくのです。〈豊かの海〉から運ぶとき、死骸をぼくの宇宙服に入れて密閉しました。その前に、ぼくが宇宙服を着ていて、なかで漏らしたんです」

「ふむ」男は不満げにうなり、ポケットのチップマンの消去ボタンを押した。「ほかに、まだ報告していないことはあるか？」

「こいつの排泄のしかたに本気で興味があるんでしたら、お知らせします——ぼくがこいつと最初に出会った場所は、トイレだったようです」

男は鼻で笑った。

「殺し屋くん、あまり脳を酷使するんじゃない。こいつの行動は、わたしが分析する」

「ただの直感です」と、ぼく。肩をすくめた。

「じゃあ、見てみようか」男は死骸の尻を持ち上げて下をのぞき、ポトンと落とすと、得意げな笑みを浮かべた。「何もない。肛門なら、わたしは見ればわかる」

「ぼくもです」見つめ返した。

ぼくは憲兵に連れられて拘禁棟に戻った。

23

独房のドア枠に憲兵が寄りかかり、ぼくはベッドにすわって膝に両肘をついた。ほかの兵士たちと同様、この憲兵も退屈しているらしい。ぼくは憲兵に、ナメクジ野郎を殺してはいないと訴えた。

憲兵は肩をすくめた。

「あれは未確認動物学者の予備審問だろう。で、おれが思うに、きみは皮肉な答えを返した」

「〝だろう〟……〝思う〟って、ここじゃ何もかも秘密なんですか？」

「きみがここに来た以上、秘密ではない。ここから出てゆく者はいないからな——戦争に勝つまでは」

「いったい、どうしてこんな基地ができたんです？　こんなの、どうすれば秘密にできるんですか？」

憲兵はまたも肩をすくめ、ため息をついた。

「地球では、落下した発射物が巻き上げた塵《ちり》でジェット機が飛べない。だが、民間航空会社が立ちゆかなくなった理由は、地球上の航空機整備士や飛行機用の工具が、改良型スペース・シャトルを造るために徴用されたからだ。このシャトルで、人間や資材を月に運ぶ。はじめて異星人の発射物が落ちてから六週間後に、最初の船がここに着いた。今では、一万三千人が月で暮らしている」戦争が始まる前は、月に足を踏み入れた人間なんか、全部あわせても、この千分の一しかいなかったのに。

「切迫した人類大虐殺が、尻に火をつけたというわけですか」

憲兵はうなずいた。

ぼくはパチリと指を鳴らした。

「ホロ映像の乱れは？　あれも、空中に充満した塵のせいじゃないでしょ」通信衛星の修理もあとまわしにされ、資材や労働者が月に送られたに違いない。何百万という死者とは別に、愛する人が急に姿を消し、見つからなくなる。

憲兵はうなずいた。

ぼくは、うなずき返した。

「でも、こんな大きな事業を隠しとおすのは無理だ。だから、航宙艦を建造中だと発表し、建造は地球上で進めていて、完成は五年後ということにしたんですね。そうすれば、公然と軍隊の訓練ができる」

憲兵はまたしても肩をすくめた。

「真実をもとにした嘘はバレにくいと、スパイが言っている」

孫子の兵法に、〝戦《いくさ》の本質はだますこと〟とある。このあとに、〝とくに、自軍が弱くて敵を負かせない場合は〟とつづく。ぼくはベッドにすわったまま上体を起こし、低重力で六分の一になった体重をマットレスにあずけた。次は何が始まるんだろう？

ぼくは歴史上最大の秘密を知った。わかってる。ほかの一万三千人も知ってる。だが、月に隠れ住む一万三千人は、秘密を口にできない。

これは、やりすぎじゃないか？　もう、異星人が人間のつけひげをひっぱがしたり、姿を隠したまま地球の周辺を探ったりはできないとわかったんだし……。

だが、探ろうと思えば、やりかたはいくらでもある。ラジオやホログラム、映像を受信してもいい。強力な画像単純化システムを使って観察する手もある。遠隔感知情報収集の技術は、今世紀になって、兵器の開発はほったらかしにされたまま急速に発達した分野だ。歩兵隊も――ぼくが基礎訓練を受けたような寄せ集めの部隊でなく、現場に出る本物の歩兵隊でさえ、巨大な昆虫のように戦場の上空を浮遊する無人偵察機をほとんど持ってない。情報収集は後方が担当する。

人間がメディアを通じて知っていることは、ナメクジどもも知っていると考えたほうがいい。月面基地と航宙艦という大きな秘密を知った以上、ぼくは軍法会議にかけられて銃殺とまではいかなくても、ここに半永久的に閉じこめられるだろう。ナメクジ野郎の死体を持ち帰ったという功績は、生きた異星人を手に入れられなかったことで帳消しだ。異星人の発射物が爆発したのも、ぼくが犯人だと思われてるに違いない。

よく眠れなかった。

翌朝、憲兵に連れられて、もういちど手術室に行った。手術台のナメクジ野郎の死体はそのままだが、まわりの階段状の座席に十二人の人影が見えた。

陪審員を前にした気分で、ぼくは目を伏せた。

十二人は士官の制服姿で、見たところ六種類の軍が集まっている。肩章から見ると、きらびやかな高官ばかりだ。〝クソの出る穴なら見ればわかる〟御仁《ごじん》は、今日はいない。恐らく給与等級の高い連中の集まりで、骨ばった人影だけが例外だ。その人物が立ち上がった。心臓がドキンと鳴った。

この人が陪審員代表で、ぼくに月面での終身刑を言いわたすんだろうか？

その代表は階段をおりて光の当たる手術台のそばを通り、目を細めて近づいてきた。ほかの連中のパリッとした身なりと違って、この男のブーツはハーシーのチョコバーで磨いたかのように汚かった。

「ジェイソン、たっぷり食わせてもらったか？」

ハワード・ヒブルは、ぼくの手を握って勢いよく振った。今では、襟にオークの葉をかたどった少佐の記章をつけている。

「ハワード先生、みんなに言ってやってください！　こいつは、ぼくが蹴り殺したんじゃありません！」

「あの審問のことか？　くだらんお役所仕事だよ！　あれはもう終わった」

ハワード先生は両手を胸の前に出し――

――拍手した。ほかの人たちも立ち上がって手を叩いた。十分のあいだに、ぼくは四カ国の将軍から祝いの言葉をかけられた。

士官たちと手術の身支度をした専門家の一団が並んで座席に戻ると、別の専門家たちがナメクジ野郎を切り刻んだ。見物人たちは〝おお〟だの〝うわあ〟だのと声を上げ、ぼくに次々と質問をぶつけた。

検死の休憩中に、ハワード先生がにじりよってきた。マスクにこぶしを当て、タバコの吸いすぎらしい咳《せき》をして言った。

「話すチャンスがなかったな。発射物の内部は、どんなふうだった？　異星人は、どうやって動く？　個体を識別できる特徴があるか？」

「異星人は緑のスパゲティみたいに群がって、じわじわ押し寄せてきました。ぼくは死に物狂いで逃げました。怖くて小便を漏らしました」

「そりゃ、怖かっただろうとも！」

六時間後に、専門家たちが発表した――ナメクジ型異星人は、頭部にある白い斑点でものを見るが、これを目とは呼べない。可視光線はとらえず、赤外線だけを感知する。自己複製で増殖する。ぼくが発射物のなかで足を取られた鞘《さや》みたいなものは、人工的な装甲である可能性が高い。異星人は音で会話するが、漠然とした感情も放射できるかもしれない。体内に大きな神経節があるが、脳と呼ぶには容量が小さすぎ、個人としての意識は持てないと思われる。死骸は冷凍しておかないと、ひどい悪臭を放つ。ぼくが最初にナメクジと対面した場所がトイレだという推測は、支持された。

ナメクジ野郎の死骸について、ぼくから引き出せるだけの情報を引き出してしまうと、士官と専門家たちは、ぞろぞろと部屋を出ていった。ハワード先生が残った。

「きみのご家族は、インディアナポリスへの襲撃で亡くなったと言ったな？」

「母が死にました。ぼくの家族は母だけでした」

「ガニメデ派遣軍は、軽装歩兵師団のような組織になるだろう。世界じゅうから、もっとも優秀で経験のある一万人の兵士を集める。志願者のリストは、とっくに一万人を超えているがね。国連の決定で、このなかから、ナメクジどもの攻撃で家族全員を失った兵士だけを選ぶことになった」

なんの話だ？

「ぼくは戦争孤児です。でも、実戦経験はありません」

「くだらん！　きみは生きているナメクジどもを目撃した唯一の人間だぞ！」

「えっ？」

「わたしの情報部中隊は本部大隊に付属する。仕事は、敵の情報を司令官に提供することだ。きみの知識が必要だと言っておいた」

「ぼくは科学者じゃありません。もう少しで微積分の単位を落とすところでした」

ハワード先生は片手を振った。

「それも、わたしが手を打った。きみの経歴には射撃が巧みだとある。きみを司令官の警護班に配属させることにした」

ぼくは息をのんだ。

「警護班は、現場ではいちばん早く死ぬとされてる仕事です！」

先生は肩をすくめた。

「チームの盾になってくれ。だいたいは、わたしの手伝いをしてもらうことになるだろう。上空の、建造中の宇宙船を見たかね？　あれに乗れるんだぞ！」

頭がクラクラした。ぼくは軍法会議にかけられるどころか、世界じゅうでいちばんほしかったものを手に入れるんだ。

そのあと、憲兵隊の伍長に、独房でなく独身士官の居住区へ連れていかれた。

暗い部屋に入ってつまずくと、寝ていたメッツガーが手を振って明かりをつけ、ベッドの上に片肘をついて上体を起こした。

「何があった？」と、メッツガー。

ぼくは首をかしげた。

「あれこれ、山ほど」

翌朝、ぼくはメッツガーとハワード先生と一緒に、シャトルで月をあとにした。月面基地のシャトルは、宇宙へ行ってきたと悟られないよう、夜のケープ・カナベラルに次々と着陸した。シャトルのクルーは、メッツガーに着陸をまかせてくれた。百トンのグライダーは艇体をきしませ、着陸灯をつけずに真っ暗な滑走路に降りた。人目を忍ぶラッシュアワーだった。

翌日、ぼくは新しい配属先へ向かった。ぼくがナメクジ異星人と戦ったことは秘密だし、口外しないという同意書にもサインしたが、ガニメデ派遣軍の宿泊命令書があるので、軍務として堂々と旅行できる。二日間、宇宙軍の青いバスのリクライニング・シートにすわって移動した。当番兵からサンドイッチをもらい、数カ月分の睡眠を取り戻す勢いで眠り、アメリカの田園風景を楽しんだ。

さびれたハイウェイ沿いに並ぶ店は、どれも閉まっている。バスは、くもった寒いオクラホマ州を横切って北西へ向かった。農地はもう作物が育たず、ハイウェイ沿いの店に来る客もいない。

ぼくは座席に身を沈め、オクラホマ州の風景を見つめた。広い平地は変わらずに続いているが、途中から、法の上での目に見えない州境をこえ、コロラド州に入った。昔、東へドライブしてコロラドへ帰ってくるときには必ず、まだ平地を走っているときから、地平線にそびえるロッキー山脈が見えた。

今はもう灰に包まれて薄暗く、ロッキーは見えない。人類に残された時間は少ない。航宙艦の完成は早いほうがいい。ぼくが加わる歩兵師団の編制も同じだ。

デンバーに着くと、ぼくはヘリコプターでフロントレンジ（ロッキー山脈の支脈）の山奥へ向かった。月のほうが寒かった気がする。

24

ナメクジどもはガニメデを自分たちの好みに作り変えていた。これまでにやったのは気温の上昇で、たそがれ時の温度を零下十八度にした。零下十八度は、地球からはるかに離れたガニメデでは、日中の気温でも充分に通用する。大気中の酸素濃度は地球の十六パーセントに対し、ガニメデは二パーセント。ナメクジの細胞組織内の気体は、遠隔分光分析の結果を裏書きした。標高数千メートルの空気ほどの薄さに調整されている。

そのため国連は、ガニメデで戦う歩兵師団の訓練のために、冷たくて薄い空気と、部隊が出入りできる社会基盤、そして一万の兵士および訓練教官と交代要員の収容が可能な施設がある場所を探す必要があった。

コロラド州のキャンプ・ヘイルはインディアンタウン・ギャップと同じくらい古い。ロッキー山脈の西側、標高三千二百メートルの地点に位置し、銀採鉱の古い町レッドビルから北へ十キロ行ったところにある。訓練基地とスキー部隊の収容のために第二次世界大戦中に造られたが、雪に閉ざされた施設は、土台以外すべて取り壊されていた。

だが、ぼくを含むガニメデ派遣軍の選抜者がヘリで運ばれていたときには、そんなことは知らなかった。

地球から三十八万キロ離れた月面基地は、短期間でゼロから造られた。キャンプ・ヘイルの雪に埋もれた土台は、月よりは身近なところにあるが、一帯に広がるプレハブの建築物や道路、そして慌ただしく行き来する部隊や車両はどれも、見る者をギョッとさせる。

キャンプ・ヘイル周辺の山々は、そこからさらに八百メートル高くそびえている。樹木限界線の上方に見える頂上は、斧の刃のように不気味だ。

第一陣として到着したぼくは現代装備を引っ張り出し、自分の宿舎に運んだ。宿舎はふたつの部屋がある兵舎複合施設で、ガニメデ派遣軍の本部大隊が入る。荷物を自分のロッカーにしまったとき、ルームメイトが現われた。

ルームメイトはドアの柱を指で叩いた。

「きみがジェイソン・ワンダー?」ルームメイトが片手を差し出した。「アリ・クラインだ」

平服だが、ルームメイトがハワード先生の情報中隊の一員だということは知っていた。アリ・クラインは偵察ロボットの操縦者として名簿に登録されている。きっと変わり者だ。

兵士らしからぬ長さに伸びたアリの黒髪は羊毛のようにウェーブがかかっていて、ユダヤふうの小さな毛糸の縁なし帽《ヤムルカ》をかぶっていた。ボサボサの眉に黒い目。でも、満面の笑みを浮かべている。両方のこめかみに、傷跡がうっすらと見えた。

「よろしく」と、アリ。

格子縞のシャツにジーンズ。そしてダチョウの革のブーツ……。情報部、恐るべし。ルームメイトがユダヤ人のカウボーイとは。

「外見に惑わされないでくれ。カウボーイなのは格好だけだよ。出身はノース・ダラスだ」

アリ自身にも驚かされたが、アリのダッフルバッグがモゾモゾ動きはじめたときには仰天した。ぼくが見つめるなか、アリはバッグをベッドに置いて開くと、一歩さがった。

バッグから出てきたのは黒いベルベットでできた、六本脚のフットボールだった。クッキー大の灰色の目が、ぼくを見返した。

「ジェイソン、ジービーだ」

偵察ロボットのことはみな、話では聞いているが、こんな間近で見た者はほとんどいない。理論上、偵察ロボットは、アメリカのあらゆる場所でつねに目にする警察の偵察機をさらに高度化して洗練させたものにすぎない。もっとも、偵察機は翼長一・二メートルの数十万ドルの機械だが、アリのブリキ製の友人には戦車一大隊分の費用がかかっている。だから、ガニメデ派遣軍のような師団サイズの部隊であっても、偵察ロボットは一体しか支給されない。

偵察ロボットは翼を広げても、標準的な窓なら十五センチの余裕をもって通り抜けられる。六本の脚はチーターより俊足で、ベルベットのような表面はレーダーにも赤外線にも感知されず、カメレオンのように色を変えて周囲に溶けこめる。超チタン製の胴体は小火器の弾《たま》や火や水、核爆発の電磁パルスに耐える強度がある。

いる。アリが舌打ちをすると、アリの分身であるロボットはアリの肩に載った。まだぼくを見ている。

「ジービーはJシリーズの偵察ロボットだ。二番目に作られたもので、六体のうちの〝B〟だ。そうだな、ジービー」

ジービーは首をひねって部屋をじっと見た。可視光線、赤外線、紫外線、レーダーを映し出し、五ヘルツから五万ヘルツの音、ネズミのおならのようなかすかな音、無線すべての周波数帯を聞き取れる。

「ジービーは自分の寝床を探してるのか？」と、ぼく。

アリは首を左右に振った。

「盗聴しているセンサーがないか、調べるようにプログラムされてるんだ。ジービーがいると落ち着かないかい？」

「大丈夫」本当はそのとおりだった。これからは、感謝祭の七面鳥ほどもある機械ゴキブリと一緒に寝ることになるのか？

ジービーはアリの肩から窓の下枠にピョンと飛ぶと、五本の脚でつかまりながら一本の前足で掛け金をはずし、窓を開けた。背中の覆いが割れて折りたたまれていた羽が広がり、ジービーは飛び立った。

アリはニヤリと笑い、動かない残りの装備をバッグから出しはじめた。

「スウェーデンの部隊が着陸するぞ。半数は女性だ。女の子がいっぱいいるぞ！」

アリはジービーの目を通して部隊を見ながら話している。偵察ロボットはスーツケース大の分析用ファインダーにホロ映像を映すが、その情報は直接、手術で埋めこまれたインプラントを通じて操縦者の脳にも投射される。

偵察ロボットは金属とプラスチックのかたまりにすぎない。操縦者の思考には反応するが、ほかの情報には反応しないし、妨害電波の影響も受けない。操縦者の思考が届かない場所でも機能するよう、高度な人工知能を備えている。とはいえ、理論的には人格はない。それでも、操縦者と偵察ロボットは昔の警察犬と訓練士よりも強い絆《きずな》で結ばれているように思えた。

アリが笑った。

「スウェーデン人はブロンドでも関係なく、教練に四苦八苦してる」

ガニメデ派遣軍は実際のところ、国連の活動だ。だが、世界の警察として一世紀を過ごしたアメリカ軍は、ほかの国の軍隊より数光年進んでいる。幸か不幸か、そのためガニメデ派遣軍のほとんどの部隊がアメリカ人だ。装備も大半がアメリカ製で、訓練担当もアメリカ人ばかりだ。

したがって、ほかの国から来た者はたとえ古参兵であっても、期待される水準に達するよう、アメリカ式新兵訓練教化を受けさせられる。ぼくのような新兵と一緒に。

アリは腕輪型コンピューターで調べている。

「食事まで一時間ある。仮設滑走路に行こう。そうすれば、きみも見られる」

ぼくたちが到着したとき、女性の多い華やかなスウェーデン兵たちは、すでに移動したあとだった。トラックの外周をまわる楽しい駆け足をするためだ。

一機の輸送機ハーキュリーズが悲しげな顔をした男女の兵士の一団を吐き出した。

「エジプト人だ」と、アリ。情報の出所はジービーだ。ぼくは額《ひたい》に片手をかざし、目を細めて低い雲を見た。空中にいるはずだが、腹側を雲と同じ灰色に変えたジービーは、なかなか見つからない。

「寒いと文句を言ってる」ジービーは言語、方言、コードや暗号文を盗聴すると同時に翻訳し、アリの脳に伝える。

エジプト人たちは整列し、程度の差はあれ気をつけの姿勢をとっている。山の頂上から凍《い》てつく風が吹いてきて、ぼくたちのジャケットのフードをふちどる羊毛が逆立った。砂漠用の野戦服しか着ていないかわいそうなエジプト人は、滑走路で震えている。とくに小柄な者ややせている者にはつらいだろう。

滑走路から声が響いてきた。

「〝サー〟だと？ 〝サー〟と呼ばれるのは士官だけだ！ おれはオード、師団付最先任上級曹長だ。オード上級曹長と呼べ！」

自分が言われたわけではないが、ぼくは思わずビクッとした。

あのオードがいるなんて！ まさかオードがピッツバーグの悲劇で孤児になり、ガニメデ派遣軍に入る資格を与えられるとは思わなかった。ちょうどぼくと同じように。でも、オードほどの能力があれば、ぼくみたいにナメクジを捕まえなくても派遣軍に参加できる。

オードが師団付上級曹長として、ぼくの本部大隊を厳しく統率する。なんてラッキーなんだ。

ぼくたちはそろそろと部隊に近づいた。

オードの愛の鞭を受けているのは若い女性兵士だった。エジプト軍の陸軍中尉の軍服を着ている。ガニメデ派遣軍に入ると、それまで従事していた仕事は棚上げされ、階級も関係なくなるから、この女性兵士もただの歩兵だ。

女性の身長は百四十五センチぐらいだった。そのため、オードは腰を曲げて顔を突き合わせている。

やっとオードが腰を伸ばした。女性の顔が見え、ぼくは息が止まりそうになるのを感じた。なめらかな黄褐色の肌にぱっちりした黒い目。完璧に整った顔立ち。軍服なので身体の線ははっきりしないが、すばらしいプロポーションに違いない。

アリとぼくが腕を組んでニヤニヤしていると、オードは歓迎の演説を終え、命令を発した。

「解散！」

エジプト人たちは呆然とした様子でまわれ右をして装備を持つと、兵站部のある建物へ行くトラックに向かって駆けだした。

ぼくは、さっきの小柄な女性士官と並んで走った。女性の頭は少しだけ下を向いている。

「オードのことは気にするな」

女性士官は顔を上げた。近くで見ると、その目はさらに美しい。

「あいつは気に入ったやつをいびるんだ。基礎訓練を受けたとき、ぼくも同じことをされた」

「あなたは？」と、女性士官。ちゃんとした英語だが、なまりはある。この女性の口が動くのを、一日ずっと見ていられそうだ。

「ぼくはワンダー。ジェイソン・ワンダー。アメリカ陸軍の四級特技下士官……だった。今はガニメデ派遣軍の歩兵だ」

女性士官はうなずいて片手を差し出した。

「あたしはマンシャーラ。シャリア・マンシャーラよ。エジプト陸軍のもと中尉で特技官」

あごを少し上げた。

「よろしくお願いします、中尉」これまでの階級はご破算になるとはいえ、軍の強固な礼儀を破るのは難しい。

マンシャーラの肩からダッフルバッグが滑り落ちた。キャンバス地のバッグは持っている本人ぐらい大きい。ぼくが手を貸そうと腕を伸ばすと、マンシャーラはバッグを引き寄せた。標高三千二百メートルの薄い空気にあえがないよう、がんばっている。

どうやってナンパすればいいんだ？　おまけに相手は自分より階級が上だ。

「ぼくは機関銃射手なんだ」

「あたしも。じゃあ、ライバルね」

デートの約束を取りつけたわけじゃないが、とにかく未来のドアは少し開いた。

マンシャーラはトラックのある場所まで来るとダッフルバッグを抱え上げた。ぼくは考えた――普通なら手を取って引っ張り上げるところだが、この場合はお尻を押せばいいのかな。マンシャーラがキッとぼくを見たので、その考えは捨てた。

マンシャーラは二回、跳ね上がってトラックに乗りこんだ。ぼくは横を向いていた。

「アメリカ式歓迎をありがとう、ジェイソン」マンシャーラがぼくにほほえんだ。ぼくは、うきうきしながらトラックを見送った。

「うまくやったな」アリがぼくの横に立っていた。「ぼくのタイプじゃないけど」

「そうなんだ？」

「イスラエルとアラブは二十年前に和平を結んだけど、エジプト人のすてきな彼女を家に連れていって母親に引き合わせるのは、まだ無理だっただろうな」と、アリ。母親と言ったとき、目をしばたたいた。

「ああ……」

ダラスは初期に攻撃を受け、ひどい損害を受けた場所のひとつだ。ガニメデ派遣軍の兵士はみな、似たような悲劇を乗り越えてきた。礼儀はすばやく広まり、相手の家族についてぶしつけにたずねる者はいない。相手が先に、その話題を持ち出さなければ。

「誰か亡くなったのか？」

アリはうなずいた。

「父は雑貨小間物商で、店を三つ持ってた。ノース・ダラスは服の取引が盛んなんだ。かつては」アリは礼儀を守っているので、ぼくは自分で言った。

「ぼくの母親はインディアナポリスにいた」

もうひとつの礼儀は、基本情報が交換されたらすぐに話題を変えることだ。

ジービーがおりてきて、片翼でアリの巻き毛をかすりながら肩にとまった。四つの鉤爪がアリの肩をつかんでいる。残りのふたつの鉤爪が触角を軽くこすると、触角はジービーの前部に引っこんだ。Jシリーズに属するジービーは事態を観察するだけでなく、既知のデータベースに侵入し、見つけたものすべてを相互参照する。

アリが小さくなってゆくトラックを指さした。

「マンシャーラ中尉――通称マンチキンのトラックはあれか？　父親はエジプト空軍の大佐。異星人によるカイロへの発射物攻撃で両親と六人の姉妹を失う。M＝六〇で、六百メートル先に置かれたひと組のトランプのなかのジャックの目を撃ち抜ける。独身で異性愛者。下着はTバックを愛用」

「その虫はずいぶん噂好きなんだな、アリ」

アリはヤムルカを整えた。

「こいつのおばあさんがユダヤ人だったんだ」

マンチキンを乗せたトラックは向きを変え、輸送機の列の向こうに消えた。ジービーは大げさに言っているに違いない。ぼくが知るM＝六〇のいちばんの使い手は、ぼくだ。でも、六百メートル離れたところにあるトランプなんて、見えないだろう。Tバックについては本当だと思いたいけど。

翌朝、補助兵をのぞくキャンプ・ヘイルにいる全員が、連峰のふもとの石造りの野外円形競技場に集合した。中央に、戦闘工兵大隊が設置した舞台とスピーカーがある。警備担当のぼくは本部大隊のいちばん前、舞台のすぐそばにすわった。断熱ズボンをはいていても岩の冷たさが尻に伝わり、むき出しの鼻に冷風が吹きつけてくる。しもやけになりそうだ。

ネイサン・コッブ少将が舞台に上がった。ぼくたちと同じ作業用のフードつきジャケットを着ている。違うのは両肩のふたつの星章だ。ぼくたちの指揮官は頭からフードをパッとはずした。ぼくには真似できない。

髪は真っ白で針金みたいに細く、流行遅れのメガネをかけている。少将は赤い鼻の上のメガネを押し上げ、ポケットから紙を引っ張り出した。紙が手のなかで風にはためいた。

少将は一万五千の顔を見わたした。師団は一万人で、残りは補充要員だ。訓練で犠牲者が出たときのための要員だと思うと、胸がしめつけられた。

コッブ少将はマイクを調整した。

「寒いねえ」と、少将。少将のために銃弾を受けることになるかもしれないから、少将について前もって調べてきた。出身はメイン州のパッとしない小さな町だ。話しかたも、まさにそんな感じだった。

「いいえ、閣下!」一万五千人の返事が低く響いた。

「ナメクジどもの肝を冷やしてやろう」

さらに大きなどよめきが起こった。コップ少将は手袋で鼻水を拭き、兵士たちにほほえんだ。ほとんどの将官はティッシュペーパーで鼻水を拭く、血統書つきの小型犬だ。家系は由緒正しく、陸軍士官学校《ウエストポイント》出で、大使館やアメリカ政府との連絡を仕事とする。

コップ少将は雑種だった。十八歳で軍に入ると戦地昇進し、苦労して幹部候補生学校に入った。数年で国際関係の修士号を取得し、幹部学校で優秀な成績を収めた。現場の部隊のそばにいるために、国防総省《ペンタゴン》の出世用の仕事をはねつけた。ホワイトハウスの夕食会に出席したときも、フォークの使いかたを知らなかったが、意に介さなかったらしい。幸運にも、現在のホワイトハウスの住人——最高司令官である大統領——も、そうしたことを気にしない女性で、降格は免れた。

少将が咳払いし、大勢の聴衆は静かになった。

「わたしは叱咤激励はしない。聞きあきたからな。われわれはみな、重要な任務を負っている。これから行なうのは、かつて人類が経験したことがないほど困難な仕事だ。任務をまっとうするために、ほとんどの者が命を落とすだろう。わたしが約束できるのは、きみたちを生きて帰還させるために、この命をかけるということだけだ。だが、きみたちか地球のどちらかしか救えない事態になったとき、わたしの選択ははっきりしている。わたしの選択は、きみたちがする選択と同じだ」

少将は言葉を切った。風がやみ、一万五千人が息をのむ音が聞こえた。

「長くしゃべりすぎたな。仕事に取りかかろう」少将は向きを変え、舞台から降りた。兵士たちは静まり返っている。

ぼくたちはこぶしを突き上げるような力強い言葉とか、任務の詳しい概要とかを期待していたんだと思う。パットン将軍なら、国のために敵兵士をやっつけろと言っただろうし、マーシャル将軍なら、自分の基本計画を披露したことだろう。

アリがぼくのほうに身体を寄せた。

「もったいぶらない少将だね」

「師団付上級曹長に会ったら驚くぞ」

次の数週間は飛ぶように過ぎた。よかったことは毎日しっかり六時間の睡眠がとれたことと、炊事兵のような者がいて、どうにか食べられる食事が出たことだ。コップ少将は兵士側の将軍だった。たいていは食堂で、兵卒と一緒に一般歩兵と同じものを食べた。だから、食事でベーコンを焦がした食事係の軍曹には、災難が待ち受けていた。

悪いことは、ムダ話をする暇もなく、四六時中、荷物をかついで山を移動したり、武器の掃除をしたりしていることだった。これに比べたら基礎訓練は休暇だ。寒さは冷たい服のように、朝も夜もまといついていた。

この寒さのせいで、ぼくは耐寒テストとマンチキンを思い出した。

25

耐寒テストでは、尻の感覚が麻痺するほどの寒さを体験させられる。キャンプ・ヘイルでは四六時中、そんな状態だが、耐寒テストではひとつの目標として、これを行なう。

計画立案者たちは早い時期に、人類がガニメデで凍死しないためには電池エネルギーで暖める野戦服が必要だと考えた。そうして発明されたのが〈スマート・クローズ〉だ。まさに二〇四〇年の製品だ。使用可能な電池のパワーを考慮しながら、身体が必要とする熱を電子チップが計算する。快適とはいかないが、生命は維持できる。

なぜ、電池の消耗が問題なのかと思うかもしれないが、思い出してほしい。防寒《エターナツド》システムも最初から完璧だったわけじゃない。ここ何年か洞窟で暮らしていたような人たちのために説明すると、防寒服には伸縮性のあるバンドやレバーが内蔵されていて、充電式電池に身体動作エネルギーを蓄積する。内燃式自動車の交流発電機がエンジンの動きを利用して、バッテリーを充電するのと同じしくみだ。呼吸をすれば、それがエネルギーになる。

だが、電池は従来型のものを使用していた。身体の基礎機能にすぐれた兵士なら、電池交換なしで一日、野外で過ごせるかもしれないが、別の兵士では、もっと温度を上げる必要があると電子チップが計算し、十二時間のうちに電池切れになるかもしれない。十二時間しかもたない兵士たちは、ガニメデに連れていってもらえない。

耐寒テストでは、一列に並んだたこつぼ壕《ごう》のひとつに二人の兵士が入り、じっとすわる。たこつぼ壕は、標高三千六百メートルの、風で侵食した尾根に沿って造られていた。体感温度は氷点下十八度で、たこつぼ壕に丸一日いるあいだ、防寒野戦服がみじめな気分をイヤというほど味わわせてくれる。機械的な故障が証明できないかぎり、このテストはやりなおしがきかない。一日我慢できれば合格だが、寒さに弱くて十二時間で電池のエネルギーを使いきれば低体温症になり、ガニメデ派遣軍から永久に抹消される。シンプルで実際的だが、取りつく島がない。

兵士はみな、指にクリップをはめる。教官が定期的に身体の中心温度を調べるためだ。低体温症になれば派遣軍を追い出されるが、死ぬことはない。

ぼくたちはトラックで尾根に運ばれた。じきに同じたこつぼ壕に入るはずの相手の身体が揺れてぼくに当たると、相手はサッと離れた。一週間前と同じように。

ぼくがマンチキン——アリはそう呼んだ——に恋愛感情を持っていたとしても、その感情は一週間前に射撃練習場で消えた。ぼくたちはそこで、射撃テストを受けさせられた。機関銃射手のランクづけをして、師団での仕事を割り振るためだ。

マンチキンとぼくは同点でトップになった。二人とも本部大隊に配属されるだろう。もっとも、ぼくは最初から本部大隊の所属だけど。でも、どちらが射手でどちらが装填手になるかを決めるために、決勝戦をしなければならない。射手がボスで、ボスは銃を運ぶ。銃は銃弾より軽い。

敗者たちはぼくたちの後ろに立ち、マンチキンは銃の後ろに立った。口を固く閉じ、手を振って指から余分な力を抜きながら、六百メートル離れた標的を射程に沿って見つめた。

「幸運を」と、ぼく。マンチキンは銃の後ろでモゾモゾと前かがみになり、照準器を調整した。

「運はいらないわ」

ぼくだって、横柄なエジプト人の王女様に用はない。でも、まあ、神経質になってるのを隠そうとしてるだけかもしれない。ぼくは何か気のきいたことを、もと中尉のマンチキンに言いたかった。本当にそう思った。マンチキンの集中力を邪魔するような個人的なことじゃない何かを。でも、口から出た言葉は、こうだった。

「きみに必要なのは尻叩きだよ、マンチキン」

誰かが笑い、また別の誰かが笑った。耳に残ったのはあだ名だ。とくに呼ばれた本人が、そのあだ名を嫌っているときは、よけいに。

マンチキンはカフェオレ色の顔を限界まで赤くし、キャンプ・ヘイル並みに冷たい目でぼくを見た。だが、マンチキンが銃床に頬をつけると、射撃練習場は静かになった。

チビは絶対に怒らせてはいけない。試合は始まる前に終わっていた。

マンチキンはすべてを標的に命中させると新しい機関銃の弾帯を要求し、千メートル先にある残りの戦車砲の一団を蜂の巣にした。

　ぼくは試合を放棄した。

　射撃練習場に立って野戦服にブラシがけしていたマンチキンの姿を思い出す。

「お尻を叩く代わりにこういうのはどう、ワンダー？」マンチキンは地面に置かれた銃に向かって片手をひらひらさせた。「負けたら銃の掃除をするのよ、ワンダー！」

「ワンダー！」その声でぼくは現実に戻り、耐寒テストに向かうトラックが、キーッと音を立てて止まった。まだ怒っている相棒の射手の身体が、またもやぼくにぶつかった。

「最初のコンビは降りろと言ったんだ。ワンダーとマンチキン」と、ミスタ・ワイア。この演習の責任者であるアメリカ海軍特殊部隊《SEAL》の隊員であるワイアはオードと同じ歳で、同等の下士官階級に相当する最上級兵曹長だ。ワイアは風にかきけされないよう、声を張り上げた。

三十秒後、ぼくが〝マンチキン〟と呼んだ女性と一緒に、強風が吹き荒れる尾根に立った。トラックが消えると同時に、フェイス・マスクが覆いきれていない一部の肌に、ふぶいてきた雪が突き刺さった。

　ぼくは手袋をはめた手でマンチキンのパッド入りの肩を叩き、雪が渦を巻く自分たちのたこつぼ壕を指さして叫んだ。

「この風から避難しよう！」

　マンチキンはうなずいた。たこつぼ壕に身体を押しこんだときには、すでにマンチキンは声が震えるほど身体を震わせていた。

「神の試練だわ」

「ああ。寒いな」

「あんたと一緒にいるのが試練だと言ったのよ」

「それはこっちのセリフだ」そんなことはなかった。どうせ尻をコチコチにするなら、女の子と一緒のほうがいい。「言っとくけど、このあいだのは冗談だからな」

「まったく傲慢よね！」マンチキンは両腕を身体に巻きつけ、顔を岩壁に向けた。

「反抗的になっても温かくはならないぞ。コロラド州の人間の言うことを聞け。ぼくたちが最初に車から降ろされた事実だって変わらないんだ。ぼくたちがここにいる時間は誰よりも長い。運が悪いよな」

「違う。運じゃない。この点についてだけは謝るわ、ワンダー。これはあたしのせい。あたしたちが指揮所に近い場所になったのは、教官たちがあたしを近くで監視するためよ」

「え？」

「ガニメデ派遣軍でいちばん小柄なのは、あたしよ。診断図を見ると、あたしには適切な体温維持は身体的に不可能ってことになってる。派遣軍を辞退してくれって言われたわ。自主的に」

「天気はそんなに悪くない」実際は、最悪だった。ぼくの尻はすでにカチカチだ。電池があろうが関係ない。

「寒さっていうものを、まったく知らないからよ。寒いと感じたことがなかったの。エジプトでは零度近くにさえならないから」

「零度なんてクソ寒いじゃないか」

「摂氏零度よ。水が凍る温度。エジプトではその温度に近づきさえしないわ。このテストは想像を超えてる」

「そのうえ、そんな事態をぼくと二人だけで乗り越えなくちゃならないんだから、最悪の極みだって？」女性の判断力や忍耐力は男性よりすぐれていて、ガニメデ派遣軍に女性兵士を入れるのはまったく正当だという意見は、どれも目にしたことがある。でも、今、ぼくはたこつぼ壕のなかで、高校卒業記念パーティーの夜みたいな口げんかをしてる。

マンチキンは身体をひねってぼくを見た。ぼくがフェイス・マスクを引き上げて、手袋をはめた手で手鼻をかんだからだ。

マンチキンはあきれて目をグルッとまわし、また背中を向けた。

ぼくは手袋をはずし、自分のコンピューターを見た。

「たったの二十三時間と五十分の我慢だ。寒冷気候に関するこのチームの専門家として、助言する。暖をとるために身体を寄せ合おう。教官たちもそういう対処法を期待してる」ぼくは両腕を広げた。「さあ、パパのところへおいで」

「凍死したほうがましだぞって、神さまが言ってる」

ぼくは肩をすくめた。

「好きにしてくれ」

マンチキンが何時間もたこつぼ壕の壁に顔を向けてすわっているような気がしたが、コンピューターによれば三十分だった。ぼくはわに口クリップを指にはさんだ。体温は三十七度で、電池の消耗は四パーセント。身体は冷え切っているが、電池は最後までもちそうだ。

「さあ、マンチキン。健康診断の時間だ」

「ほっといて」

ぼくはモニター・ボックスから指センサー用のコードを伸ばした。

「ここは婦人科じゃない。指を出して」

マンチキンはぶつぶつ言ったが、ぼくのほうへ手を差し出した。右手の手袋の射撃用の穴から、引き金を引く指を突き出している。

ぼくはわに口クリップを取りつけた。マンチキンの手は子供のようにきゃしゃだ。しかも、震えている。

「どうなの？」

「三十六度九分。今のところ問題ない。でも、電池は最初の一時間で九パーセントも消耗した。十時間後には冷凍肉だ」

マンチキンは無言だ。マンチキンは振り向くと身体を縮めてぼくにくっつき、顔をぼくの胸にうずめた。

数分後、マンチキンが言った。

「勘違いしないで。しかたなくやってるんだから」

「右に同じ。勘弁してほしいね」これは大ウソだ。マンチキンはすごくいいにおいがした。

トラックから降りて四時間後、吹雪のなかからミスタ・ワイアが現われ、ぼくたちの穴のそばでしゃがんだ。むき出しの顔のまわりの、ジャケットのファーの飾りを、風が激しく叩いている。ワイアは教官だが、ガニメデ派遣軍員ではない。つまり、運悪く、生存している家族がいるということだ。SEAL《シール》の隊員がこの仕事を引き受けるのは、冷徹になるのが仕事だからだ。ああ、わかってる。認めるのはしゃくだが、SEALはおそらく、世界で最高の部隊でもある。

ワイアは指を上に差し出すよう身ぶりし、ぼくたちの体温をそれぞれ測った。

「ミスタ・ワンダー、きみは申しぶんなさそうだな」

「ウィーッス、ミスタ・ワイア」SEALは優秀かもしれないが、変な言葉をいっぱい使うのは、ほかの部隊と同じだ。〝はい〟ではなく〝ウィーッス〟を使えと言われる。団結心を育てるため――らしい。

ワイアはマンチキンを振り返った。

「中尉、これは事実です。あなたの体温は危険な状態であり、今夜じゅうに電池切れになりそうです。あなたを失格にはできないが、この演習を続けても意味はないと思います。個人的な不名誉にはなりません。単に身体的な問題です。このまま続けますか？」

「ウィーッス！」マンチキンの声はすでに震えている。残りはあと二十時間だ。

ワイアは両方の手のひらをもに打ちつけ、立ち上がった。

「ウィーッス、中尉。続けてください」ワイアはぼくを振り返った。「ワンダー、頼んだぞ。低体温症を甘く見るなよ」ワイアは白い雪の膜のなかに消えた。

マンチキンがこぶしで岩を叩いた。

「なあ、きみが派遣軍に残りたいのは知ってる。ぼくたち全員がそうだ。つらいけど、ワイアが言ってることは真実だ」

「あれは心理戦よ。あたしにやめてもらいたくて言ってるの。あたしは絶対やめない」

でも、マンチキンはよくわかっていた。ぼくたちは全員、わかっている。SEAL《シール》の隊員だろうと誰だろうと、人類の未来を賭けて心理戦をする者はいない。ガニメデ派遣軍から誰かを排除するのは、この任務を守るためだ。人類はぼくたち一人一人に巨額の投資をしており、冗談や偏見で誰かを一人でも排除することなどできない。だが、訓練での事故や気持ちの変化は起こるし、能力不足の者も出てくる。ぼくたちの訓練と並行して、裏でも部隊訓練が行なわれていた。一人の兵士がヘマをしても、その代わりをする五千人が待機している。

「なぜ、この任務にそれほど固執するんだ？」

「理由は八つあるわ。あたしの父と母と六人の姉妹たちのためよ」と、マンチキン。声を詰まらせた。

ぼくはもういちどマンチキンを引き寄せると、空を見つめた。最近の太陽は弱々しい。でも、太陽が沈みかけているのはわかった。

そのみじめな夜のたこつぼ壕の巡回で、ワイアはそれから二度、やってきた。

マンチキンの電池の消耗は毎回、予想より大きく、マンチキンはそのたびに震え、ぼくの目の前でいっそう小さくなってゆくように思えた。ワイアは続けるかどうかを毎回たずね、そのたびにマンチキンは〝ウィーッス〟と弱々しく言い放った。

ぼくはふたたびマンチキンの指にクリップをはめた。電池メーターの針は動かなかった。ぼくは親指で表示ボタンを押し、体温をマンチキンに見せた。最後の確認から五分《ごぶ》、下がっている。

ぼくの気分は最悪だった。でも、マンチキンは死にかけている。

「マンチキン、四かける三はいくつだ？」

マンチキンはうつろな目でぼくを見つめ、唇を震わせた。だが、無言だ。低体温症の初期の症状は、簡単な質問に答えられなくなることだ。

「わかった。指揮所に行こう。もうダメだ、マンチキン」

マンチキンは低体温症になりかけていたかもしれないが、ぼんやりとした頭で理解した。

「ダ……ダメ！」

「まだ六時間もある。ぼくがやらなくても、今度ワイアが来たら、装置をはずされてテストは終わりだ」

ぼくはマンチキンの両脇に手を入れて引っ張り上げた。

「やめれよ、ころろくでなす！」と、マンチキン。ろれつがまわっていない。第二の症状だ。

マンチキンはたこつぼ壕の壁に両手足を当てて突っ張り、コルク栓のように身体が抜けないようにした。

「ろくでなしはないだろう！　きみの命を救おうとしてるんだぞ！」

力は弱いが、マンチキンは両手足を動かして暴れた。ぼくの凍ったすねにマンチキンのブーツの蹴りが入り、熱を帯びた。

「命がなんらっていうのよ、ワンラー?!　あらしには、これしからいのよ。あらしには何もらいし、られもいないら。それがろういうころか、らかる？」

ぼくも同じことを毎日、考えていた。今まで、そういうことを考えているのは自分だけだと思っていた。

ぼくはマンチキンを引っ張るのをやめ、考えた。立場が逆だったらどうするだろう？　派遣軍で自分の居場所を失いそうになったら、どうする？　何か策があるはずだ。

ぼくは自分の指にクリップをはめた。電池にはまだ四十パーセントのエネルギーが残っている。ぼくの身体は快適な三十七度に保たれ、元気だった。

「後ろを向いて」

「え？」

ぼくはマンチキンを小麦粉の袋のようにひょいと動かすと、野戦服の電池のある部分のファスナーを開き、エネルギー切れになった電池をソケットからはずした。

次に、腕を反対側の脇に伸ばして自分の電池を引き抜くとマンチキンのソケットにつなぎ、マンチキンの空《から》の電池を自分のソケットにつないだ。

「らにをするの、ワンラー？」

「何も。くっついていろよ、マンチキン」これ以上、みじめな気分になれるのか？

三時間後、なれるとわかった。

ぼくは防寒野戦服のなかでガタガタ震えた。震えでマンチキンの歯がはずれるんじゃないかと思ったほどだ。強さを増した風がうなりを上げ、暗闇のなかで吹雪が荒れ狂った。それでも、マンチキンの体温は、ほんの少しだけ上昇していた。

暗闇のなかを、ワイアの懐中電灯の光が揺れながら近づいてきた。

「ウィーッス、諸君！　冷たいビールがほしいやつはいるか？」

「や、やめてください、ミスタ・ワイア！」

「了解、中尉！」ワイアは不審そうに目を細めてマンチキンを見た。「急に元気になったみたいですね」

ワイアはマンチキンの指にクリップをはめて計器を見ると、計器を振ってから、もういちど数字を確認した。ワイアはマンチキンを見て、次にぼくを見た。

「マンチキン、三かける二は？」

マンチキンは震えずにワイアの目を見た。

「六です」

ワイアはぼくの指にクリップをはめた。

「これはこれは。ワンダー、忙しかったんだな。きみの電池は空《から》だぞ。体温も低下している。

危ないところだったが、なんとかテストの終わりまでもつだろう。エネルギーを四十パーセント残して、マンチキンも合格でしょう。二人とも運がいい」

ワイアは口をつぐみ、羊毛のフェイス・マスクをこすった。

「ワンダー、穴から出て、こっちに来てくれるか」ワイアは手袋をはめた手で〝おいで、おいで〟と身ぶりしながら、マンチキンに声が聞こえない場所まで歩いていった。

クソ、クソ、クソ、クソ。なんで、ぼくはいつも捕まるんだ？　メッツガーはいちども捕まったことはないのに。

ワイアは振り返ってぼくを見た。すさまじい吹雪で、ぼくたちのたこつぼ壕さえ見えない。

ワイアは強風に負けないように声を張り上げた。

「ワンダー、マンチキンと電池を交換したのか？」

マーチ判事は言った——本当のことを言っても信じてもらえそうもないときは、嘘をつきとおせ。

「いいえ、ミスタ・ワイア！」

「仲間をかばって嘘をつくのはやめろ。どうなんだ？」

「していません、ミスタ・ワイア」

ワイアは下を向き、ブーツの先で雪をつついた。

「実戦でマンチキンの電池が今回と同じように消耗すれば、任務を遂行できずに死ぬだろう。マンチキンが自分の仕事をしなければ、同じ部隊の人間も死ぬ。さらに悪ければ、任務自体が危機におちいる。この訓練は新入りいじめじゃないんだ」

「この訓練はクソですよ。エターナッド電池があれば――」

「いい、もしあればな！　あれば、この訓練も変更され、マンチキンはガニメデ派遣軍にふたたび任命されるかもしれない」

「落後すれば、そこで終わりです」

ワイアは顔をそむけた。

「派遣軍に残る人間を決めるのは、わたしでもきみでもない。いいか、きみたちが協力しあっているのは知っている。それから、立場を交換してほしいと言っているわけじゃないからな」

ワイアが立場を交換してもらいたいと思っているのは間違いない。SEALはガニメデ派遣軍のような任務への参加を願い、死ぬまで訓練する地球上で最高の兵士たちだ。ワイアのようなSEAL隊員に生きた家族がいるのは、運が悪いことになる。おまけに政治家たちはSEALへの補助予算を打ち切っていた。ぼくやマンチキンのような新人の孤児のために。人生はうまくいかない。

「ぼくたちは、ほかに行くところはありません、ミスタ・ワイア。いいも悪いもなく、マンチキンはぼくの家族なんです。マンチキンはここにいたいんです」

ワイアはうなずいた。

「なるほど。きみも兵士として、もうわかっているんだな。戦闘で、われわれは義務や名誉や国のためには戦わない。自分の隣にいる兵士のために戦う。それは立派なことだ。だが、戦いに騎士道精神の余地はないし、仲間の弱点をかばう余裕もない。マンチキンに任務遂行の能力がないのなら、失格にすべきだ」

「もっといい電池があれば、マンチキンも任務を遂行できます」

ワイアはため息をついた。

「今回はなんとかなった。きみたちが電池を交換し合ったという証拠はない。しかし、訓練の全行程で手助けするのは無理だ。こうした手助けはマンチキンの苦しみを長引かせるだけだし、きみの部隊全体が危険にさらされる。きみの決断理由は尊重するが、この一連の訓練で、わたしはきみとマンチキンを特別な意識を持って監視するつもりだ。いいか？」

「ウィーッス、ミスタ・ワイア」

「こんな訓練は見たことがない。バカバカしい茶番だ！　頑固なチビに、尻を吹き飛ばされるチャンスを与えるだけじゃないか！」ワイアは言葉を切り、頭を振った。「こいつはSEALの仕事だろうが」

これはワイアがSEALでない者に向かって口にできる最大の不平だった。

「それで……きみたちのことは立派だと思っている——嘘じゃない。だから、今のちょっとした哲学的議論のせいでやりそこなったことを埋め合わせるための追加体力トレーニングは軽減しよう。腕立て伏せを百回やれ」

教官がワイアではなくぼくで、危険な芸当をやったのがぼくではない誰かだったら、ぼくは、そいつらに腕立て伏せを千回やらせただろう。

耐寒テストが終わると、マンチキンとぼくは、こわばった身体をひきずるようにして食堂に入った。ぼくたちは向かい合ってすわり、ガタガタ震えながら熱くなりすぎないコーヒーカップを両手で包んだ。ジャケットを脱ぐことさえ忘れていた。

「ありがとう」と、マンチキン。

ぼくは肩をすくめ、両手を開いた。

「凍傷にはならなかった」

「あの寒さを引きうけてくれたことだけに対するお礼じゃないわ。わかってるわ。ワイアから尋問を受けたんでしょ？　そして、あたしのために嘘をついてくれた。あんたは追い出されたかもしれなかったのに」

やばい。それは考えなかった。

「あんたがしてくれたことは忘れないわ。兄弟だって、ここまでできるかわからない」

兄弟？　ぼくが望んでたのは、最高に魅力的なベッドの相手だったんだけど。

マンチキンはテーブルの向こうから手を伸ばしてきて、ぼくの指をカップからはがし、血の流れがよくなるようにこすった。姉のように。

そのとき、気づいた——マンチキンとぼくは、たがいを愛するようになるだろう。でも、それは恋じゃない。恋人どうしになるには、親密になりすぎていた。戦う兵士がたがいに抱く愛だった。

それから訓練は二週間、続いた。マンチキンとぼくは、さらに親密度を増した。兵士、友人として。やがて、そこに、メッツガーが現われた。

26

メッツガーが兵舎内のぼくの部屋のドア枠にもたれて、にっこり笑った。ぼくは、手にしたマニュアルをポトリと落とし、ベッドから跳び起きた。

ぼくが声をかけるまもなく、メッツガーは言った。「両親に会いにデンバーに行ってきた。二人とも、きみによろしくと言ってたぞ」メッツガーは室内を見まわし、アリに目をとめた。

「休暇中なんだ」どうりで軍服を着ていない。

「あなたがメッツガーですか。写真を見たことがあります」と、アリ。誰でもメッツガーの写真を見たことがある。マンチキンも例外ではない。アリは立ち上がり、メッツガーと握手した。肩にとまったビージーまでが前肢を差し出した。メッツガーは毛虫でも扱うかのように、親指と人差し指でビージーの前肢をつまんで握手した。

コッブ少将以下、ガニメデ派遣軍の全員が訓練を休んでいない。でも、戦争の英雄なら、週末の外出許可をもらえるし、友人のぶんまでもらうこともできる。メッツガーは、ぼくとアリの外出許可をもらってくれていた。レンタル自動車も、アスペンにある風呂つきのマンションも、手配してくれた。だが、アリはビージーをここから離れさせるのは危険だという理由で、同行を断った。メッツガーは、アリの代わりにマンチキンを連れてゆくことを提案した。二十分後、ぼくたちは女性専用兵舎にマンチキンを呼びにいった。

メッツガーとぼくはレンタル自動車のフェンダーにもたれて、マンチキンを待った。あまりにも長い時間もたれていたので、プラスチール製のフェンダーがすり減るかと思った。やがて、ようやくマンチキンが現われた。旅行カバンを持ち、コートを腕にかけている。しかも、身体のラインがはっきりわかる赤いドレス姿だ。こんな服を着て、ハイヒールを履いて、ふんわりと髪をおろしたマンチキンなんて、はじめて見た。女の子は、きれいに見せるためなら尻の穴が凍りついていても平気らしい。だが、それでこそ、ぼくのマンチキンだ。

ぼくはメッツガーを紹介した。でも、マンチキンも写真を見てメッツガーのことを知っていた。二人はその場に立ったまま、バカみたいに濃厚な握手を交わし、ほほえみ合った。

そのうち、三人とも震えだした。とくにマンチキンは寒そうだ。

ぼくはメッツガーの腕を叩いた。

「おい、行こうぜ」

それからの週末は最高だった。ぼくは風呂につかり、疲れを癒した。なぜか、メッツガーとマンチキンはマンションの居間にすわり、何時間もおしゃべりしていた。もっとビールを飲まなきゃ、やってられない気分だ。

日曜日の夜、メッツガーは、やっと、ぼくたちを帰してくれた。

三日後、当番兵が武器庫のドアから顔を出したとき、ぼくは武器の手入れをしていた。

「ワンダー！　ホロ電話が来てるぞ。保留にしてある」

キャンプ・ヘイルの兵舎は急ごしらえだったのかもしれないが、そのわりには最新式だ。〈デイ・ルーム〉には新しいビリヤード・テーブルがある。ぼくは毎日のように玉突きの角度をマンチキンに教えては、ゲームを楽しんだ。すべての特別チャンネルが観られる大型ホロ・スクリーンのほかにAT&T社製のホロ電話ブースがふたつあり、複数の兵士が同時に楽しめるリクライニング式マッサージチェアも備えられていた。冷蔵庫には無料のソフトドリンクや、薄めのフルーツジュースまで常備してある。とうとう、こんなリッチな扱いを受けられるようになったのか。

だが、いくら最新式でも、基本的な経済状況は変わらない。ホロ・テレビの視聴料金がこれほど高くても契約を続けられるのは、大統領ぐらいだろう。ところで、ぼくにホロ電話とは、なんの用だろう。悪い知らせだろうか？　胸がドキドキする。ぼくは廊下を走って、〈デイ・ルーム〉を二歩で横切り、ライトが点滅しているホロ電話ブースを見つけて、なかへ入り、勢いよくドアを閉めた。

ブースのなかにホロ映像のメッツガーがいた。スカイブルーの宇宙軍のつなぎ服を着て、壁にもたれている。心臓が止まった気がした。メッツガーの姿がほんの少し揺らめいた。

「やあ」

「やあ。どうした？」ぼくはメッツガーを上から下までながめまわした。ケガはないようだ。

メッツガーは肩をすくめた。

「おれがホロ電話をかけたら、おまえがみんなに根掘り葉掘りきかれることはわかっていた。おれは、一カ月あたり一千分の自由時間を与えられている身だからな」

「一千分？　それに比べれば、〈ディ・ルーム〉の無料コーラなんて、たいしたことない。

「じゃあ、体調に問題はないんだな？」

「よくはなってないけどな。一時間後に迎撃機で出発する。ガニメデ派遣軍はどうだ？」

「とにかく寒い」

「そうらしいな。今週末、またアスペンのマンションに行くことにした。外出許可はもらってある。一緒にのんびりしないか？　ビールは無料だ。ブロンコスの試合も観られる」

「行くよ」

メッツガーは身を乗り出した。すでにケープ・カナベラルは暗くなっていた。メッツガーの背後に、投光照明を浴びた迎撃機が映し出されている。

「三つめの寝室を使わないのは、もったいない。なんとかいう名前の例の射手も誘ったらどうかな？」

なんとかいう名前の？　メッツガーは記憶力がいいはずだ。昔、小テストの前にたった四分で元素周期表を全部覚えたほどだ。

「本当は名前を覚えてるんだろ？　マンチキンは酒を飲まない。それに、フットボールなんて野蛮人のすることだと思ってる。だから……」

メッツガーは唇をかみ、そわそわした。

「なるほど！」と、ぼく。女の子は直球勝負しかできない男どもとは違うとわかってから、メッツガーは変わった。わざと冷たくして女の子の気を引くタイプのモテ男になった。ぼくは失恋すると、必死になって別の女の子を探さなければならないのに、メッツガーは群がってくる女の子を次々に追い払うのにいそがしかった。ぼくは笑みを広げた。「マンチキンに気があるんだな」

メッツガーは赤くなった。

「違う！　おれはただ——」

ぼくはメッツガーの腹——ホロ映像の腹——をつついた。

「ずるいぞ。恥ずかしがってないで自分で誘えよ！」ぼくは唇をすぼめ、チュッとキスの音を立てた。

「子供じみた真似をするなよ、ジェイソン！」メッツガーはため息をついた。「なあ、あの子がおれのことを何か言ってなかったか？」眉を吊り上げている。

「教室の机にきみのイニシャルを彫ったりしてないかってことか？」

「ふざけるな、ジェイソン」

ぼくはずっと、あこがれの女の子たちがみんな、〝ミスタ・無関心〟に身を捧げるのを見つめるしかなかった。女の子とセックスするチャンスなんて、少しもなかった。

「傲慢で警戒心の強そうな人ねって、言ってた」

メッツガーが露骨に失望の表情を浮かべたので、ぼくはあわてた。

「わかったよ。本当は、あれから、マンチキンとはほとんど話してない」

「でも、一緒に行こうって誘うことはできるだろ?」

「たぶんな」

「ジェイソン!」と、メッツガー。懇願する口調だ。

「オーケー」

「約束してくれるか?」

メッツガーはホロ映画スター並みのルックスとカネを持つ天才だ。メダルだって山ほど持ってるし、その笑顔は女性たちを惹きつけて放さない。タキシードにヒキガエルのキャラクターが必要なように、メッツガーも、ぼくのひとことを必要としてる。

「もちろんさ」

技術兵が、フロリダにあるメッツガーのブースの透明ドアをノックした。液体酸素が蒸発し、白い霧が暗闇のなかで渦巻いた。

「もう行かなきゃならない、ジェイソン」

「気をつけて」

一時間後、ぼくは女性専用兵舎の〈デイ・ルーム〉でマンチキンを見つけた。デスクに向かってすわっている。ぼくたちは毎晩そこで一緒に勉強した。ぼくは戦記ものを読み、マンチキンはたいてい訓練スケジュールを入念に確認している。次に何を訓練するのか、気になってしかたがないのだろうか。

マンチキンは自分の画面を指さした。

「二十週間に渡って、個人および小規模部隊での訓練をすることになっているわ。ここまではいい？」

ぼくはうなずいた。

マンチキンは、ふたたび画面を指さした。

「これまでは、いつも前もって六週間分のスケジュールを掲示するのに、いまは四週間先まで空白のままよ」

ぼくは肩をすくめた。

「きっとスケジュールを修正してるんだよ」

「気に入らないわ」

「きみが気に入らないのは、スケジュールがあれこれ変わることだろ」

マンチキンは鼻にしわを寄せて、ぼくを見たが、やがて表情をやわらげた。

「そうね。ところで、あんたの友達のなんとかいう名前のロケット乗りのことを話してくれない？」

なんとかいう名前。やれやれ、マンチキンまで健忘症になっちまったのか？

ぼくは長い沈黙のあとで言った。

「メッツガーに惚れてるのか？」

「興味深い仕事をしてる人だと思っただけよ」

「ぼくはまた、きみがメッツガーのシャツを脱がせて、胸をアイスキャンデーみたいになめたがってるのかと思った」

マンチキンの頬がピンク色に染まった。

やれやれ。メッツガーとマンチキンは、おたがいに心を奪われてしまったらしい。ぼくは唇をなめた。こいつは、またとない嫌がらせのチャンスだ。

「今日、メッツガーからホロ電話があったんだ」と、ぼく。

マンチキンはぼくを見て、すぐに目をそらそうとした。

「今週末の外出許可をもらったそうだ。この前のマンションだ。きみも一緒に行くかい？」

マンチキンはブーツの爪先を見つめ、肩をすくめた。

「ええ、たぶんね。メッツガー少佐と一緒に過ごせるなんて、こんなチャンスを逃す手はないわ」マンチキンは目をギュッとつぶり、顔を真っ赤にした。「機会があればご一緒したいという意味よ」

ぼくはニヤリと笑った。

「マンチキン・メッツガー。いい名じゃないか。ひょっとして、もうきみのチップ・パッドのカバー裏に書いてあるんじゃないのか？　ちなみに、きみの義理の両親の名前はテッドとバニーっていうんだ」

マンチキンは椅子のクッションを投げつけてきた。

だが、三人ともアスペンのマンションを訪れることは二度となかった。翌朝、山地標準時で六時八分、デンバーが発射物による攻撃を受けたからだ。ぼくたちは外出許可を使って、メッツガーの両親の葬儀に参列した。

27

「トニー、例のモモのパイのレシピは手に入ったか？」

ぼくは両膝を軽く曲げ、くつろいだ姿勢で会議室の隅に立ち、耳を傾けた。コップ少将が、ガニメデ派遣軍の日課であるスタッフ・ミーティングを行なっている。

ナメクジどもがメッツガーの家族を含むデンバーの人々を大量虐殺してから、二週間が過ぎた。すでに、マーチ判事も、ぼくの里親だったライアン夫妻も、街を出ている。

ガニメデ派遣軍の訓練は続いた。今に常設部隊として認められるだろう。マンチキンとぼくは司令官の警護班のメンバーだ。ナメクジ型異星人がふらりと入ってきて少将に切りつけたりした場合に備えて、どちらか一人がミーティング時の警護を行なうことになっている。

壁紙のように存在感はないものの、興味深い仕事だ。

コップ少将は、会議テーブルをはさんで向き合う形で兵站担当士官を見つめた。

「キャンプ内の各食堂にレシピを配布しました、少将」

「あんなにうまいパイは食べたことがない」

民間人だったころのぼくなら、少将がミーティングでデザートのレシピを話題にするなんてどうかしてると思っただろう。でも、軍人生活に慣れていたナポレオンは、腹が減っては遠征などできないと言った。

コッブ少将は椅子ごと、ぼくを振り返った。

「きみはどう思う、ジェイソン？」

「少将？」と、ぼく。背筋が緊張し、アドレナリンが全身を駆けめぐった。コッブ少将はガニメデ派遣軍に所属する一万人の兵士のファーストネームをすべて覚えていて、一人ずつファーストネームで呼ぶという。その伝説は本当だった。

「さあ、どうだね？」

「〈ハムとリマ豆〉よりおいしいと思います、少将」

「どうして、〈ハムとリマ豆〉のことを知っているんだ？」

「基礎訓練でC号携行食を食べたからです、少将」

「こいつは驚いた！　だが、あのC号携行食を食べて死んだ者はいない。そうだよな？」

「はい、まだいません、少将」

コッブ少将はうなずいて、ブツブツつぶやくと、人類救済の問題に話を戻した。

テーブルの向こう端にハワード・ヒブル少佐――ハワード先生――がすわっている。コッブ少将はハワード先生に向かってうなずき、報告を求めた。

室内は禁煙なので、先生は飴をなめながら、ナメクジどもが地球に上陸して人類を全滅させる可能性は二パーセントだと説明した。

ハワード先生の部下である頭でっかちのコンピューター・オタクたちは、どんな戦略や戦術を考え出したのだろう？　情報部は、発射物の残骸と、前頭葉切除《ロボトミー》手術をほどこしたナメクジ野郎の死体と、ぼくの経験を総合し、ひとつの戦闘計画を立てた。地球から持ち出すべきものと、残すべきもの……ガニメデへ行く方法……身の守りかた……。何より大事なのは、どうやって敵に勝つかだ。ガニメデは四億八千万キロのかなたにある。でも、勝利への道のりはさらに遠い。

師団付先任下士官として、オード上級曹長もこの場にいるが、ほとんど言葉を発することはない。でも、オードの断固たる態度が師団の役に立っていると知って、ぼくはホッとした。

「もう宇宙軍は、われわれの艦の艦長を決めたのか？」コップ少将は連絡担当士官である女性中佐を見た。

中佐の表情が険しくなった。

「何人かを訓練しているところです。政治的配慮のおかげです。候補者を三人まで絞りました」

「来週までに一人に絞ってくれ」

乗艦するのは数カ月先の予定だ。だが、表向き、乗艦は数年後だと発表されている。ナメクジどもも、そう信じているはずだ。ぼくたちは寝るまも惜しんで訓練を受けなければならない。

でも、すでにマンチキンは訓練スケジュールが来週で中止になることに気づいていた。コッブ少将は、月の周回軌道上で建造中の大型航宙艦の操縦士をほしがっている。だが、その艦が存在することも来週までは秘密だ。ぼくの体内で、ふたたびアドレナリンがあばれだした。

28

二日後、ぼくたち全員が講堂に集められた。ドアというドアには憲兵が立ち、実弾をこめた銃を構えて見張っている。

コッブ少将が演壇へ向かって進んだ。軍服はパリッとして、晴れやかな表情だ。

「ここでの訓練が、あと六週間で終了することは知っているだろう。われわれが乗艦するまでは、もう少しあることも」

理論上は、あと数年かかる。それくらい必要だ。

コッブ少将は憲兵たちに向かってうなずいた。

「これから話すことは、ここだけの話だ。ホロ映像でも手紙でも、どんな形であろうと外に漏《も》らしてはならない」

もじもじと足を踏み変える音がした。

「航宙艦の準備ができた」

講堂は水を打ったように静まり返った。表向き、ガニメデ派遣軍の兵士たちは公表された作り話しか知らないことになっている。乗艦は五年先だ。裏では、ほとんどの者がもっと早く——二、三年後になるだろうと思っている。われわれは来週、月へ向けて出発し、艦に乗り移る。

「艦は月の周回軌道上で待っている。残り六百日の訓練は、ガニメデへ向かう艦内で行なう」

一万五千人がハッと息をのんだ。コッブ少将が道化みたいにブカブカの靴をはき、赤いゴムの鼻をつけて登場したとしても、こんなに驚きはしなかっただろう。

少将は講堂の正面入口を見て、うなずいた。一人の憲兵が向きを変え、両開きのドアを開けた。

「艦の名は、国際連合航宙艦〈ホープ〉だ。長さは千六百メートル、われわれを乗せて四億八千万キロの旅をする。そして、神のおぼしめしがあれば、戻ってくる。詳しいことは艦長に話してもらおう。きみたちの大半が知っている男だ。少なくとも、評判は耳にしているだろう」

人類史上最大の軍艦を指揮する准将が、講堂中央の通路を歩いて演壇へ向かった。兵士たちは顔を見ようと伸び上がった。メッツガーだ。きらびやかな宇宙軍の青い礼装軍服を着た姿は、実際より老けて……疲れて見えた。二週間前に家族を失ったのだから、無理もない。

メッツガーが演壇に着くと、コッブ少将が近づき、手を取って引き上げた。

メッツガーの話を、ぼくはあまり聞いていなかった。耳がガンガン鳴り、ただ姿を見つめていた。だいたいは歩兵を月まで送る方法の話で、ぼくたちのうち一万人を、迎撃艇の貨物ベイに薪《まき》の束みたいに詰めこむということだったと思う。

そのあと、メッツガーとマンチキンとぼくは士官クラブでビールを飲みながら話した。

「先に言ってくれればよかったのに」と、ぼく。

「最終的に決まったのが二日前なんだ」と、メッツガー。ビールの小瓶を持った手をクルクルまわした。「精神科医の検査を受けなきゃならなかったからね。家族を亡くして精神が不安定になってないかどうか、調べられた」

「それで？」ぼくはメッツガーの目を見つめた。何を考えているのか、知りたい。何に苦しんでいるかは、わかる。メッツガーは週末の外出許可をせしめて、女の子を追いかけていた。休暇をとらなければ、迎撃艇に乗って、両親と百万人の人々を殺した発射物の針路をそらしていただろう。メッツガー個人に罪はない。ポンコツでスピードも出ず、発射物を全部は止められない迎撃艇に乗ってパトロールに出ていた、ほかのパイロットたちも、その点は同じだ。だが、罪悪感は指紋と同じように人によって違うし、容易に消えない。

そんな罪悪感や悲しみに、多くの人がむしばまれる。だが、メッツガーは普通の人間とは違う。そんな感情を頭から閉め出し、復讐を成功させるために冷静に計算する。

頭脳から閉め出されたメッツガーの声が、かすかな感情を交えて漏れた。

「なんとか、うまくやってるよ」

「でも、なぜ、きみが艦長なんだ？〈ホープ〉は、いわば遠洋定期船だ。きみの仕事は快速モーターボートの操縦なのに」

メッツガーは肩をすくめた。

「この仕事には経験者がいない。それに、政治的な意図もある」

当然だ。パイロットはたくさんいるが、英雄は一握りしかいない。戦争孤児は一人もいなかった――二週間前までは。

戦争は無意味だ。それにしても、家族を失ったことが幸運に変わるなんて、素直にうなずけない。

ぼくは頭を振った。

「きみの準備はできても、ぼくたちは訓練途中だ」

メッツガーは、またしても肩をすくめた。

「艦だって、かろうじて航宙できる状態だ。ナメクジどもは、われわれが出航するのは地球が木星に最接近したときだと予想してるだろう。つまり、出発は二年後だと思ってる。いま出発すれば、少しよけいに時間がかかるが、連中に不意打ちを食らわせてやれるかもしれない」と、メッツガー。顔が暗くなった。「地球は、われわれの予想より早く最期を迎えそうだ。気温が低下して、一年以内にほとんどの港が凍りつくだろう。カンザス州の気候は、すでに昔のアラスカ州と同じだ。三年後には、赤道地帯でも小麦は育たなくなる。準備不足でも出発するか、このまま地球にいて死ぬか、どっちかだ」

二日後、日が暮れてから、輸送機ハーキュリーズが夜間灯もつけずに次々と着陸した。ぼくたち一万人をケープ・カナベラルへ連れてゆくためだ。

ぼくたちが出発したことをナメクジどもに感づかれないよう、五千人の補欠部隊がキャンプ・ヘイルに残り、今までと同じく一万五千人がいるふりをする。ぼくたちがいた場所に、ゴムボートのように空気を入れて膨らませる偽の車両を止め、無線とホロ通信で、ぼくたちの声や暗号通信を大量に発信し、まだいるように見せかける。いつもより頻繁にレッドビルへ散髪に出かけ、民間人にも、キャンプ・ヘイルの軍が減ったことを気づかれないようにする。出かけるぼくたちには、行き先を心配する家族がいない。簡単にごまかせるだろう。

第二次世界大戦中、連合国はヨーロッパに侵攻する前に同じ手を使った。パットン将軍はイギリスで偽の軍隊を指揮した。枢軸国は、上陸作戦が開始されて数週間たっても、イギリスにいる軍が主力部隊だと信じこんでいた。

居残り組の五千人が滑走路上に整列し、出発するぼくたちを見つめた。

本部大隊は凍った舗装の上に整列した。全員が暗視ゴーグルを使って動いている。SEA《シー》L《ル》のベテラン下士官ワイアの姿が見えた。列に沿って歩き、兵士たちの装備を点検している。ポケットのボタンがはずれていた兵士に向かって小声で笑いながら何か言い、兵士が「はい、上級曹長」と答えた。

なんだか奇妙だ。オードこそが師団付上級曹長のはずなのに。

ぼくは滑走路に並ぶ居残り組をチラッと見た。列のなかに、腕組みをしたオード上級曹長が交じっている。この人は、ただの目くらまし部隊の上級曹長に指名されたのか。胃が重くなった。これから四億八千万キロの宇宙空間を渡って決死の戦闘にのぞむというのに、オード曹長がいないところで戦わなければならないなんて。

新しい師団付上級曹長ワイアがぼくたちに目を向けると、ぼくたちは暗視ゴーグルごしの緑がかった闇のなかを、ハーキュリーズの後部タラップへ進んだ。ぼくはワイア曹長を盗み見た。この数日で急に老けた。家族を失うと、そうなる。来年、ガニメデでショックを味わったぼくは、アンクル・サム（アメリカ合衆国の擬人化。白いひげを生やした姿で表わされる）みたいに老けるんじゃないか？

ハーキュリーズのエンジンがうなり、風とともに灯油の燃えるにおいが吹きつけた。ぼくはアルミ製のタラップを踏みしめながら見送りの列を見まわし、もういちどオード曹長の姿をとらえた。

オード曹長がすばやく敬礼した。

ぼくに向けた敬礼だ――いや、そんなことはありえない。ぼくはただの兵士で、数千人のうちの一人にすぎない。だが、ぼくは答礼した。悲しみがこみあげ、胸が詰まった。

ケープ・カナベラルから〈ホープ〉までの旅は、よく覚えていない。代謝機能を遅らせる薬を与えられ、オムツを当てて、個別に棺桶のような管に入れられた。管は迎撃艇の艇室と貨物ベイに薪のようにぎっしり詰まっていて、一隻に百人が乗れる。ぼくたち全員が、民間航空機のエコノミー・クラスみたいな乗りかたをしたら、迎撃艇が何百隻あっても足りない。

こんな形で旅をする理由はわかっていたが、三日後には気分が悪くて目を覚ました。地球から三十八万キロ離れた無重力の宇宙空間だ。オムツを取り換えたい。こんなに早く目を覚ました者は、数えるほどしかいなかったそうだ。

ぼくの管は前部の艇室にあった。ぼくは端の蓋を開け、身をくねらせて外に出た。そのまま前方へただよい、パイロット席の背に二本の指をかけて身体を止めると、パイロットの肩ごしに前方の窓をのぞき見た。

壮麗な光景が見えた。月の白い曲線の上に浮かぶ〈ホープ〉。漆黒の宇宙空間をバックにした灰色の艦だ。骨組みだけで月を周回していたころの姿より、ずっと大きい。乗物としては史上最高速で動くが、空気のあるところを飛ばないから、流線型ではない。外観は、長さ千六百メートルのビール缶に似ていた。前方の先端に、開いたパラソルのようなものが付いている。

ぼくたちの迎撃艇が〈ホープ〉に近づいてゆく。女性パイロットが、ヘルメットをかぶった頭の上に両腕を突き出して伸びをした。

「自動操縦ですか？」と、ぼく。

パイロットはうなずいた。

「あと二、三分はね」

ぼくは〈ホープ〉を指さして、たずねた。

「あのパラソルは、なんですか？」

「太陽風を受ける帆よ。太陽から出る光子《フォトン》があの帆に衝撃を与えると、艦速が上がるの。だいたいは、昔ながらのエンジンで動くけどね」

「艦がフォトンと同じくらいの速度になったら、どうなりますか？」

「フォトンは光速で動くのよ。〈ホープ〉は冥王星の軌道を過ぎたって、そんな速度にはならないわ！」と、パイロット。フンと鼻を鳴らした。

物理用語にうとくて、失礼してしまった。

急に心配になった——この前、月に行って死にかけたときみたいに、また宇宙服を着て動かなきゃならないんだろうか？

「どうやって〈ホープ〉に乗り移るんですか？」

パイロットは、巨大な航宙艦の中央部を取り囲む、ギザギザした一帯を指さした。

「あれがドッキング・ベイ。二十あるわ。本来は、あなたたちをガニメデの周回軌道上から地表へおろすための降下艇を置くところよ」

ドッキング・ベイの背後にある細いケーブルの端に、黄色っぽい灰色のくさび形のものが見えた。降下艇だ。〈ホープ〉と比べると虫みたいに小さく、ほぼ〈ホープ〉と同じ色で、母艦の巨体に落とす影のほうが、よく見える。

「あなたたちが〈ホープ〉に乗りこむまで、降下艇はドッキング・ベイから出して、連結索だけでつないでおくの」

ぼくは目を細めて降下艇を見た。子供のころ持っていたトレーディング・ホロカードを思い出した。

「ロッキード＝マーティン社のベンチャースター（スペース・シャトルの後継とされる宇宙往還機のひとつ）だ。航空宇宙局《NASA》が二〇〇〇年に開発計画を中止した」

パイロットはチラリとぼくを見た。

「二〇〇一年よ。あんた、意外にものを知ってるわね。降下艇は艇体だけで、エンジンがないの。兵員輸送ベイ部分はボーイング七六七旅客機の胴体で、昔のスペースプレーンで言えば燃料タンクの位置に押しこまれているわ」

啞然《あぜん》とした。

「ぼくたちは、昔の飛行機で宇宙を飛ぶんですか？」

「もちろん、補強されているわよ。でも、実質的には高性能のグライダーね」

ぼくは息をのんだ。軍の歴史なんか、あまり読まなきゃよかった。

「戦争の歴史を振り返ると、グライダー由来の攻撃艇の主要なものは、どれも悲惨な最期を迎えてます」

「それは、世界一のパイロットがいなかったからよ」

「世界一のパイロット……？」

「わたし」

メッツガーよりうぬぼれの強い女だ。顔を見てやろうと、ぼくは宙に浮いた身体を前に出した。だが、パイロットはヘルメットのバイザーをおろしていて、顔が見えない。つなぎ服の名札に〝ハート〟と書いてある。

ぼくはすぐ近くにいたため、パイロットがヘルメットのなかで不満げにブツブツ言うのが聞こえた。パイロットは立てた親指で背後を指した。

「あそこへ戻って、身体を固定しなさい。そろそろ、わたしが操縦しなきゃならないから」

パイロットの名はハート、階級は大佐だとわかったので、ぼくは言われたとおり管のなかに戻った。だが、管の端を開いたままにして、艇外の風景を見た。歩兵たちを乗せた長さ三十メートルの迎撃艇がひとつずつ近づき、〈ホープ〉のドッキング・ベイのエアロックに連結チューブを差しこんだ。一頭のサイに蚊《か》が群がるような光景だ。

上方に、真空中をただよう降下艇が巨大なコウモリのように浮かんでいる。優雅な新世代の宇宙船で、古いスペース・シャトルを改造した迎撃艇がケチくさく見えた。

前に月へ来たときに、月着陸船を月面におろしたメッツガーの操縦も見事だった。だが、ハートは迎撃艇を雪片のように軽々とドッキング・ベイのエアロックにすべりこませた。

〈ホープ〉は全長千六百メートル、直径が二百七十メートルあるが、艦内は広いとは言えない。燃料と弾薬がかなりの場所を占める。だが、ぼくたちが木星までの二年近くを過ごす艦室は、ある程度のプライバシーが保たれていた。〈ホープ〉のデッキは同心円状に層をなし、外殻の内側が最下層になる。中心部の管のなかには燃料や機械、貯蔵庫がある。艦全体が、中心部を軸として遠心力がガニメデの重力と同じ大きさになる速度で回転し、そのまわりにデッキが何層にも重なった光景は、まるでバウムクーヘンを焼いているかのようだ。

乗艦した歩兵師団は艦尾側のいくつかのデッキに、宇宙軍のクルーは前方のデッキに居住する。本部大隊は前方の、宇宙軍との境界のデッキで寝起きする。各デッキはさらに男性区画と女性区画に分かれていて、夕食後の時間以外はたがいに行き来できない。

アリとぼくは、マンチキンの艦室から六十メートルしか離れていない艦室を引き当てた。

ぼくたち三人は、乗艦して最初の食事を一緒にとった。そのあと、アリはジービーを低重力に合うよう調整しにいき、ぼくはマンチキンを艦室まで送っていった。通路は細く、どの通路にも食料や弾薬を載せた荷台が低い天井まで積んであるので、横歩きで進まなければならない。この歩きかたは、まもなく〝〈ホープ〉ダンス〟と呼ばれるようになった。六百日のあいだに食料は消費され、通路はホッケーができるくらい広くなるだろう。

マンチキンの艦室はぼくたちのと同じ造りで、質素な狭い二段ベッドと造りつけのロッカー、衝立《ついたて》つきの小さな造りつけの机が二人分あった。マンチキンは、ペンキを塗っていない隔壁を指して言った。

「あたしは淡い黄色がいいと思ってるの」

ぼくは肩をすくめた。

「出発前は壁塗りしかできそうもないな」

もうひとつのロッカーに下がっている制服は、スカイブルーだ。

「ルームメイトは誰だ？」

「変わった番号が当たったの。ルームメイトは宇宙軍のパイロット。士官よ」

「あら、こんにちは」聞き覚えのある女性の声がした。

振り返ると、艦室の入口に宇宙軍の女性大佐が立っていた。マンチキンより少し背が高い。髪はつややかな茶色で短く、モモのような頬をした丸い顔を縁取っている。マンチキンのように細身ではないが、ジャンプスーツがピタリと合った好ましい身体つきに見えた。

大佐の目を見たとたん、ぼくの胸は高鳴った。大きくて、茶色で、まつ毛が長い。

大佐は片手を差し出した。

「あなたが、ジェイソン・ワンダー?」

「はい、大佐」

「プーよ」

「え?」

「〝大佐〟はやめて。長い旅になるんだから、プーと呼んでちょうだい。プリシラ・オリビア・ハートの略」と、女性パイロット。人差し指で両頰を順につつき、笑顔を見せた。「小さいころは、ほっぺたがもっと丸々としていたのよ。兄に、〝クマのプーさん〟みたいだと言われたわ。よく、プーさんの本を読んでくれたの。あの本、好きだったわ」笑顔が消え、〝プーさん〟は目をしばたたいた。この艦では、話題が家族のことになると笑顔が消える。

かわいくて、傷つきやすい人だ。ぼくはとろけそうになった。そこで、名前を思い出した。ハート——輸送迎撃艇で一緒になった、うぬぼれの強いパイロットだ。かわいくて、傷つきやすくて、しかも生意気。ぼくは死ぬまで、とろけたままだろう。

サイレンが響き、ぼくは跳び上がった。

「時間だわ。また明日ね、ジェイソン」と、マンチキン。

プー・ハートが微笑した。

「明日の夜、わたしに本を読んでくれてもいいわよ」

外の通路へ出て男性区画へ戻る途中、低重力とはいえ、身体がずいぶん軽くなったような気がした。

翌朝、通路で鳴るガチャガチャという金属音で目が覚めた。艦室のハッチを開けると、宇宙軍の兵士たちが自分たちの艦室にペンキの缶と古くさい刷毛《はけ》を持ちこんでいた。スプレー状のペンキは換気装置に負荷がかかりすぎるという。軍が、ぼくたちを忙しくさせておきたいだけかもしれない。

航宙が始まって数週間は、ぼくたちはペンキを塗ったり、サンドペーパーをかけたり、溶接したりした。月面の作業員が疲労しきって、こなせなかった最後の仕事だ。〈ホープ〉は未完成のまま、神の巨大なバトンのようにぼくたちに渡された。

軍がペンキを一色しか用意してくれなかったので、マンチキンが夢見た淡い黄色の艦室は実現しなかった。まもなく国連航宙艦〈ホープ〉は、〝国連航宙艦〈灰茶色《トープ》〉〟というあだ名で呼ばれるようになった。

ぼくたちがペンキ塗りに忙殺されるあいだ、メッツガーをはじめとするクルーは、〈ホープ〉とガニメデのあいだに必ず地球か月が入る針路を保っていた。地球から二、三百万キロ離れるまでは、隠れていようという魂胆だ。宇宙空間は広大だから、無防備な〈ホープ〉がただよっていても、地球から遠ければ、ナメクジどもには長さ千六百メートルの小惑星《アステロイド》に見え、怪しまれずにすむだろう——理論上は。

むき出しの航空母艦から爆撃機で飛び立った、第二次大戦中のドゥーリトル中佐の東京急襲（一九四二年四月の、アメリカ軍によるはじめての日本本土空襲）ほど大胆不敵な計画ではない。第一、隠れ場所としては、太平洋より太陽系のほうがずっと広い。

二十数隻の空母に匹敵する大きさの航宙艦内を塗り上げるのに、どのくらい時間がかかるか、見当がつかない。ペンキ塗りの期間中、ぼくは交流タイムにマンチキンの艦室に立ち寄る口実ばかり考えていた。うまくいけば、プー・ハートに会えるかもしれない。

交流タイムのあとの自由時間を、ぼくは艦の図書館で軍事科学関係の見出しを検索して過ごした。ある真夜中、自分の机に向かって本を読んでいると、ベッドに横たわったアリが顔を壁に向けたまま、うめくように言った。

「ビザンチン帝国がローマ式の戦闘工兵訓練法を採用したかどうかなんて、本当に知りたいのかい？」

眠らないジービーはぼくの椅子の背にとまり、ぼくの肩ごしに本を読んでいた。ジービーがとらえたものはアリにも見える。

「わからない」と、ぼく。

「幹部候補生学校に入るつもりか？」

アリに言われるまで考えてもみなかったが、ぼくは答えた。

「そのためには大学の単位が必要だ」

アリは枕で耳をふさいだ。

「きみに必要なのは前頭葉切除《ロボトミー》だよ。おやすみ」

睡眠以外の日常生活には、トレーニングが含まれていた。ガニメデと同じ重力に慣れながらも、地球上と同じ力や体調を維持するためだ。ぼくたちは強くなって、人類の兵士としては異例の活躍ができるだろう。

ハワード先生の情報部から、予想しておくことについて定期的に講義があった。

六十三日たったとき、ぼくたちは艦の前部にある大講義室を兼ねた食堂に集まって、ネパール人の天体気象学者の話を聞いた。

気象学者はレーザー・ポインターで、スクリーンに現われたガニメデの輪郭をなぞった。

「空気は、地球のエベレストの頂上と同じくらい薄い。気温はもっと低い。地球では、大気の十六パーセントが酸素ですが、ガニメデでは二パーセントです」

つまり、ガニメデでは空気の力が期待できない。ジェット機もプロペラ機もヘリコプターも、燃料を燃やすのに酸素を必要とする。ジーピーはエターナッド電池で動くから、ぼくたちの持つ唯一の飛行物体だ。戦車もトラックも使えない。月面から運んできた、電池で動く一握りの重力適応全地形型車両を、最初の降下艇でおろさなきゃならない。ガニメデは歩兵の足を押し戻す。

女性兵士が手を上げた。

「ナメクジどもは飛べるんですか？」

食堂のはずれにいたハワード・ヒブル少佐が立ち上がった。

「まず、飛べないだろう。これは月面に墜落した発射物を調べてわかった、もっとも重要な情報のひとつだ。解剖学的に言えば、ナメクジ型異星人は頭足類やクラゲに似て、骨格を持たない。地球上の生物で飛行能力を発達させたものは、脊椎動物と節足動物だけだ。生物が飛ぶためには、それなりの硬さが必要だ。われわれの航空機は、飛行生物の硬い部分を模倣している」肩をすくめた。「ナメクジどもがわれわれと同じ飛行法を考え出したとは思えない」

「でも、恒星間航宙を考え出しました」

「真空中の移動に空気力学は関係ない」と、ハワード先生。「われわれが航宙技術を大気中の飛行技術から発展させたからといって、ほかの知的生命体も同じ過程をたどったと考えるのは、地球人の独断にすぎない」

気象学者が口をはさんだ。

「ナメクジ連中がそんなに頭がいいなら、ガニメデの気候をもっと望ましい形で安定させられそうなものですな。ガニメデは、地球の月と同じく、いつも同じ面を木星に向けています。したがって、ガニメデでは昼間が八十四時間つづき、そのあと八十四時間の夜が来ます。夜間は対恒星周期は――つまり、ガニメデが木星を一周するのに必要な時間は、七日強です。したがって、ガニメデでは昼間が八十四時間つづき、そのあと八十四時間の夜が来ます。夜間は気温が低下し、大気が収縮するため、暴風が起こります」

その話は聞いたことがある。嵐の夜はテントよりもファイバーグラス製の小屋に入ったほうがいいそうだ。戦闘工兵隊が、エポキシ樹脂でファイバーグラスを接着させて小屋を作ってくれるだろう。液体として噴霧すると、零下十八度では瞬時に凍る樹脂だ。

陸軍はあいかわらずで、補給担当の誰かがドジを踏み、ドライ・フルーツとフレッシュ・フルーツの荷台が千個あるはずの場所に、エポキシ樹脂の荷台が積んであった。クルーや乗客がイチゴをほしがって争うだろうが、エポキシ樹脂はタラハシー（フロリダの州都）の町全体をくっつけられるくらい、たっぷりある。兵站《へいたん》ほどやっかいなものはない――南北戦争時代に北部へ侵攻しようとしたリー将軍も、そう言っている。

食料品に間違いがあったと知って、コッブ少将はカンカンになった。食事の質を改善させるため、通信部に命じて、急造の調理担当者間通信網を設置させた。

その日、プーさんは夕食後に仕事があったので、マンチキンがぼくたちの艦室に遊びに来た。マンチキンはぼくが使っている下のベッドにドサッと転がると、脚を上に向け、ブーツの爪先で上のアリのベッドをタップダンスのようにコッコツ叩いた。アリはベッドで頬杖をついて本を読んでいた。マンチキンは、普通に脚を立てただけでは上の段に届かず、腰を伸ばしている――これを冗談の種にしたら、マンチキンが傷つくだろう。

「あたし、フリーズドライのモモを手に入れられるわよ。D《デルタ》中隊にいる友達が一箱せしめたの。艦尾の大隊の調理担当軍曹に甘い言葉をささやいたら、出してくれたんですって。あたしは、ささやいただけじゃなくて軍曹のナニもしゃぶってあげたんじゃないかと思うけどね」

マンチキンはなんの話題でもエロい味つけをする。それも、ぼくたちと話すときだけじゃない。

アリがベッドの端から頭を突き出した。

「ぼくが誕生日用にとっておいた、シロップ漬けのモモの缶詰めを提供してもいいよ」

「とっておいた？　モモ缶ひとつだけ？」マンチキンは鼻にしわを寄せた。

「悪い取引じゃないと思うよ。じゃ、値段の交渉に入ろうか」

こうなると、規則はつくづく机上の空論だ。艦内での恋愛は、マンチキンやアリのような下士官以下の者どうしでも禁止されている。

「でも、きみの心は、あの比類ないメッツガー准将のものだからな」と、アリ。ため息をついて大げさにうなだれた。ジービーはため息をつけないが、主人の動作を真似てベッドの手すりからコウモリのようにぶらさがった。

メッツガーは、忙しいなかでも時間が許すときは、ぼくたちと一緒に食事をした。メッツガーとマンチキンは六十センチ幅のテーブルをはさんで向かい合い、たがいにうっとりと見つめ合いながらも、小惑星帯《アステロイド・ベルト》のように広い規則の溝にへだてられていた。親密になってはならないという規則だ。

笑えそうな光景だが、ぼくもプー・ハートを見るとき、同じ痛みを感じた。

食事をしたり、眠ったり、スポンジで身体をこすったり、読書したり、恋愛以外の違反行為について考えたりする毎日は変わりないが、続く五百日を、ぼくたちは銃の手入れをし、分解し、もういちどきれいにして過ごした。磨きすぎた銃がすり減って、ただの細長い金属片になってしまうんじゃないかと心配になるほど繰り返した。

トレーニング・ベイでは柔軟体操をした。まるで惑星間宇宙に浮かぶ輪のなかを走るハムスターのように、艦の内周を駆け足で何度もまわった。荷台を動かし、いつか誰かが読んでくれると期待して、メール器《チップボード》で手紙を書いて保存した。大小の部隊単位で動く訓練をした。バーチャル映像で、あるいは実弾射撃場で、射撃練習をした。

そのあいだじゅう、ぼくたちは、なんの準備をしているのかを忘れようとしていた。忘れようと試みを重ねるうちに、ぼくは三つめの規則違反を犯した。

29

　もともとは、なんの気なしにやったことだった。コップ少将は少しでも歩兵の生活の改善法を見つけようと、いわゆるオフ・タイムに艦内をうろつくが、それ以外の者には十日に一日だけ非番の日がまわってくる。灰茶色の壁に囲まれたブリキ缶のなかに一万人が密閉されているのに、非番もクソもないだろうと思われるかもしれない。

　だが、非番の日は誰にとっても特別の楽しみだ。まず、軍服以外の服が着られる。一着だけ、私服の持ちこみが許されていた。それに、そうしたければ昼まで寝ていられる。そして、遊べる。スコットランドのバグパイプからロシアのバラライカまで、あらゆる楽器を集めてバンドを作った兵士たちもいた。講義室のひとつに格好の条件がそろっているので、毎日、一日の半分はレクリエーションにあてられた。調理担当者たちは交代で、映画館スタイルの無料ポップコーンを作った。

　ぼくはいつもホロ映画を観にいった。どれでも観られるとはかぎらないが、あらゆる映画がそろっている。マンチキンに頼みこんで、世界一の降下艇パイロットを自称するプーさんの非番の日を教えてもらい、自分の非番の日をプーさんの予定と合わせようとスパイ並みに策をめぐらし、デザートのおまけつきで仕事を交換して予定を調整した。プーさんはホロ映画が好きだ。とにかく、ぼくが映画を観にいくと、いつもいた。

一週間たつと、プーさんとマンチキンが、プーさんの予定をぼくに合わせようと工夫していることがわかった。女たちは男をバカだと思っている。たしかにバカだ。

プーさんはワイオミング州西部の出身だった。私服は、格子縞のシャツとピッタリしたジーンズだ。人によっては、ピッタリしすぎていると思うかもしれない。

親密になってはならないという規則におびえて感覚が麻痺していなければ、気づく――士官もいにおいがする。プーさんのジーンズが目のやり場に困るほど密着している日は、ライラックのにおいがした。

「この映画は前にも観たから、わたしは観なくてもいいわ」と、プーさん。隔壁に張ってあるホロ・ポスターを指さした。

ぼくは何週間も前から、見たくてうずうずしていた。

「ぼくもだ」

プーさんはポップコーンの袋の上にヒョイと顔を伏せ、舌先にコーンの硬い部分をつけて顔を上げた。

「艦の中心部にある貯蔵庫では、重力がもっと小さいのよ。行ってみたいなと思ってたの」

「連れがほしい?」

「ええ。行きましょう」と、プーさん。ぼくは手招きするプーさんのジーンズに見とれたまま、エレベーターへ向かった。

弾薬ベイは宇宙軍の兵器係が何度も点検しにくるから、いつも人が多い。何千トンもの精密誘導弾は、ガニメデに降りたぼくたちを援護するために、軌道上から〈ホープ〉が投下する。整備員たちが重力適応全地形型車両を点検する車両ベイも、忙しげだ。

艦の最深部には一人乗りの浮上艇がしまいこまれている。ガニメデでぼくたちが勝った場合だけ、ぼくたちを艦に戻すために使われる艇だ。噂では、五千隻しかないという。立案者たちの計算では、歩兵のうち半数はガニメデに骨をうずめるという結果が出たのだろう。そんな計算より、プーさんのジーンズの密着度を測るほうが楽しい。

食料品の貯蔵区画は照明が薄暗く、人けがなかった。

〈ホープ〉の中心部は周辺の居住区より遠心力が弱い。人工重力が小さく、エレベーターから貨物の荷台が迷路のように並ぶフロアへ足を踏み出すと、身体が弾んで浮き上がった。周囲の荷台のラベルを見ると、フレッシュ・フルーツの場所を奪ったエポキシ樹脂がどこまでも並んでいる。

前方でプーさんがジャンプし、高さ三・五メートルあまりの天井に触れた。クスクス笑う声が反響した。プーさんは床に降りてくる途中でバランスを失い、クルリと回転して身体がぼくのほうを向いた。ぼくはあわててプーさんの腰をつかまえた。

プーさんを床におろして、手を離すべきだった。戦闘中に女性と親密な関係を結ぶなど、軍法会議ものだ。ぼくたちはケープ・カナベラルで最初の迎撃艇が離陸したときから、激戦に参加した者として割増賃金をもらっている。

プーさんとぼくの唇は二十センチしか離れていない。温かい息がぼくの頬に柔らかく触れた。プーさんは目を閉じ、ぼくは規則を忘れた。

生涯でいちばんすばらしい三十分が過ぎたとき、ぼくの荒い息をかき消す声がとどろいた。

「ジェイソン？　こんなところで何をしている？」

背骨に電気が走ったようなショックを受けた。ここは誰も来るはずのない場所だが、目を開けなくてもわかる――コップ少将の声だ。優秀な指揮官は、兵士が無視する場所まで視察するらしい。

なんと答えたらいい？　〝人工呼吸の練習をしてます〟か？　どう見ても、プーさんの口はぼくの呼吸を悪化させている。

薄目を開けてみると、腰に両手を置いたコップ少将が、あんぐりと口を開けて立っていた。ぼくは〝気をつけ〟をしてプーさんを隠そうとしたが、ズボンが足に引っかかって転んだ。敬礼しようとすると、手にプーさんのブラジャーが引っかかった。

コップ少将は目をそらした。

「答えなくてよろしい。きみたちが何をしているか、わからなくなるほどの歳ではない」

プーさんとぼくがあわてて身支度を整えると、少将はぼくたちに向きなおった。少将には、ぼくの相手が士官だとわかるだろう。プーさんは降下艇一号のパイロットだ。少将をはじめ、ぼくたち本部大隊を乗せた降下艇を操縦する。ぼくたちの命はプーさんの腕しだいだ。そのプーさんは今、ぼくの痕跡をジーンズで拭っている。

ぼくは目を閉じた。

「閣下――」

コッブ少将は片手を上げて制し、ため息をついた。

「きみたちがはじめてではない」と、少将。頭を振った。「一万人の若造どもを二年近くも鋼鉄の管につめこんで、一緒に生活させるのだ。人間である以上、しかたがない。セックスしても害はないが、それを隠そうとするのは時間の浪費だ」ぼくたちに背を向けた。「邪魔して悪かったな」

翌日、規則が変わった。交流タイムには、艦室のハッチは理由にかかわらず閉めておく。結婚も認められそうだとの噂が広がった。

待ってましたとばかりに閉まったのは、メッツガー准将の艦室のハッチだった。ぼくは、もうメッツガーにもマンチキンにも会えなくなった。顔を合わせるのは、メッツガーが出席する参謀会議をぼくが警備するときと、マンチキンと二人で射撃訓練をするときだけだ。

降下まで、あと六十日に迫った早朝、ヒブル大学のナメクジ型異星人生物学の講義があった。マンチキンとぼくは射手と装塡手のペアとして、一緒にすわっていた。

女性講師のジュー博士は大尉で、未確認動物学者――つまり、UMAの専門家だ。

「擬似頭足類の身体構造は、みなさんが高校の生物の時間に顕微鏡で見たアメーバを少し複雑にした程度です。ひとつしかない標本には、独立思考を可能にする神経構造がありませんでした。ナメクジ型異星人の社会は、単一の生物に似ているかもしれません」

高校の野外授業でロッキー山脈へ出かけたとき、世界最大の単一の生体を見た。ハコヤナギの群生で、無数の木が生えているように見えるが、同一の遺伝子を持つクローン性コロニーだ。何世紀も生きてきた木だったが、ナメクジどもの発射物で枯れた。

ハワード・ヒブル少佐が口をはさんだ。

「敵の個々の兵士は完璧に協調し、群れ全体を統括する脳から指示を受けて動くと思われる」

「その脳は兵士に、どうしろと指示するんですか？」誰かがたずねた。

ハワード先生は肩をすくめた。

「完璧な兵士として行動しろ——だろうな。行けばわかる」

ぼくは息をのんだ。講義の全課程が終了するまで、六十日しかない。ぼくたちの多くは、死にかたしか覚えずに時間切れになる。昨日、誰かが艦内ネットに、ぼくたちの出発前に行なわれた国防総省《ペンタゴン》の研究をリークした。ガニメデ派遣軍のガニメデでの戦闘における生存率を、軍の職種別にランク付けしたものだ。このすっぱ抜きは指揮官たちを激怒させ、まもなくこの研究は〝ナンバーズ〟という名で知られるようになった。

研究では、生存率がもっとも高いのが〈ホープ〉とともにガニメデの周回軌道上にとどまるクルーで、次はプーさんのような降下艇パイロットとされていた。戦闘に直接たずさわらない者は生き残りやすく、ほかの職種はどれも短命と予想された。いちばん生存率が低いのは、コップ少将の警護班だ。戦域司令官は自分で思っているより目立つものだし、少将を守る兵士たちは、自分の身を投げ出してでも少将を救えと命じられている。地球のコンピューターによれば、いったん射撃戦が始まれば、マンチキンとぼくの命は十一秒しか持たないそうだ。

だが、マンチキンは気にしていないようだ。銃を持つマンチキンの手を二年近く見てきたから、わかる。マンチキンがなんの悩みもないときは、手が震える。深刻に考えこんでいるときは震えない。今朝の射撃訓練のとき、マンチキンの手ははっきり震えていた。

マンチキンがぼくに身を寄せ、ささやいた。

「ジェイソン、昨夜、メッツガーに結婚を申しこまれたの」

死んだマスをぶつけられたくらい驚いた。ぼくは、ただでさえ忙しいメッツガーとますます疎遠になるのか。マンチキンは、もうぼくを必要としない。メッツガーの世界は今、マンチキンを中心にまわっている。ガニメデが木星のまわりをまわっているように。

「それはすごい」と、ぼく。

「あなたに、結婚式で新郎の付き添い役をお願いしたいの」

仲間はずれにされた気分が薄らぎ、ぼくは微笑した。

「ゴールインは、いつだ？」

「来週」

続く一時間、ぼくは演壇の上を動きまわる講師の姿を見つめたが、ほとんど話を聞いていなかった。必死で別のことを考えていた。

親密になってはならないという規則が変わってから、アリは爆破のエキスパートと付き合うようになった。イスラエルのテルアビブから来た感じのいい娘《こ》で、アリのテキサスなまりにうっとりしているが、ペーコス川より西（テキサス西部の田園地帯）のカウボーイなまりと州間高速六《LBJフリー》三五号《ウェイ》より北（ダラスを含むテキサス東北部の都市圏）の紳士服商人なまりが区別できない。まあ、アリの職種はロボット操縦者《ラングラー》（「ラングラー」には「カウボーイ」の意味がある）には違いない。アリが交流タイムにぼくたちの部屋でその娘と会うとき、ロボットのジービーは外の通路に追い出された。でも、脳が電気ゴキブリとつながってる男の恋は、なんとなく三角関係のイメージに近い。

アリとぼくは今、交流タイムに艦室を占領する権利を交代で使っている。今夜は、ぼくの番だ。部屋に着くと、ぼくの椅子の背にプーさんのジャンプスーツがたたんでかけてあり、プーさんはぼくのベッドに横になって毛布を鼻先まで引き上げていた。

「急いでる？」と、ぼく。

プーさんの目がきらめいた。

「気分が高まってるだけ」

ぼくは椅子をベッドのそばに寄せてまたがり、背もたれにあごを載せて、ジャンプスーツの甘いにおいをかいだ。

「考えてたんだ」

「わたしも。来て。証明してあげる」

「いや。考えてたのは、ぼくたちのことだ」

プーさんの顔に影がさした。

ぼくは軍服の、ふくらんだポケットのボタンをはずした。艦尾の貯蔵区画から持ってきたものが入っている。ろくなアクセサリーがなかったが、係が言うには〝気持ちの問題〟だそうだ。ポケットに手を入れると、ベルベットの箱が指に触れた。

プーさんがぼくの手を押さえた。

「やめて」

「何を？　ぼくが何をするつもりか――」

プーさんは首を振った。目がキラリと光った。

「ダメ。無理だわ」

物理的には、人間の心臓は組織や軟骨や血管によって胸のなかの定位置にとどまっている。だが、このときばかりは、心臓が砲弾みたいに腹のなかへ沈みこんだかと思った。

「ダメって、何が？」

プーさんは毛布をあごまで引き上げたままベッドの上に起き上がり、ぼくの頬をなでた。

「あんたのせいじゃないわ。あんたが悪いことなんて、いちどもなかった」

「それじゃ、何？」

プーさんは顔をそむけ、隔壁に向かってささやいた。

「〝ナンバーズ〟を見たでしょ」

「あんなもの、クソくらえだ」

「あんたは、何かバカげた気高いことをして死ぬのよ！」

二人ともすわったまま、動かなかった。ぼくはプーさんの息づかいに耳をすました。

プーさんが赤い目をして振り返った。

「今でも、もう孤児なのに、このうえ数秒で未亡人になるなんて耐えられない」と、プーさん。両手で毛布を握りしめ、息をあえがせている。手を震わせ、激しく、しかし声を殺して泣きだした。

ぼくはプーさんの裸の肩をつかんで振り向かせ、身体を震わせて泣くプーさんを抱きしめた。

一時間後、クラクションが鳴ると、プーさんは服を着て、無言で出ていった。

その話は二度としなかったが、ぼくたちは残りの日々を、一瞬一瞬に一生分の情熱をこめて愛し合った。ガニメデ降下までの日数はどんどんゼロに近づいた。

メッツガーとマンチキンの結婚式は前代未聞だった。人類史上はじめて、月よりはるか遠くで行なわれたからというだけではない。

航宙艦〈ホープ〉で窓があるのは、航法用ブリスター室だけだ。艦首から突き出た直径十二メートルの透明なドームで、そのなかへ幅の広い飛びこみ台のようなプラットホームが伸びている。ここで航宙士が古くさい手動の測量器具の穴から外の宇宙をのぞき、星々の位置をもとに針路を割り出す。コンピューターがダウンしたときには、この部屋で操縦もする。

コンピューターはよくダウンし、いちどダウンすると回復に数時間かかるが、〈ホープ〉は最初に設定された針路と艦速のまま木星へ向かっているので、航法用ブリスター室で操縦が行なわれたことはない。

メッツガーは艦長だが、民間の儀式をとりおこなう権限はない。自分の結婚式となれば、なおさらだ。だが、宇宙軍のクルーは五百人しかおらず、陸軍のガニメデ派遣軍は一万人で、本当の責任者は陸軍の師団長だ。礼装軍服姿のコップ少将が、民間の儀式の本を手にしてプラットホームの端に立った。少将の頭上と足もとに、漆黒の宇宙が静かに広がっている。〈ホープ〉が回転しているので、宇宙空間に散らばる星々がまわって見えた。横に立つメッツガーは飾り帯やサーベルをつけ、どこから見ても軍人らしい花婿だ。

ぼくたちは、それぞれ役が決まっていた。プーさんは花嫁の世話係、アリは花婿の付き添い、そして、ぼくは身内の代わりとして花嫁を花婿に引きわたす役だ。

小さなジービーが先頭に立ってプラットホームを進んだ。史上初の六本足の指輪の運び手《リングベアラー》だ。

プーさんはマンチキンとぼくの横に立ち、合図を待っていた。ジービーが電磁波を吸収する外殻を星の光に輝かせ、指輪を載せたベルベットのクッションを前足で捧げ持って、よちよちと進む。

プーさんはブーケを鼻に当ててから、振り向いてぼくの頬をつついた。

「いつか、わたしも白バラがほしいわ。あなたって、最高」

胸が期待にふくらんだ。プーさんの予定に合わせるために勤務時間を交換してまわった数週間で、〈ホープ〉内の闇市場のしくみがわかった。〈ホープ〉には農業ラボがあり、ぼくたちがガニメデを制圧したら、穀物を育ててみようと考えている。立派な指輪はいらなくなったから、一ヵ月分の給料をおまけにつけて、宇宙では超レアな品物と交換した。農業ラボの技術者から花をせしめたのだ。

ブーケを持つマンチキンの手が震え、腕を通じてぼくに震えが伝わってきた。マンチキンは白い礼装軍服姿で、ベールと長い裳裾《もすそ》を着けている。軍服ではウェディング・ドレスらしくないかもしれないが、マンチキンは今まで見たこともないほどかわいい花嫁だった。

ぼくは短いスピーチを用意していた。ぼくにとっていちばん大事な二人が結婚するのはすばらしいと言うつもりだった。

ぼくは身をかがめ、マンチキンの耳にささやいた。

「スピーチはやめて、ジェイソン」と、マンチキン。大きく息を吸った。「耐えられそうもないわ」

了解。すでにぼくの視界も涙でぼやけていた。

艦の中心部は重力が小さいので、花嫁とぼくは文字どおり通路を飛んで進んだ。マンチキンの裳裾が雲のように背後にたなびいている。式の終わりに、アリがナプキンに包んだ電球を取り出し、メッツガーがそれを踏みつけた（ユダヤ式の結婚式の終わりに、新郎がグラスを踏み砕く習慣を模した）。ジービーは電気仲間に対する残虐行為に恐れをなしてあとずさりした。マンチキンがプーさんに舌を細かく震わせるアラブのヨーデル――女性しか歌わないらしい――を教え、プーさんの大きな歌声とむせぶようなバグパイプの音に合わせて、新郎新婦は退場した。

この結婚式は私的な催しだったが、参加者たちが航法用ブリスター室を出ると、待ちかまえていたメッツガーのクルーが荒々しい歓呼の声を浴びせた。また、いくつか規則が破られた。

もうひとつの規則破りは、農業ラボがジャガイモで造ったウォッカだった。ぼくはこの酒で恍惚となり、プーさんはいつもより興奮した。

翌朝は、いささかセックスに飽きていた。航宙六百二日目――〈ホープ〉が木星の軌道を横切る日だ。

われながら能天気だった。

30

「われわれのうち多くの者が、この場所で死ぬ」ボクシング・リングの大きさのガニメデのホロ映像のそばで、ガニメデ派遣軍の作戦担当士官が言った。足もと近くに着陸地点《LZ》アルファがある。ぼくたち一万人の兵士は急造の外野席から士官の肩ごしに映像を見おろし、降下前のブリーフィングを受けていた。もう百回も同じことを聞かされたが、ひとことも聞きもらすまいと注意を集中している。

古いホロ映像は、ジービーの無口でマッチョな親戚とも言うべき無人偵察機が送ってきたものだ。航宙艦より速く飛ぶ無人偵察機が、数週間前に〈ホープ〉から発射された。

ガニメデは地球の月と同じようにクレーターだらけで、不毛な岩と氷のかたまりだ。天文学者たちは、ガニメデの核が溶けているか凍っているか……液体の水かと議論しているが、表面にはなんの活動の気配も見えない。

着陸地点《LZ》アルファはクレーターの底だった。天文学者がこの場所につけた名前などおかまいなしに、陸軍はただ〝着陸地点《ランディング・ゾーン》〟と呼んだ。前に、ハワード先生のチームの地質学者が教えてくれた――クレーターの中心にある高さ九百メートルの台地は、隕石が衝突したあとの地殻変動でできた。クレーターの底の平原は、太古の隕石衝突で地殻が破れ、そこからしみ出た溶岩が冷えて固まったものだ。

その結果、ここの地形は格好の防御陣地を形成した。直径九十五キロの円形の平原の中心部に台地があり、ここもビリヤード台のように平らで、射撃場と観測場に最適だ。平原は、何キロにも及ぶなめらかな滑走路を提供してくれる。ここに、プーさんが先導する降下艇の一隊が、ブレーキをかけずに時速三百五十キロで突入する。

作戦担当士官は赤いレーザー・ポインターで、台地から三キロほど離れた平原の一点を指し、動かしながら説明した。

「降下艇は、ここでクレーターの縁《へり》を飛び越え、ここで着地して惰性で走り、この地点で止まる」赤いビームを台地へ移した。「派遣軍は集まって、この台地へ進み、占拠する。ここに、われわれの後方基地を置く」

簡単だ――ナメクジどもが、音が聞こえず、目も見えず、振動も感じないならば。外野席で兵士たちが不安げに身じろぎし、床をこするブーツの音が響いた。

作戦担当士官は顔を上げた。

「偵察機は、着陸地点にナメクジどもの形跡をとらえていない。フライバイ観測中の偵察機は、敵のレーダーにも、ほかのアクティブ・イメージング媒体にも引っかからなかった。われわれは着陸地点での戦闘に備えているが、実際には戦闘は起こらないだろう」

マンチキンがぼくに身を寄せ、ささやいた。

「あそこはガニメデでいちばん平らで、天然の要塞と言っていい地形よ。あたしたちにそれがわかるんだから、ナメクジどもだって知ってるわ」

ぼくは遠くにいるプーさんを見た。パイロットたちは着陸地点を詳しく知っておくために、ホロ映像のすぐそばに並んですわっている。プーさんの担当は降下艇一号。コップ少将とぼくたち本部大隊の者を乗せる。名前は一号だが、降下するのは二番目だ。工兵隊は降下艇から機械類を出して組み立てる時間が必要だから、最初に、重力適応全地形型車両や重火器を積んだ艇が降りる。口をとがらせて腕組みをするプーさんを見て、ぼくは思わずニヤついた。自分は二番目に飛び、月より遠い天体に降り立つ最初の人間になるのは、自分より腕の落ちるパイロットだ——さぞ頭にきているだろう。

ブリーフィングのあと、ぼくたちは〈ホープ〉の通路にズラリと並び、部隊定数弾薬や手榴弾、携行食、水、衣類など、ヒマラヤのシェルパでも音《ね》を上げそうな大荷物を背負った。

ぼくの装備は、四億八千万キロかなたのペンシルベニア州インディアンタウン・ギャップで基礎訓練を受けていたころとは、かなり変わった。

M＝二〇は、インディアンタウン・ギャップ当時のM＝一六ライフルと同じように扱える。ライフル自体の重さが消え、驚異的な新構造のおかげで大きな弾倉に実弾がたくさん入るようになった。ガニメデで使う実弾は、反動や初速が地球での射撃と同じになるよう火薬を減らされているが、実弾を百個まとめると煉瓦《れんが》一個の重さになる。

エターナッド電池を使った防寒野戦服は、キャンプ・ヘイルでの耐寒テストでぼくがマンチキンの電池をすりかえたときには、まだ完成していなかった。たいていの人は硬い外殻が装甲だと思っている。だが、この硬い部分は関節とつながっていて、着用者と一緒に動くバンドやレバーが運動エネルギーを電池に送りこむ。見た目は中世の騎士の鎧《よろい》みたいにギクシャクした感じだが、この防寒服の重さは前世紀末のフットボール用プロテクターの三分の一しかない。プロテクターは身体を温めたり冷やしたりはしてくれないし、弾丸も防いでくれない。

ぼくたちの姿は、歩兵というよりフットボールのハーフバックに似ている。装甲の酸化鉄や硫化水銀のコーティングが、昔の消防車のように赤いからだ。情報部の連中は、ナメクジどもの視力は赤外線を感知するため、赤外線を乱反射するように作れば探知されにくくなると考えたのかもしれない。

ヘルメットは、訓練生時代の防弾素材ではない。これもフットボールのヘルメットより軽いが、ヘルメットのふくらんだ部分や畝《うね》には、スイッチの入っていない暗視ゴーグルや多重回線通信器……ヘッドアップ・ディスプレイとレーザー・モニターを動かす電子機器がおさまっている。これらを見るときは、出し入れできる戦場認識用の単眼鏡《モノクル》を使う。これをつけた新兵募集ホロ・ポスターの歩兵は、まるで片目の海賊だ。

このような装備をすべて身につけても、ぼくはおびえきっていた。

メッツガーとコップ少将は兵士たちの列に沿って見まわり、励ました。メッツガーはぼくたちの前で足を止め、ぼくたちの機関銃を持つマンチキンに近づいた。

「立派な身支度だ」

マンチキンはメッツガーを見つめた。顔は、グレーと黒の縞模様の絶縁迷彩色に塗ってある。理論上は、熱を伝えないグレーの塗料と熱を吸収する黒の塗料が冷たさと温かさの縞を作り出し、赤外線をとらえるナメクジ型異星人には、ぼくたちの輪郭が見えなくなるはずだ。両方の鼻孔から出た透明なマカロニのようなチューブは、頬を伝って酸素発生装置につながっている。

「いいハネムーンになるわ」と、マンチキン。歯をのぞかせたのは、笑ったつもりらしい。

メッツガーは身をかがめてマンチキンを抱きしめ、その手に何かを押しこんだ。結婚式のブーケから一本だけ取った白バラだ。

「愛してるよ」

「あたしも」

メッツガーは列の先へ進んだ。マンチキンはメッツガーの姿が兵士たちにまぎれて見えなくなるまで、夫のほうへ手を伸ばしつづけた。バラの花びらが一枚、床に落ちた。

プーさんはすでに降下艇一号の操縦席についている。さよならを言う暇もなかった。

自分よりずっと若い兵士たちと同じ量の荷物を背負ったコップ少将が、よろよろと通り過ぎ、悪戦苦闘しながらエアロックに入った。マンチキンとぼくがあとに続いて入り、少将の左にすわった。

ぼくはエアロックの高い縁《へり》を越えるために、しゃがんで勢いをつけると、背中の荷物を肩へほうりあげ、六百日間のわが家だった〈ホープ〉の外へ進んだ。降下艇の艇室を満たす、ガニメデの気温と同じ零下十八度の空気が、顔を打った。防寒野戦服の電池が働きはじめるまで、しばらく自分の白い息を見ながら震えていた。

マンチキンと並んで所定の壁ぎわのベンチにすわってから、何か足りないような気がした。ぼくは網状の負い革を叩いて装備を確かめた。手榴弾。救急包帯の束。塹壕を掘る道具。絶縁携帯食器。ヘルメットに押し上げた暗視ゴーグルを手さぐりすると、ちゃんとある。

ようやくわかった。振動がない。二年近く〈ホープ〉の胎内で守られて暮らし、いつも低い振動があることに慣れていた。降下艇の艇室は静かだ。二十一歳で、もういちど生まれなおす準備をしている気分だ。

腕輪型コンピューターの時刻表示で三時間が過ぎたとき、マンチキンがぼくのほうへ上体を傾け、ささやいた。

横でマンチキンがコップ少将に身を寄せ、司令回線での通信を盗み聞きしている。

「降下艇三号の二人の女性兵士がエアロックで転んで、肘と股関節を脱臼したらしいわ。一人はエアロックの密閉部を損傷したって」

ぼくはフーッと息を吐いた。女性兵士は優秀だし、一緒に戦闘に参加すること自体は誇らしい。現在ペアを組んでいるマンチキンが、いい例だ。だが、成熟した社会が知恵を絞って、ものを破壊し、人を傷つける者を送り出そうとするときは、やはり男の兵士を選ぶべきだ。

降下艇十六号の男性兵士が癲癇《てんかん》の発作を起こしてエアロックの密閉部を蹴ったため、さらに降下が遅れた。密閉できなくなったエアロックをメッツガーの部下たちが修理するのに、三時間かかった。さっきの〝男を選ぶべきだ〟という意見は撤回する。

ナメクジどもに空中戦の能力はないというハワード先生の予想が、当たっていますように。はずれたら、これだけ降下が遅れた以上、敵も迎撃艇部隊を緊急発進させる準備くらい整えているに違いない。ハワード先生も確信はなかったはずだ。だからこそ、降下艇にコンピューター制御の防御兵器を備えつけたのだろう。

〈ホープ〉が軌道上でゆっくり回転するあいだ、降下艇はどれも管状のエアロックの端で揺られ、大勢の者が船酔いになった。

艇内通話装置から、前部の操縦室でプーさんが歌う一世紀前のミュージカル・ナンバーが流れた。

通路をはさんだ向かいの席に、アリがいた。ジービーは荷物のなかで休眠している。アリはグルリと目をまわした。

「ゲロのにおいは我慢できるが、あの歌はたまらん」

ようやく、きしりながらエアロックが閉まった。艇室の照明が暗い赤になり、ぼくたちの目は闇に慣れはじめた。

プーさんは歌をやめ、アナウンスした——〝本日は当航空をご利用くださり、ありがとうございます……ご愛顧に感謝いたします……着陸しますと、この旅でいちばん安全な部分が終了します〟。

ぼくたちはこれから古いジュラルミンの殻に包まれて百六十キロ落下し、コントロールされながら時速三百五十キロで地表に激突する。だが、プーさんの言うとおり、降下はいちばん安全な部分だ。

艇内通話装置がガガッと音を立て、プーさんの声が流れた。

「降下用意……降下」

31

ぼくたちの降下艇は、百六十キロ下のガニメデへ向かって落下した。加速がつき、ぼくの身体はマンチキンの肩に押しつけられた。最初は高速で下降するエレベーターに乗っている感じだったが、やがて、降下艇外殻と大気の摩擦熱がバックパックを通して背中に伝わってきた。

身体が固定されているのに、最初の揺れで、ぼくは天井近くまで投げ上げられた。外部の真空を押していた艇内の気圧が、急に外より小さくなり、外殻がきしんだ。ガニメデの人工大気が降下艇を押しつぶさんばかりに圧迫してくる。

スピーカーからプーさんの声が流れた。気軽な口調だ。

「外殻温度は四百五十度。外殻溶融パターンは通常どおり」

百八十度でクッキーが焼ける。

降下艇は激しく揺れ、ぼくたち四百人は内壁や仲間にぶち当たった。

マンチキンが興奮したチワワみたいにあえいだ。

「この外殻は、地球の周回軌道上から落としてテストされたんでしょう?」

「うん」と、ぼく。だが、絶対零度に近い四億八千万キロの真空を二年かけて渡ったあとにテストしたことはない。

「外殻温度は五百四十度」

それきり、プーさんの声は聞こえなくなった。プーさんと副操縦士が揺れる降下艇と格闘するあいだ、ガニメデの大気が艇の外殻とすれ合う轟音と、ゆるんだ装備があたりにぶつかる音しか聞こえなくなった。

マンチキンがぼくを見つめた。これ以上は見開けないほど大きく目を見開いている。迷彩色に塗った顔のなかで、白目がゆで卵のように見えた。

ぼくの心臓は早鐘を打った。

「大丈夫だ。大丈夫だよ、マンチキン」

地獄だ。マンチキンがもういちどイスラム教の数珠《じゅず》を取り出したら、ぼくがそれを使って祈りたい。

歩兵隊の艇室に窓はひとつしかない。ぼくの向かい側の緊急脱出ハッチにある厚さ十五センチの丸窓から、チラリと炎がのぞいた。降下艇の前縁をコーティングしたセラミックが燃え落ちたようだ。熱で外殻が溶けることは予告されていた。

ぼくは人ごみの向こうにいる、もとSEALのワイア曹長を見た。師団付上級曹長の職をオード曹長から奪った男だ。目をまわすほど仰天してもいいはずの状況だが、この男は力を抜いてすわり、目を閉じて、身体を揺れにまかせている。エネルギーを無駄にしたくないようだ。ワイア曹長は豊富な経験でこの降下を乗り切るだろう。経験のないぼくたちは、みんな死ぬのだろうか?

乱気流で艇が揺れ、兵士たちの頭が内壁にぶつかった。

降下艇がどのくらいの振動と高温に耐えられるのか、誰も知らない。外殻が五百四十度に達したあと、プーさんは実況報告をやめた。七百度あまりまで上がると予想されている。たえず艇体がきしみ、激しく跳ね上がるので、たわむ外殻が見えるような気がした。みるみる金属板のつなぎ目が広がる……もう数秒しか持たない。

前方には、機械類を積んだ工兵隊の艇が筋を引いて飛んでいる。後ろ上方からは、何千人という兵士を乗せた十八隻の降下艇が、十キロ近い間隔を置いて飛んでくる。

ぼくは固く目を閉じて鼓動を数えた。高鳴る鼓動に合わせて、背骨がギュッと押し縮められては、ゆるむ。

八十まで数えた。まだ生きている。

ドスッ!

揺れかたが変わった。大きくなったが、荒っぽくはない。

雑音まじりのプーさんの声が届いた。

「艇室を守るために、電子妨害ポッドを後部に移しました。外殻温度は四百八十二度で、下降中です」

ぼくはマンチキンを見て、うなずいた。

「だから大丈夫だと言っただろ」

「うるさい」と、マンチキン。数珠を取り出した。

艇の飛行は、なめらかになった。雷雨のなかをパラシュートで下降するくらいの感じだ。

五分後、またプーさんのアナウンスが聞こえた。

「みなさま、まもなくガニメデに着陸いたします。着陸地点の時刻は早朝、気温は爽快な零下二十三度でございます」

誰も笑わない。

ふたたびプーさんのアナウンスが聞こえたとき、声が少し高くなっていた。

「当艇は、ガニメデの上空四万メートルの位置にあり、着陸地点から三百二十キロずれております。到着予定時刻は七分後です。ガニメデは今のところ、ホロ・シミュレーションの映像と変わりありません。操縦室は忙しくなりますので、しばらくアナウンスはお休みします。予定よりちょっと厳しい降下になります。シートベルトをしっかりお締めください」

いつも相手を甘く見るプーさんが、過去にいちどだけ〝ちょっと〟と言ったことがある。ぼくと愛し合ったときだ。汗に濡れた額《ひたい》に前髪をへばりつかせ、浜に打ち上げられたクラゲみたいにぐったりして、あえぎながら言った――〝ちょっと疲れるわね、ジェイソン〟。ぼくの首筋の毛が逆立った。

予定では、時速三百五十キロで着地する。兵士たちの列のなかで、ささやき声がかわされた――「四百キロは出てるぞ！」

ぼくは座席のハーネスを調整し、弾薬入れのなかの弾倉を手さぐりした。ライフルの安全装置がかかっていることを確認し、ぼくたちの機関銃に目を走らせた。ぼくとマンチキンの足もとの床板に、きちんと固定してある。ぼくはマンチキンと顔を見あわせ、いつものようにおたがいの状態を確認した。兵士たちがみな同じことをし、艇室じゅうで装備がガチャガチャと音を立てた。

「あと一分」

ズサッ。

軟着陸だ。艇体の下に着陸用滑材《そり》が出た。溶岩が固まったクレーターの底で車輪を使うのは危険が大きいという技師たちの意見で、降下艇はヘリコプターのような滑材を使用することになった。これが、ガニメデにはじめて触れた人類の製品だ。

ぼくたちの戦闘服の胴は装甲で守られている。砲弾の破片や小火器の弾丸を通さず、火炎も放射線も生化学薬品も受けつけない。酸素のない大気中でも、ぼくたちは自前の装置で呼吸でき、零下三十五度でも死なず、暗闇でも見え、活動できる。各自が一分間に八百発を発射するライフルを持ち、低重力のもとで二千発の弾丸を携帯している。手榴弾は一ダース、血漿のパックやアトロピン注射器、止血帯などは病院よりもたくさんある。どのペアも、朝鮮戦争当時の一個小隊より破壊力が大きい。指揮官たちは司令通信網を作り、〈ホープ〉が周回軌道上に衛星を打ち出して構成したGPSで、個々の兵士の位置を把握できる。ぼくたちがレーザー・モニターで〈ホープ〉に合図すれば、一トンのスマート爆弾から地中貫通爆弾、一メートル幅の的《まと》まで、なんでも投下してくれる。
何が来ても対処できるはずだった。
だが、ガニメデで出会ったものは例外だった。

32

「あと二十秒」

降下艇の着陸用滑材《そり》が、時速三百五十キロでクレーターの平らな底に当たるはずだった。ガラスのようになめらかな平原を、艇首を安定させたまま、六・五キロ走って止まるはずだった。

着陸地点に敵がいれば、降下の途中で攻撃を受ける。着陸後は攻撃が激化するだろう。

ドスッ！

着地の衝撃だろうか？　それとも、ナメクジどもの砲弾が当たったのか？

ドスッ……ドスッ……ドスッ――着地の衝撃だ。

揺れなくなった。

次の揺れで、マンチキンの身体が激しくぼくにぶつかった。あばら骨が折れたかと思った。

艇室内のあちこちで、固定してあった装備がはずれ、前方の隔壁めがけて飛んだ。はずれたライフルが、ぼくの向かいのワイア曹長に向かって飛んだ。曹長は、まだ力を抜いて様子を見ている。ライフルは、オリーブの実に刺したつまようじのように曹長のこめかみに突き刺さった。

経験豊富な曹長は生き残れなかった。

曹長の隣の男が「うわあ、うわあ！」と悲鳴を上げ、血まみれになった両手で曹長の頭を抱えた。

降下艇の動きが止まった。明かりが消えた。自分が意識を失ったのかと思ったとき、誰かが悪態をついた。

暗闇のなかで何かが滴《したた》っている。誰かがゲーッと吐いた。

バン！　バン！　バン！

艇室の屋根に沿って次々と小さな爆発が起こり、艇室が豆の莢《さや》のように割れて壁が落ちた。頭上一面にガニメデのオレンジ色の空が広がった。

ぼくは暗視ゴーグルをおろした。ぼくたちを乗せた艇は転覆もせず、灰色の塵《ちり》のなかに、ほぼ正しい姿勢で止まっていた。

「動け！　外へ出ろ！　艇内は危険だ！」

ぼくは風景を見ながらも、手袋をはめた両手で胸の位置にあるハーネスの解除装置を叩いた。手助けしようとマンチキンを振り返ったが、マンチキンはすでに自分でハーネスをはずし、かがんで床のフックからぼくたちの機関銃を引き抜いていた。

周囲で兵士たちがガチャガチャと騒がしくガニメデの地表へ出はじめた。

騒がしく——月と違って、ここは大気があるから音が伝わる。それ以外は、月と同じく人を寄せつけない極寒の世界だ。

マンチキンとぼくは低重力を利用して軽々と跳び、足首まで埋める塵を蹴立てて五十メートル走ると、艇を囲む周辺防衛のライフル兵と距離を置いて地面に伏せた。

兵士たちが自分のライフルを構えた。各分隊長が大声で命令を発し、周辺の位置を調整した。

背後で雷のような音がとどろき、ほかの音をかき消した。降下艇三号が轟音とともにぼくたちの頭上を通った。滑材がぼくたちのヘルメットの十五メートル上まで迫っていた。

フットボール・フィールドひとつ分向こうで三号が山に激突し、踏まれたビール缶のようにつぶれた。もちろん、炎は上がらない。ここの大気中には酸素が二パーセントしかないからだ。

降下艇三号の壊れた胴体がグラグラ揺れ、山肌を転がり落ちて、ぼくたちの周辺から四十五メートルの位置まで来て止まった。

山？

ぼくは中腰になってグルリと周囲を見まわした。ここは着陸地点の平原ではなく、クレーター中央の台地のふもとだ。ぼくたちの降下艇の艇首は、割れた岩石の下にめりこんでいた。背後にクレーターの底の平原が何キロも広がり、かすんだ赤い地平線の上に、半分が影になった巨大な木星がかかっている。

ぼくたちは着陸地点を何キロも通り過ぎ、この平原でひとつしかない障害物――ロサンゼルスよりも大きな台地に突っこみかけた。降下艇三号は、文字どおり衝突した。車両や重火器を積んで最初に降下した艇は、影も形もない。

プーさんは、いったい何をしたんだ？

プーさん！

降下艇の操縦室は、砕けた石に埋《う》もれて見えない。

ぼくたちの左右に、後続の降下艇が次々と艇体をきしらせて着地し、すべったり転がったりしながら台地の急斜面に激突している。あの台地は、ぼくたちにとって安全な聖域になるはずだった。墓場もある、文字どおりの聖域になったらしい。

遠くの一連の爆発音が台地に反響した。壊れていない降下艇の天井にしかけてある爆薬の音だ。割れた艇室から兵士たちが続々と飛び出し、ぼくたちと同じ周辺地域を守りはじめた。

ぼくは舞い上がった塵と、裂けてねじれたぼくたちの艇のそばを駆けまわる衛生兵たちの姿を透かして、その向こうを見つめた。動くものはない。

ぼくは機関銃の弾帯を手さぐりし、隣の箱が開いて装塡可能な状態であることを確認すると、マンチキンに言った。

「ぼくは降下艇に戻る」

「誰も許可してないわよ」

「あそこにプーさんがいる」

「持ち場を離れたら、脱走になるわ」

「五十メートルしか離れてない！」ぼくはもがいて立ち上がり、背負った装備をおろすと、敵の砲火をかわすために身をかがめて走った。敵なんか、いなかった。ガニメデは宇宙から見たときと同じく、音も動きもない岩のかたまりだ。

台地に近づくと、すでに衛生兵たちが降下艇三号の残骸によじのぼっていた。操縦室を切り裂く電気のこぎりの音が聞こえた。

「こっちにも貸してくれ！」ぼくは手を振って叫んだ。

ぼくたちの降下艇一号の操縦室のすぐ後ろにある艇室は押しつぶされていた。なかに入れない。

「プーさん？」

返事はない。

ぼくは積もった石の山をよじのぼり、操縦室の屋根の上方に立った。屋根に緊急脱出ハッチがある。ぼくが立っている石の山の下あたりだ。

ぼくは石を取りのけ、掘った。何時間も作業したような気がする。やがて、小石を払いのけると、艇体に書いてある赤い文字が現われた——〝脱出ハッチ〟。

衝撃で、ハッチはオレンジの皮をむいたかのように、めくれていた。

「プーさん？」

なんの物音もしない。胃がよじれそうに痛んだ。

命を捨てても、この暗い穴のなかに入らなければならない。だが、ぼくはここに近づいていい立場ではない。かがんで、なかをのぞいた。真っ暗で何も見えない。

頭を振り立てて暗視ゴーグルをおろし、見えてくるまで何秒か待った。

右手の副操縦士の上のハッチが開いている。副操縦士の席があったことを示すものは、床のボルトだけだ。

あたりを見まわすと、副操縦士が座席ごと風防に張りついて、つぶれていた。息がある可能性はまったくない。

左側のプーさんの席を、自分の目で見られそうもない。ぼくは目を閉じて息を止め、その方向へ顔を向けて目を開けた。

操縦士席はボルトで床に固定されていた。プーさんはハーネスで座席に固定されたまま、目を閉じている。眠っているかのようだ。

「プーさん？」

ピクリとも動かない。

ぼくは手袋をはずしてプーさんのフライトスーツのファスナーをおろし、喉に指を当てて脈を探った。

探るまでもなかった。

プーさんの喉は冷えきっていた。脈もない。

降下艇で死ぬ者がいるとしたら、ぼくだったはずだ。絶対にプーさんじゃない。パイロットのプーさんが死ぬはずはない。

「なかに誰か、生きてる者はいるか？」外から声がかかった。

いないよ。ぼくたち三人だけだ。

上から手が伸びてきて、ぼくをプーさんから引き離した。

「ちょっとどいて、おれたちに仕事をさせてくれ」

しばらくしてプーさんが外に運び出されると、ぼくはその横の塵の上にすわり、両膝に肘をついた。

「首がきれいに折れている。何も感じないで死んだよ」と、誰かの声。

ぼくも同じだ。何も感じない。

「こっちの男はどうする？」

「無理だ。メチャクチャになっている」

誰かの手が、ぼくの肩をピシャリと叩いた。

「おい、兵士！」

振り向くと、別の小隊の軍曹がいた。

「立て！」と、軍曹。

「もう少し待ってやってください。死んだパイロットと親しかったんです」と、マンチキンの声。

「時間がない。立って動かなければ、すぐにこのパイロットと同じ目にあうぞ」

マンチキンがぼくをつついて立ち上がらせた。

「軍曹の言うとおりだよ、ジェイソン」と、アリ。マンチキンの隣に立っている。

周囲には大勢の負傷者が横たえられ、不ぞろいな列が何本もできていた。衛生兵たちが負傷者のあいだをせわしなく動きまわっている。負傷者の多くは、額《ひたい》にモルヒネを表わす〝M〟のしるしがついていた。手のほどこしようがない者だ。

二人の衛生兵が、ぼくたちのそばに担架を置いた。負傷者の両脚は空気副木《エア・スプリント》におおわれている。フライトスーツはプーさんのと同じだが、袖章には〝降下艇三号〟とある。ぼくたちの真上を通り過ぎて、台地に衝突した艇のパイロットだ。

三号のパイロットは頭の向きを変え、薬でかすんだ目でプーさんを見た。

「プーさんは、どうやって着陸させたんだろう？」と、パイロット。両手を飛行機のように胸の上で動かした。「最初に着陸した工兵隊の艇は消えたのに」

アリがささやいた。

「今、ジービーが着陸地点の上を飛んで調べてる。ぼくたちが着陸するはずだった溶岩の平原は、溶岩じゃなかった。積もった火山灰だ。工兵隊の艇は煉瓦《れんが》みたいに沈んだ」

「なかの連中は？」

「ジービーの磁力計で見ると、艇は六十メートル下まで沈んでる」

着陸と同時に、早くも四百人の兵士が生き埋めになった。

降下艇三号のパイロットは、プーさんを見つめたままモゴモゴと言った。

「プーさんは工兵隊の艇が沈むのを見て、着陸地点を飛び越し、台地へ向かった。艇首がつぶれることはわかってたが、艇室は救える。兵士たちにチャンスを与えたんだ」頭を振った。

「おれもついていこうとしたが、プーさんみたいに艇をあやつれる者はいない」

プーさんはあやつった。

あたりを見まわして数えてみると、台地のふもとに一・五キロにわたって十六隻の降下艇が墜落していた。どれも、ぼくたちの艇と同じように艇首がつぶれ、まわりで兵士たちが艇体を掘り出して負傷者を救出している。

ほかのパイロットたちは、降下艇三号より何秒かよけいに考える時間があったのだろう。プーさんの先導にしたがって飛び、自分を犠牲にして兵士たちを救った。プーさんは一瞬のうちに、数千人を救うために自分の命を捨てる決心をした。

プーさんは、ぼくが〝何かバカげた気高いことをして死ぬ〟と言ってたのに。ぼくはゴーグルごしに、涙でくもった目でプーさんを見おろした。

マンチキンがぼくの手を取って振り向かせ、無理やり目を合わせた。

「日が沈まないうちにプーさんを葬ってあげるべきだわ。イスラム教のやりかたよ」

ぼくたちが着陸したのは、ガニメデの長い自転周期では夜明けに相当する時刻だった。ハワード先生のチームの天体気象学者たちの予想では、ガニメデの〝昼〟は穏やかだが、〝夜〟に近づくにつれて冷えた大気が収縮し、風が起こる。

アリとマンチキンとぼくがプーさんの上に石を積み上げたとき、風とともに塵が吹きつけてきた。マンチキンはアラビア語でなにごとか言い、プーさんの墓に白バラを置いた。降下艇に乗る前にメッツガーからもらったバラだ。アリはヘブライ語で祈りを捧げた。ぼくは泣いた。

ガニメデでぼくが出席した葬式は、これが最後だった。

ほかの葬式には出席する時間がなかった。

33

プーさんことプリシラ・ハートの墓より三百メートル上に登ると、ガニメデ派遣軍の惨状がはっきり見えた。ぼくたち本部大隊の生き残りは先頭に立って、降下艇が衝突した台地の急斜面を登った。

ぼくは重い身体を引きずってゴッゴツした岩を登り、大きく息をつくと振り返った。重力は小さく、人工酸素も吸っているが、これは重労働だ。背中の荷物は乾燥機ほどの大きさがあるし、まるでエベレストの頂上にいるかのように空気が薄い。

アリ・クラインの脳とリンクしているジービーが斥候として前方を飛び、危険からぼくたちを守ってくれている。後方からは、ガニメデ派遣軍の生き残りが列をなして登ってくる。

斜面のふもとには壊れた降下艇と死体が散乱し、その向こうに平原が広がっている。この平原は、クレーターの縁《へり》まで三十キロあまりも続く砂地獄だ。着陸地点《L》アルファ《Z》は、ガニメデでも岩の多い地域にある。ここに氷はない。風に吹き上げられた塵《ちり》を通して、クレーターの縁の向こうに浮かぶ血のように赤い三日月形の木星が見えた。風は強くなる一方だ。

ぼくはマンチキンに手を貸して引っ張り上げ、次にコッブ少将に手を貸した。少将も荒い息をつきながら振り返り、ぼくの視線を追った。眼下の斜面に張りついた無数の黒い点は、ふもとから登ってくる生き残りの兵士たちだ。

コッブ少将は立ったまま、ヘルメットの戦場認識単眼鏡をおろしてのぞいてから、もとどおりしまった。指揮官用ヘルメットのヘッドアップ・ディスプレイは、部隊全体はもとより兵士個人の位置まで示す。空中を飛びつづけるジービーのおかげだ。少将のイヤピースも、死傷者の報告から夕食の献立まで、あらゆる情報を伝えている。

コッブ少将は両手を腰に置き、頭を振った。

「砂地獄にのみこまれた最初の艇で犠牲になったのは、四百人の優秀な兵だけではない。車両や重火器も沈んだ。われわれは自分が背負っているものだけを使って、任務を完了しなければならない」

任務を完了？　不可能だ。

最初に降下した艇のほかにも、三隻が砂地獄に沈んだ。着陸に失敗したほかの艇でも犠牲者が出て、すでに部隊の四分の一が失われた。

肩ごしに斜面の上を見た。ぼくたちがひと休みしている岩棚の六百メートル上に、ギザギザした灰色の頂上がそびえている。険しい岩山のあちこちに見える黒いしみは、洞窟の入口だ。身を隠すものもない平地にとどまるよりは、台地の急斜面を登るほうがいい。この台地は、中世の城のように完璧な防御陣地になる。

だが、ぼくたちの任務は攻撃であって防御じゃない。ぼくたちはナメクジどもの人類抹殺能力を調べて叩きつぶすために、四億八千万キロもの距離を旅してきた。それなのに、ガニメデの不毛な岩場で、横断不能な砂地獄に囲まれ、身動きがとれなくなってしまった。ナメクジどもは、ぼくたちがここに着陸したことを知っても、ほうっておけばいい。ぼくたちはコロラドの山中にいるのと同様、なんの手出しもできないのだから。

ぼくは咳払《せきばら》いして言った。

「閣下、ぼくたちは失敗したんでしょうか？」

コップ少将は肩をすくめた。

「戦いは計画どおりにはいかないものだ、ジェイソン」

「はい、閣下。ぼくたちは全員、閣下を信頼しています。何をすべきか、指示を出してください」

少将は頭を傾けた。

「指示？　ジョージ・パットンは、具体的な指示はするなと言った。達成すべきことを伝え、部下の創意工夫に驚かせてもらえと」

強風が吹きつけ、全員がよろめいた。八十四時間の昼の終わりに風が強くなるという天体気象学者たちの予測が当たったようだ。十五メートル離れた場所で、戦闘工兵たちがシェルターを造るためにファイバーグラスのパネルを岩の上に置き、パネルを接着させるエポキシ樹脂のスプレーを一カ所に集めていた。テントは使いものにならなかっただろう。風を差し引いても、すでに寒さは最悪のレベルだ。とにかく、立案者たちの想定のひとつは正しかった。

またしても強風が吹きつけ、少将がぼくとマンチキンにぶつかってきて、ぼくたち三人は重なり合って倒れた。見ると、風に飛ばされた一枚のパネルが、岩の上を跳ねながら向かってくる。ぼくは少将とマンチキンの上にすばやくおおいかぶさり、猛牛のような勢いで飛んでくるパネルを背中で受けた。

工兵たちの様子をうかがうと、ぼくたちと同じように地面にはいつくばっている。ファイバーグラスのパネルは風に飛ばされ、一枚も残っていない。ぼくは首をひねって斜面の端を見た。一人の兵士が頂上までたどりつき、よろよろと立ち上がったかと思うと、背負った荷物に強風を受けて後ろにひっくり返り、姿を消した。

ガニメデの夜間の嵐の風速は、時速百三十キロと想定されていた。だが、まだ夕暮れだというのに、ぼくたちはすでに時速百五十キロ以上の強風に揺さぶられている。

塵が吹きつけるなかを、一人の工兵がはって近づいてくると、コッブ少将の耳もとで叫んだ。

「閣下、事態は最悪です。たとえシェルターを組み立てられても、この風には耐えられないでしょう。そもそも組み立て作業自体が無理です」

いちど斜面の頂上まで登ったハワード・ヒブル少佐とアリが、はってコッブ少将に近づいた。ハワード先生が上の斜面を指さした。

「ここの地層には、いくつか洞窟があります」

「大隊が入れる大きさの洞窟をジービーが見つけました、閣下」と、アリ。叫び声だ。

少将はうなずいた。

「よし。全員に伝えろ」

一時間後、ガニメデの荒れ狂う夜の嵐で、さらに二百人の兵が失われた。残った者は洞窟ごとに分かれ、環状に並んだ洞窟に入って身を寄せ合った。ハワード先生がひきいる天体気象学者たちの計測では、外の風速は時速三百二十キロだ。はじめて足を踏み入れた天体での第一夜を、ガニメデ派遣軍は身をひそめて過ごした。

本部大隊の洞窟は、高さが五、六メートルで天井が丸く、入口から五十メートルくらい奥までクネクネと続いている。ぼくは途中の壁面に天井の低い横穴を見つけ、そこに寝袋を広げた。コップ少将、マンチキン、ハワード先生、アリ、ぼくの五人が横になれる広さだ。ガニメデに木があったとしても、大気中に酸素がほとんどないから、キャンプファイヤーは問題外だが、五人でかたまっていれば寒さをしのげるかもしれない。

ハワード先生と一人の工兵が、寝そべって身を寄せ合ったり冷たい携行食や鎮静剤をあさったりしている兵士たちをまたぎ越しながら、洞窟のいちばん広い空間をうろついていた。陸軍は〈プロザック2〉を使ったぼくを追い出そうとしたくせに、昼間の八十四時間を眠くならずに過ごせるよう興奮剤を……長い夜は落ち着いて眠れるよう鎮静剤を支給している。ハワード先生と工兵は天井や壁を調べているようだ。岩にはクモの巣のように割れ目が走っていた。

二人はぼくたちの横穴にやってきて、話しはじめた。

「火成岩です。角礫岩化《かくれきがんか》しているものの、安定しています」と、工兵。

ぼくはハワード先生に向かって両眉を上げた。

ハワード先生は壁を叩いて説明した。割れ目は指二本分の幅がある。

「天井は崩れないという意味だ」

何かが気になった。だが、ファイバーグラスのパネルが当たった背中がズキズキ痛み、疲れきっていて、まともに頭が働かない。

部隊はそれぞれの洞窟の入口に見張りを置いたが、外が嵐なので、ナメクジどもの襲来はないだろうと踏んでいた。

疲れきったぼくたち四人が横穴で丸くなっているあいだ、コップ少将は洞窟内を巡回して個々の兵士を見てまわり、装備を確かめ、指揮官たちと計画手順を確認しあった。少将の年齢の半分にも満たないぼくは、少将と同じ荷物を運びながら同じ地形を進んだのに、捻挫《ねんざ》とすり傷で動けなかった。

ハワード先生は足を組んでぼくの横にすわり、チョコレートをぼくにすすめると、自分はニコチン・ガムの包みを開いた。酸素がないとタバコも吸えない。

「すまない、ジェイソン」

ぼくはうなずいた。疲労で感情が鈍っている。悲しみもだ。むしろ、ぼくが無意識に悲しみを閉め出したのかもしれない。

「ハワード先生、ナメクジどもは、ぼくたちを死ぬまでここにほうっておくでしょうか？」

先生はガムを嚙《か》みながら答えた。

「それはないだろう。敵とは四億八千万キロの距離を置きたいと思っている連中だ。われわれは連中にとって脅威だ」

「ナメクジどもは飛べないんですよね？　ぼくたちが敵に近づけないなら、連中だってこっちに接近できないでしょう？」

先生は肩をすくめた。

「連中の能力や戦術については何もわかっていない。わかっているのは、連中が躊躇《ちゅうちょ》なく自分を犠牲にするということだ」

何年ものあいだ、ナメクジどもは船ごと地球に突っこんできた。

「なぜ、そんなことをするんでしょう？」

「ナメクジどもは〝連中〟ではなく、単独の生き物かもしれん。バラバラの個体と見えるものは、ひとつの有機体を構成する一部にすぎないんじゃないかな。一匹の巨大ナメクジ全体から見れば、分離している各部分が死んでも、痛くもかゆくもないんだろう。人間で言えば、切り落とした爪みたいなものだろうか」混乱のさなかでも教授らしさを失わないことが、先生の仕事だった。さいわい、それは先生個人の持って生まれた性質でもある。

コップ少将がぼくたちのそばにすわった。関節がきしんだに違いない。

「その説が正しいとすると、ヒブル、すべてを考えなおさなければならないぞ。われわれは兵力を温存する。兵を死なせないためというより、何よりも供給源がかぎられているからだ」

ぼくは急に、敵についての考察に興味を失った。まぶたが重い。この一日でエネルギーを使い果たし、プーさんの死さえ、かすかな鈍い痛みとしか感じられない。どの部隊も、そうだろう。気の毒なのは見張りを命じられた連中だ。強風と寒気のそばでじっとしたまま、誰もあえて進まなそうな暗闇をむなしく見つめなければならない。

ぼくは寝袋に入るとファスナーを上げて仰向けになり、天井の割れ目を数えながら眠りに落ちた。鎮静剤は飲まなかった。断続的な眠りでも、薬に頼るよりましだ。いちど薬で失敗したから、つい臆病になる。

昼間にあれだけの惨事を経験したにもかかわらず、何かを見落としているという思いが消えなかった。これからもっと悪いことが起こるぞ、という。

夢で、ぼくはまたナメクジどもの発射物内部の曲がりくねった通路にいた。死に物狂いで手足を動かして進み、指二本分の幅しかない通風口らしきものに何度も爪先や指を引っかけた。角《かど》を曲がるたびに、どこからともなく不定形のナメクジどもが現われ、のたうちながら向かってくる。

暗闇のなか、ぼくはかすかに反響するいびきの音で、目が覚めかけた。

別の音も聞こえる。

ボトッ。ボトッ。

大きな雨だれのような音だ。ぼくは暗視ゴーグルをおろし、周囲が見えてくるのを待った。

ぼくたちのいる低い横穴の外の広い空間で、天井から雨が漏《も》れ、ゆっくりと滴《したた》っている。そういえば、ガニメデには水があると宇宙地質学者たちが言ってたっけ。

巨大な雨だれだ。上の岩の割れ目からしみ出て、薬で眠りこんでいる兵士たちの仰向けの顔に落ちる。それでも兵士たちは目を覚まさず、動かない。

奇妙な光景だ。

ぼくは寝袋のなかで丸くなった。戦闘服の暖房機能は作動してるのか？ ここは零下二十三度だぞ。

そのとき、全身にショックが走った――零下二十三度では雨なんか降らない！

いっきに興奮し、目が覚めた。頭を振って、もういちどヘルメットのゴーグルをおろした。ナメクジどもだ！

何百という不定形のナメクジが、天井や壁の割れ目からしみ出ていた。割れ目の大きさは、発射物内の壁にあった――ぼくが通風口と間違えた――ドアの幅とちょうど同じくらいだ。

タコが次々と三センチの岩の割れ目から出てくるホロ映画の一場面を思い出した。もう間違いない。

頭の足りない人類がガニメデのどこに着陸するかは、明らかだ。クレーターの底の火山灰に沈まなかった人類が、どこで夜の嵐を避けるかなんて、わかりきってる。おまけに見張りは外の闇に目を向け、洞窟内の音には気づかない。

うかつにも、ぼくたちが入りこんだのは巨大で完璧な待ち伏せの場だった。振り返ると、ナメクジがロープのように天井から垂れさがり、マンチキンの顔に降りようとしていた。

「クソったれ！」ぼくは寝袋のファスナーを開けて飛び出し、マンチキンに向かって突進した。

顔におおいかぶさったナメクジに鼻と口をふさがれ、マンチキンは手足をばたつかせた。悲鳴もくぐもって、隣で眠るアリの耳には届かない。

ぼくはナメクジに跳びついてマンチキンから引きはがし、転がっていた石で叩きのめした。マンチキンはあえぎながら上体を起こし、両手で顔をこすった。

ぼくはライフルをつかみ、天井からしみ出てくる緑のふくらみを狙撃しはじめた。撃ちながら、寝ている兵士たちのあいだを走りまわり、張りついたナメクジを蹴りはがして「起きろ！」とわめいた。

たえまない銃声が岩壁に反響した。いがらっぽい銃の煙が洞窟に充満し、あたりは真っ白にくもった。戦いが数分で終わるのか数時間かかるのか、見当もつかない。

手持ちの弾薬数より、岩からしみ出るナメクジのほうが多い。

大半の兵士は身動きもしなかった。ナメクジどもは、ぼくが目を覚ます何時間も前から仕事をしていたに違いない。

ぼくは、広い空間の脇にある自分の横穴に戻った。

少将はピストルを、マンチキンとアリとハワード先生はライフルを連射している。

洞窟は静まり、少数の負傷者のすすり泣きしか聞こえなくなった。

アリたちは兵士たちの死体の後ろにひざまずいた。アリが煙の出ている銃の装塡レバーを引き戻した。

「弾切《たまぎ》れだ、ジェイソン」

ぼくは広い空間を振り返った。死んでいないナメクジ型異星人が百体ほど、のたうちながら迫ってくる。このままでは、みな窒息させられるばかりだ。

ふと、胸にかかる負い革に気づいた。手榴弾がある。洞窟内で使えば、仲間も全滅だ。しかし……。

ぼくは、足もとに転がっている兵士の死体をまたぐと、その死体を横穴の入口まで引きずってゆき、アリの前の死体の上に積み上げた。

アリがぼくを見た。

「あっちのケガ人たちは生きてるぞ、ジェイソン」

「どのみち、助からない」

アリは唇を引き結んでうなずき、パッと立ち上がると、別の死体を運んだ。数秒で死体のバリケードができあがった。

ぼくはバリケードを跳び越え、転がって横穴に入ると、四人の仲間のそばにしゃがんだ。

コッブ少将がうなずき、ぼくたちは全員、胸の負い革から手榴弾をもぎ取った。ぼくは自分の手榴弾を見つめたまま、動けなくなった。

手榴弾で死んだウォルター・ローレンゼンの目が、脳裏によみがえった。

「ジェイソン！」マンチキンがぼくの頬を引っぱたき、自分の手榴弾のピンを抜くと、仲間の死体でできたバリケードの向こうへ投げた。

爆音がとどろき、飛び散る金属片がヒューッと音を立てた。まるでバカでかい蚊の羽音のようだ。ぼくたち五人は手榴弾がなくなるまでバリケードの向こうへ投げつづけた。

轟音の反響がやんだ。聞こえるのは自分たちの荒い息と、洞窟の外で吹き荒れる風の音だけだ。

ぼくは立ち上がり、ぼくたちを守って切り刻まれた死体の向こう側をのぞいた。手袋がズルッと血ですべった。

何百もの引き裂かれた人間の死体の上に、ズタズタになったナメクジどもの死骸が積み重なっていた。動いているのは血だまりと、ねっとりした異星人の体液だけだ。どちらも数秒で凍った。

本部大隊で生き残ったのは、ぼくたち五人だけ。ほかの洞窟も同じように襲撃されたとすれば、生き残りは一万人のなかで五人しかいないかもしれない。

ぼくは顔をそむけ、へたりこんで膝をつき、嘔吐した。

コップ少将がぼくの隣に膝をついてしゃがみ、片手でぼくの肩を支えた。

ぼくの口から垂れたよだれが糸状に凍り、視界が涙でぼやけた。

「こんなの、ぼくには無理だ」

「きみは立派に仕事をこなした。〝そのうち慣れる〟と言ってやれるといいんだが」

もちろん、慣れはしなかった。

34

静かな夜明けが迫るなか、ガニメデ派遣軍はみずからを励まし、新たな一日を生きのびるべく奮闘を始めた。

コップ少将は本部大隊の兵士たちの墓となった洞窟の外で、塵《ちり》の上にひざまずき、平らな岩の上に再生したスーツケース大のホロ地図に片手を置いた。前回ぼくが警備した参謀会議は、磨きこまれた合成木材の会議テーブルを囲んで行なわれ、当番兵がコーヒーを注《つ》いでまわった。本当なら、今日の会議の警備はマンチキンの担当だが、マンチキンは岩の陰にうずくまって吐いている。

ガニメデ派遣軍の参謀たちはいびつな円を作って司令官を囲み、うなだれていた。ほとんどの者が、昇進した新しい階級の襟章をつけている。いちばん近い昇進委員会は四億八千万キロのかなたにあるので、ガニメデ派遣軍はその種の規則を合理化していた。参謀の一人はもとから本部大隊にいた大佐で、片手に巻いた野戦用包帯が凍った血でこわばっている。大佐が助かったのは、ひとえに本部大隊を離れて前線旅団の洞窟で装備を確認していたおかげだ。大佐の部下たちは、ぼくたちの洞窟で死んだ。生き残った大佐は顔を伏せ、一緒に死にたかったと思っているかのようだ。

ほかの部隊の昇進した下級士官たちは、ヘルメットを斜めにかぶり、軍服のジャケットのボタンをはずしたまま立っていた。ほとんどが、昨夜はじめて実戦を経験した者たちだ。そして敗北を味わった。

少将が全員を見まわした。

「まず、服装を整えろ」

みな、ぼんやりと少将を見つめた。

「さあ、諸君！　負け犬のような格好では、負け犬のような戦いかたしかできないぞ」

昇進したての少佐や大尉たちはすばやく反応し、軍服を整えて背筋を伸ばした。ぼくは軍服のポケットのボタンをとめ、ゆるんでいた負い革を引きしめた。すると、なぜか、気分がしゃんとした。まわりの者たちの目に輝きが戻っている。

コップ少将はうなずき、一人の大佐代行にたずねた。

「死傷者数は？」

大佐代行は、すぐには答えなかった。本来は少佐で、師団の作戦士官の経験がない。

「最大の被害が出たのは本部大隊です。しかし、同程度の被害を受けた洞窟もいくつかあります。わたしの大隊は——」

「人数を言え、ケン」

「任務遂行が可能なのは四千人です」

一日で六割が死んだとは！　ぼくは思わず一歩あとずさった。

一瞬、コッブ少将は肩を落としたようだ。少将は大佐代行を指さして命じた。

「配置転換を行ない、部隊を立てなおせ。大隊をいくつか解体する必要がある。少人数が広範囲に分散するが、しかたがない。攻撃は、防御陣地を確保してから考える」少将はうなずき、ハワード・ヒブル少佐に顔を向けた。

ハワード先生の軍服は、まだ洗っていない洗濯物のなかから引っ張り出してきたように見えた。いつものことだ。

「ヒブル、もう急襲が効かないとしたら、連中はわれわれをほうっておくだろうか？」

ハワード先生は顔をしかめ、息を吐いた。

「それはないでしょう。あれは脅威を認識します」

「あれ？」

「わたしの作業仮説では、あの有機体は物理的には個体でも、単独の脳を持つ生命体の一部だとしています。昨夜の戦いで、その可能性がますます大きくなりました。ナメクジ型異星人の個体は人間の毛髪と同じようなものです。成長しますが、考えたり恐れたりはしません」

「では、どんな計画を立てればいい？」

「正面攻撃です。容赦のない大規模攻撃」

「従来の戦法のほうが、手ごわい印象を与えられるんじゃないか？　武装した兵士ひとりで、何百ものナメクジを片づけられる」

「われわれは今まで、ナメクジどもを見くびってきました。ジェイソン・ワンダーは例の発射物のなかでナメクジどもと戦ったときに、敵の個別の武器や鎧《よろい》らしきものを目撃しています。昨夜のナメクジは、武器も鎧もなしで急襲してきました。こんな割れ目では使えないからです。敵もいろいろな戦術を使うと考えたほうがいいでしょう。連中は戦士です」

「連中が飛べないという想定は、まだ有効か？」

「今のところ、飛ぶという証拠は見つかっていません」

コップ少将はホロ地図を指さしてうなずいた。

「わかった。平原からの攻撃に備えて防備を固める。連中はあの砂地獄の上を移動できると考えるべきだろう。なんといっても、この洞窟に入りこんだんだからな」

十五メートル離れた場所で、四人の工兵がパネルとエポキシ樹脂でシェルターを組み立てようとしていた。たとえ完成しても、夕暮れに強風が吹きはじめたらマック寿司の包み紙みたいに飛ばされるだろう。

少将はハワード先生を振り返った。

「この洞窟内は安全だろうか？　割れ目の奥に、まだ不定形のナメクジどもがひしめいているんじゃないか？」

安全に眠れる場所がないなんて、最悪だ。敵兵がぼくたちの防御陣地周辺に隠れているかもしれないなんて。

一対一で戦えば、ナメクジどもは人間にはかなわない。だが、敵は単独で戦う必要はない。想像もつかない大軍での襲撃も可能だから、ぼくたちが洞窟で休むのは危険だ。でも、吹きっさらしの地表にいれば翌朝まで持たない。

コップ少将は、本部大隊のほとんどの兵と無数のナメクジが葬られた洞窟を振り返り、あらためてハワード先生を見た。

「この洞窟をシェルターとして使えるようにしなければならない」

ハワード先生は細長いニコチン・ガムの包みを開いた。

「バケツの穴をガムでふさぐのとはわけが違いますよ、閣下」

無益な沈黙が続いた。ときおり、パネルにエポキシ樹脂を噴きつける工兵の悪態が聞こえる。

ぼくは咳払《せきばら》いした。

「閣下、なんとかなるかもしれません」

コップ少将がぼくを振り返った。

「本当か、ジェイソン？　何か考えがあるのか？」

ぼくは、すでに用済みになったエポキシ樹脂のスプレー缶をひとつ持ち上げた。エポキシ樹脂だけはたくさんある。どこかのマヌケな事務用コンピューターが、果物の代わりに航宙艦に送ってきたからだ。

「エポキシ樹脂ならゴマンとあります。樹脂は、岩にくっつくと一分で鋼鉄よりも硬くなります。ねぐらにする洞窟に、護衛をつけて工兵隊を送り、割れ目を全部ふさぎましょう。ナメクジどもが隠れていたとしても、出てこられなくなります」

ナメクジどもを生き埋めにしても、良心は少しも痛まない。

少将がハワード先生を振り返った。

「どう思う？」

ハワード先生は肩をすくめた。

「ほかに、いい案はないようです」

少将は小隊規模の大隊の指揮官となった中尉に合図し、エポキシ樹脂を噴霧する工兵たちを指さして「実行させろ！」と命じ、続いてマンチキンとぼくを指さした。「ほら、機関銃兵もいるから、同行させろ。わたしの護衛はいらない」

本当はナメクジだらけの洞窟になんか戻りたくない。どうして、ぼくは、いつもよけいな口出しばかりしてしまうのか？

一時間後、ぼくたち四十人は、夜中に逃げだした洞窟から二十メートル離れて地面に伏せた。夜のうちに、仲間の死体を洞窟から運び出すこともできたと思う。洞窟のなかに、生きたナメクジはほとんど――まったく――いなかったはずだ。だが、仲間の死体は洞窟内に置いたまま、各洞窟で従軍牧師が短い祈りを捧げ、工兵たちが爆薬で洞窟を崩した。

この洞窟の入口は両開きのドアくらいしかないが、最初にジービーが調べたときは、奥が広く、天井は低く、数百人が横になれる状態だった。

マンチキンは機関銃の銃床に頰を当てて、ぼくの隣に伏せている。ぼくたち二人は目を見開き、洞窟のなかに動くものはないかと探した。ぼくたちのそばに伏せたアリ・クラインは、目を閉じているが、ぼくたちよりもいろいろなものが見えている。

アリの分身ジービーが洞窟の入口をくぐりながら周囲の岩と同じ灰色に変わり、奥の暗闇に消えた。ジービーの防弾装備は完璧だが、アリは目を閉じていても気は抜いていない。あごをこわばらせ、こぶしを握りしめている。ジービーを閉ざされた空間に送れば、ジービーの〝命〟とアリの正気が危険にさらされるからだ。

ジービーは、自爆できる量の爆薬と発火装置を内蔵している。捕獲されて分解調査されるのを避けるためだ。人間の脳とリンクする偵察ロボットは新型の機種で、歴史が浅く、今までに破壊されたものも自爆したものもない。だが、ロボットがモデルチェンジするたびに、操縦者は喪失感をやわらげるために一ヵ月間、鎮静剤を与えられる。これを理解できない兵士たちは、ロボット操縦は腰抜けの仕事だとあざ笑う。ぼくは、そこまでバカじゃない。

ぼくは落ち着いていられず、すでに整理してあった弾帯をもういちど並べ替えた。

「クライン、なかに何がある？」イヤピースから雑音まじりに、いらだたしげな声が聞こえた。小隊規模の大隊を指揮する中尉だ。戦う兵士は全員が家族かもしれないが、どんな家族にもバカはいる。

「今のところ、敵の中隊規模の部隊を確認しています」と、アリ。

ぼくたちの三倍以上の数だ。同等の力を持つ敵とぶつかる場合、こちらの兵員が敵兵の三倍いることが望ましい。

アリは話を続けた。

「敵は、入口のすぐ奥の出っぱりや岩……丸石の陰に密集しています。鎧を着けて、それぞれ武器を持っていますが、地雷や罠は検知できません」

昨夜はナメクジ自身が武器になった。今度は、武器と防具を備えた相手との擬似正面衝突になる。敵は狭い入口でぼくたちを銃撃してから後退し、奥の広間に誘いこんで本格的に銃弾を浴びせるつもりだろう。

「了解。擲弾兵《Gメン》、二分で準備しろ」

中尉はバカかもしれないが、戦術はまともだ。大砲は積もった火山灰の六十メートル下に埋まったが、使えたとしても、砲撃すれば洞窟が壊れるかもしれない。ぼくたちは新しいねぐらの害虫を駆除したいだけだ。敵の巣穴を浄化するには火炎放射器が最適だが、ガニメデでは何も燃えないので使えない。

そうなると、歩兵の得意な汚れ仕事に頼るしかない。統制のとれた、選択的な暴力の出番だ。

各分隊には、連発式の擲弾《てきだん》発射装置を扱う二人の擲弾兵がいる。擲弾発射装置には円盤型の弾倉があり、旧連邦捜査局《FBI》の捜査官《Gメン》が使った一九〇〇年代初期のトンプソン短機関銃《トミーガン》に似ている。

数秒が過ぎた。

ポンッ。

弾丸は低重力のガニメデ向けに装薬を減らしたものを使う。軽い弾丸は、かすかな音とともに発射され、目で追えるほどのろのろと飛ぶ。一発の擲弾が弧《こ》を描いて洞窟に入った。擲弾発射装置は間接射撃兵器で、弾丸は射線の上に放物線を描く。野球で言えば、ライナーではなくフライだ。爆発はしなかった。この大隊でいちばん腕のいい擲弾兵が撃ちこんだのだから、測距用の弾丸だったに違いない。

さらに数秒が過ぎた。

「実射、開始！」

ポンッ。ポンッ。ポンッ。

ぼくたちの列の左右から、こぶし大の対人用擲弾が、テキサス・ヒットのように次々と弧を描いて飛んだ。一分間に八百発だ。

何も起こらない。ナメクジどもは、ぼくたちの爆発物を不発にすることもできるのか？

息を詰めていると、洞窟の暗闇に閃光が走り、連続する爆発音が重なって低いとどろきに変わった。ひとつひとつの爆音は小さいかもしれないが、地面の震動が腹に伝わってくる。

「うわっ！」マンチキンがささやいた。

「擲弾発射やめ！」と、中尉。

ぼくはアリを見た。アリはうなずき、目を閉じたまま報告した。

「まだ四十体ぐらいが動いてます」

助かった。同人数の対戦なら、ずいぶんましだ。紀元前の〈テルモピレーの戦い〉以前から歩兵隊がこなしてきた仕事をしなければならない。血で血を洗う白兵戦だ。

「偶数番号の分隊は前進しろ」

心臓が早鐘を打った。

ぼくたちの機関銃は第一分隊に属しているので、マンチキンはその場を動かず、ほかの兵士たちと一緒に洞窟に弾丸を撃ちこんだ。第二分隊と第四分隊が列を作って走り、前進してしゃがんだ。ぼくは三発ごとに赤い曳光弾を装填しておいた。マンチキンの撃つ弾はすべて、まっすぐ洞窟に入る。ほかの者たちは洞窟の入口に押し寄せたが、擲弾の破片と一緒に砕けた岩屑がすさまじい勢いで飛び散るので、第二分隊も第四部隊も地面に伏せた。

「射撃やめ！　奇数番号の分隊も前進しろ！」

機関銃には、すでに新しい弾帯を装填した。ぼくたちは第一分隊とともに立ち上がった。アリは後方にとどまる。ジービーをあやつれる唯一の人物だから、銃撃戦の危険はおかせない。アリは、あごの力を抜いていた。ジービーは擲弾の爆発で崩れた洞窟に閉じこめられもせず、飛び散った弾丸や破片にも当たらなかった。アリの正念場は終わった。ぼくたちの正念場はこれからだ。

マンチキンは銃の二脚架を銃身に沿ってたたみ、肩にかついだ。ぼくたちは匍匐《ほふく》前進して分隊の仲間と並んだ。二脚架を入れた銃の全長はマンチキンの身長くらいもあるが、マンチキンに銃口を向けられるナメクジの立場にはなりたくない。

また偶数番号と奇数番号の分隊が交互に前進し、ぼくたちの分隊が最初に洞窟に入った。入口のすぐ内側で前進をやめ、暗視ゴーグルを調整した。長い時間ではなかったものの、敵がぼくたちのシルエットを見てねらいをつけるには充分だった。

ぼくの右側のライフル兵の額《ひたい》に、敵の銃弾が命中した。ヘルメットは、かすめるように飛んでくる弾丸や直進してくる小口径の弾丸からは守ってくれるかもしれないが、敵の銃弾は大きく、高速だ。兵士の頭がもぎとられた。

ぼくがマンチキンを押し倒して洞窟の地面に突っ伏すと、次の瞬間、ぼくたちの上に首のない兵士の身体が倒れてきた。この兵士が誰で、どこへ向かっていたのか、考える時間はない。兵士の死体を押しのけると、ぼくたちの銃に動脈から噴き出た血がドクドクと降りかかり、ジューッと音がした。

マンチキンが撃ち返すと、ライフル兵を射殺したナメクジは丸石の陰に隠れた。ぼくたちにもう少し経験と体力があれば、洞窟の入口で立ちどまって敵に自分たちの位置を知られたりせず、すぐに腹ばいになっただろう。不注意な兵士は命を落とす。

敵を追いつめたが、大勢で突進するのは無理だ。敵の隠れている丸石の向こうまで行こうとすれば、前進方法がかぎられる。岩壁のあいだを一列になって通り抜けるしかない。敵は一日じゅう丸石の陰に陣取って、通り抜けようとする人間を一人ずつ狙撃すればいい。手榴弾を投げるには遠く、擲弾を撃ちこむには天井が低すぎる。ナメクジどもは数時間、ぼくたちが洞窟内に入るのを防げばいいだけだ。夜になれば、外のぼくたちは嵐で死ぬ。

「さて、お次は？」ぼくはつぶやいた。

マンチキンは標的を変更した。丸石の二メートル後方の岩壁をねらうと、親指で射撃モードを〝全自動〟に切り替え、二十発を撃ちこんだ。

「何を――」

すさまじい銃声が岩壁に反響し、撥《は》ね返った弾丸が洞窟内に降りそそいだ。半数は、撥ね返って丸石の陰に向かった。

銃声の反響がおさまった。

一体のナメクジが丸石の陰からボトリと出てきた。鎧はズタズタだ。M＝二〇ライフルの弾丸は小さく遅いので、撥ね返ったあとは敵の鎧を貫通できなかったが、M＝六〇機関銃の威力をかわせる者はいない。

ほかのナメクジどもが狭い狙撃の場に入りこまないうちに、ぼくたちは岩壁のあいだを通り抜けた。

「驚きだな！」と、ぼく。

「〈バンパー・プール〉（ポケットがふたつある小型の台で行なうビリヤードの一種。台の中央にいくつか杭があり、これに玉をぶつけて動かす戦法がとれる）よ」と、マンチキン。肩をすくめた。

ふたつの分隊がいちばん大きな洞窟に入ると、掃討戦になった。捕虜はとらなかった。怒りにまかせて皆殺しにしたのではなく、ナメクジどもが死ぬまで戦ったからだ。こっちの死者は二人だ。ナメクジどもとの銃撃戦では、ほとんど負傷者が出ない。連中の銃弾に当たると身体が粉砕される。

さらにふたつの洞窟を確保し、嵐が吹き荒れる夜のあいだ、なかで眠った。

翌朝、マンチキンとぼくはコップ少将の警護班としての仕事に戻った。少将は岩壁に背をもたせかけてすわり、参謀会議を開いた。

少将は、生き残った戦闘工兵部隊の指揮官を見あげた。本来は大佐の仕事だが、佐官がいなくなったので、やせた中尉が指揮をとっている。

少将はホロ地図の斜面に沿って指で円を描いた。ふもとからの高さが三百メートルの位置だ。

「きみ、爆薬を使って、台地を囲むように塹壕を掘れるか？」

「爆薬ならあります、閣下」と、中尉。

「取りかかってくれ」

中尉は敬礼し、駆け足でその場を離れた。

一時間後に最初の轟音が響き、工兵たちが岩を爆破して塹壕を造りはじめた。

さらに一時間後、マンチキンとぼくが本部用の塹壕を掘ろうと骨を折っていたとき、二人のメール器《チップボード》から同時に着信音が聞こえた。

命令を最後まで読まないうちに、マンチキンが目を丸くしてぼくを振り返った。

「あたしたち、また前線部隊に転属になったわ」

「あれだけ兵が減ったからな。コップ少将は自分の警護は必要ないと思ってる。陣地周辺の警備を優先させたいんだろう」

ぼくたちは装備をまとめ、銃と一万個の弾薬の重みに耐えながら、台地の斜面をグルリとまわって新しい部隊へ向かった。周辺地域では兵士たちが爆破で崩れた岩を掘り出し、塹壕造りに精を出している。この作業しだいで自分たちの生死が決まると、覚悟を決めているのだろう。

転属先の小隊が担当する前線区画が見つかった。

軍曹は降下艇内で死亡、小隊長は最初の夜に洞窟のなかで戦死し、この小隊の戦力は半分以下になっている。

「現在の小隊長はシカゴ出身の伍長だ。伍長は丸石の脇にしゃがみ、サーモカップからコーヒーを飲んでいた。凍らない程度の温度が保たれているらしい。伍長が顔を上げると、コーヒーが野戦用ジャケットの前部にこぼれた。伍長はジャケットにかかったコーヒーを拭き取ろうともしない。

「おまえたちだけか？　応援が二人？」と、伍長。ぼくたちの銃を見た。「銃は使えるよな」小隊の担当区画に沿って百メートル続く岩屑の山を指さした。「あそこで仕事にかかれ」

ぼくは周囲を見まわした。

「提案してもいいかな？」

伍長はマスクを引き下げ、無精ひげの生えたあごをかいた。

「ここは自由の国だ。誰も邪魔はしない」

この小隊の担当区画には、アメリカから突き出たフロリダ半島のように突出した尾根がある。

「あそこの突角部には防備が必要だ」

「バカ言え」伍長は顔をしかめた。突角部とは、戦線で大きく突き出た地域だ。そのような部分は前面からも両側面からも攻撃されうる。側面からの攻撃が成功すれば突角部は孤立し、包囲される。第二次世界大戦当時のドイツ軍参謀本部は、ベルギーのバストーニュの突角部に取り残された相手を攻撃した。〈バルジの戦い〉と呼ばれる戦闘で、あやうくドイツ軍が優勢になるところだった。突角部は敵の注意を引く。

突角部であろうとなかろうと、防御には正しいやりかたがある。

「きみたち――いや、ぼくたちの担当区画は、ほとんどが、よじのぼれない断崖だ」と、ぼく。「ただし、あの細い谷は別だ」指で示した。「あの谷から接近される可能性が高い。あそこに銃を持つ兵士を配備して、防御するべきだ」

伍長はだるそうに肩をすくめた。

「まかせる。おれはただの歩兵だ。新しい小隊長が来るはずだったが、まあ、いいか。どうせ、送られてくるのは、本部大隊の腰抜け下士官だったたからな」

野戦服の下で、前腕に鳥肌が立った。本部大隊でマンチキンとぼく以外に生き残ったのは、ハワード先生、アリ、コップ少将だけだ。

ぼくはチップボードを引っ張り出し、届いた命令の読み飛ばした個所を確認した。とたんに、荷物が五十キロ増えたような気がした――〝少尉代行として……即時有効で指揮権を与える〟。

ぼくはマンチキンを脇に引っぱってゆき、画面を見せてささやいた。

「こいつは入力ミスだ。四級特技下士官を小隊長に特昇させるわけがない。ぼくは二十一歳の歩兵だぞ」

「その歩兵を、コップ少将閣下がみずから小隊長に推薦したのよ。あんたならできるとわかってたから」

「きみがいるじゃないか。きみは機関銃兵としては、ぼくの上官だ」

「これは、あたし向きの仕事じゃないわ。マーチ判事は、あんたにリーダーの素質があると思ったのよ、ジェイソン。オード曹長も。これは間違いなく、あんたの運命よ」

ぼくは振り返った。運命だと？　バカな。でも、そのことは明日考えよう。

「ぼくは、どうすればいいんだ？」

「自分の仕事をしなさい」

ぼくは息を吸い、伍長を振り返った。

「ぼくはワンダーだ。本部から来た腰抜けだ」

伍長があきれてグルリと目玉をまわすんじゃないかと思った。予想は、はずれた。

「ああ、そうでしたか」伍長は直立して敬礼した。ガニメデ派遣軍は窮地にあるが、れっきとした兵士の集まりには違いない。「失礼しました、小隊長。知らなかったものですから」伍長はぼくを見つめて命令を待った。神さま、どうすればいいのか、教えてください――祈ったが、いつものように無視された。

ぼくは伍長のたるんだ負い革を引っぱった。

「まず、服装を整えろ。負け犬のような格好だと、負け犬みたいな戦いかたしかできないぞ」

「はい、小隊長」

一時間後、ぼくは伍長と一緒に担当区画を見てまわった。兵士たちに会い、数人を配置転換し、両隣の小隊長たちと情報を交換した。防備はまるでティッシュペーパーのように薄い。担当区画の中心部に戻った。マンチキンには中心部で仕事をしてもらう。射撃可能範囲を見わたせるが、空を背景に自分のシルエットが浮かび上がったりしない場所だ。ぼくが岩屑の積もった斜面を横歩きで近づいてゆくと、転がり落ちる石の音でマンチキンが振り返った。

「よう」

「ハイ」と、マンチキン。ぼくの襟の階級章に目をとめた。伍長が、死んだ小隊長から回収しておいたものだ。

「あのう……はい、小隊長」

ぼくは微笑した。

「準備はできたか？」

マンチキンは持ち場の細い谷にある照準器を指さした。〝谷〟といっても、地球の谷とは違う。ガニメデの地表には昔から水がなかったから、浸食されてできた地形ではない。どうやってできたにせよ、この谷は石ころだらけのじょうご形で、三百メートル下の平地からマンチキンのいる場所まで先細りに続いている。

マンチキンが斜面の下を指さした。ぼくの代わりにマンチキンと組む新しい装塡手が、石を放り投げて塚を造っている。標的までの距離の指標にするためだ。両隣のライフル兵の射撃範囲との境界を示す石塚もある。装塡手が振り向き、手袋をはめた親指と人差し指で輪を描いた。マンチキンが了解のしるしに手を振ると、装塡手はマンチキンのそばへ戻ろうと斜面を登りはじめた。

「準備ができたわ」と、マンチキン。

ぼくのイヤピースが音を立てた。無線通信器も、伍長が回収しておいた前任者のものだ。小型マイクは前任者の血のにおいがした。

「ジェイソンか？　こちらはコッブ少将だ」

上官との正しい無線通話手続きなんか、ぼくは知らない。

「はい、閣下」

「兵を的確に配置したようだな」と、少将。ぼくは、まだ小隊長用のヘッドアップ・ディスプレイに慣れていないので、自分の目で配置図を確認できない。だから、少将の言葉を信じることにした。しかし、二十五人のライフル兵をどこに配置したかを、司令官に見られていたのか？　鼓動が速まった。

「士気はどうだ？」と、少将の声。雑音まじりだ。

「昨夜は落ちこんでましたが、今はましになりました」

「そうであってほしい。もういちど同じ体験をするんだから」

「は？」

視野の隅に、空に浮かぶかすかな姿が映った。ジービーだ。緊張で、首筋の毛が逆立った。

ガニメデ派遣軍の唯一の偵察ロボットが、ぼくたちの頭上に静止している。コップ少将は、少将自身が判断力や対人能力の程度を知っている兵士を選んで、この部隊の責任者にした。抜擢されたぼくは今、指揮系統の中隊、大隊、旅団の指揮官を飛び越して、司令官と直接つながっている。

「閣下、面倒なことになりそうですか？」

「前方を見ろ」

35

ぼくはパッと顔を上げた。マンチキンが守る細い谷では、動くものは装塡手だけだ。もう二十メートル先まで近づいていて、斜面を登る音が聞こえる。ぼくはもっと広い範囲を見わたした。じょうご形の谷の、広い端……その向こうに広がる灰色の砂地獄。何もない。

いや。何キロも向こうの砂地獄の上に、細い影がある。

イヤピースからコップブ少将の声が聞こえた。

「見えるか？」

ぼくは右目の前に戦場認識単眼鏡をおろし、あごでレーザー・モニターのスイッチを入れた。標的にレーザーを照射し、スマート爆弾を正しく誘導する目印として使うものだが、高性能の双眼鏡にもなる。

ぼんやりした黒い影が見つかると、まばたきして焦点を合わせた。

最初、その影は、蛇行する何百万粒ものケシの種のように見えた。つやのある黒で、丸みを帯びている。

まばたきして倍率を上げた。予想はしていたが、胸がドキンと鳴った。

ナメクジどもだ。

まさしく足のないナメクジやカタツムリさながらの動きで、塵《ちり》の海をすべってくる。黒光りする鎧《よろい》に身を包んでいる。ぼくが連中の発射物のなかでつまずいた、トウモロコシの皮に似た形のものだ。カーブした刀のようにナメクジの身体を包み、二カ所だけ露出させている。露出した緑の楕円形の頭部にはヘルメット状のバイザーが固定され、下半身の左側から一本の触手が突き出ていた。もっともハワード先生ひきいる専門家チームの変人たちは、触手ではなく偽足と呼ぶ。どの戦士の触手の先にも、ぼくも発射物内部で使った、曲がった剣のような武器と同じ形のものがある。洞窟で戦ったナメクジどもとまったく同じ形の個体だが、今回は地平線の向こうまで続く列を作っていた。

チラリとマンチキンを見ると、ぼくにならってレーザー・モニターをのぞいていた。アラビア語で何かつぶやいた。

ぼくのイヤピースが低い音を発した。

「ジェイソン、どうだ？」

「見えます、閣下」敵の隊列が塵を巻き上げ、かなりの速度で近づいてくる。この高さからだと、台地に向かってくるということしかわからない。「敵は、どこをめざしているとお考えですか？」

「きみの部隊が担当する突角部だ。きみの頭上にいる偵察ロボットの報告では、敵兵の数は五万だ」

五万体を二十五人で迎え撃つ。二十五人だ――二万五千人じゃない。弾丸がすべて命中しても数千体が生き残り、ぼくたちは弾丸が尽きたときに最期を迎える。

驚きはしないが、胃が痛んだ。全身が震え、レーザー・モニター画面上の突進してくるナメクジの映像がぼやけて見えた。

「ジェイソン、二十分後に居残り組が小火器の射程に入る」

「居残り組？」

「軌道上の〈ホープ〉だ。十五分後に射撃位置に来る」

ぼくはあっけにとられてレーザー・モニター画面を見つめた。ああ、そうだ。火力支援という手があったっけ。

何キロも上空を飛ぶ〈ホープ〉は、まだ地平線の向こうにいるが、ぼくは空を見つめた。いつもと同じく、メッツガーは文字どおり戦いを見おろしながら、ボタンひとつで状況を好転させられるよう待機している。

「ジェイソン、きみの音声回線を直接、〈ホープ〉の射撃統制回線につなぐぞ。思い知らせてやれ、ぼうず」

通信音声が消え、ぼくは前進するナメクジどもに集中した。注意を喚起しようと、自分の小隊の回線に切り替えた。

「――百万体はいるぞ、絶対」

「誰か、余分の弾丸を持ってないか？」

どちらも震えてはいるが、しっかりした声だ。

ぼくは射撃統制回線に戻した。手順を思い出せますように。

「こちら射撃統制。どうぞ」

「射撃任務だ。どうぞ」と、ぼく。

「射撃任務、了解」

「標的は、平原にいる軍勢。座標は……」ぼくは何キロも続くナメクジの隊列にレーザー・モニターを合わせ、画面の赤い数字を見た。数字はたえず変化して、静止する様子がない。

「クソッ！　あの場所全体だ！」いったん口をつぐんだ。「どうぞ」

「レーザー・モニターを標的に沿って上下に動かしてください。あとは、こっちが腕をふるいます」野戦砲兵隊の出番はめったにない。だが、連中はぼくたちと同じく戦闘兵器を扱う部隊で、誇りを持っている。

ナメクジどもはかなり接近し、拡大しなくても個体を認識できた。

どこかで雷が鳴った。

ぼくは、もういちどレーザー・モニターを見た。雷じゃない。ナメクジどもが前進しながら、いっせいに武器を鎧に打ちつけている。その音がゴロゴロと響きわたっていた。

呼吸を合わせるためだろうか？　敵を震え上がらせるためかもしれない。

少なくとも二番目の目的は効果を上げている。

隊列のなかのナメクジ数体が武器を発射した。洞窟で捕まえたナメクジをハワード先生のチームが調べたが、敵の武器は磁力式スリング・ショットだという。まあ、どうでもいいけど。

敵の弾丸はどれも砂地獄に落ち、噴水のように塵の柱を上げた。

ぼくは首を伸ばして空を見た。いったい、〈ホープ〉はどこにいるんだ？

パンッ――パンッ――パンッ。

ぼくは驚いて飛び上がった。隣でマンチキンが地面に伏せ、ライフルの銃床に頬を当てていた。銃身から煙が立ちのぼっている。続けて三発だけ発射した。

下ではナメクジどもが発砲を繰り返し、じょうご形の谷の土台部から噴き上がる塵の柱が刻々と近づいてくる。

もういちど空を見ると、ゆっくりと動く銀色の点が見えてきた。〈ホープ〉だ。空を進んで木星と重なると、縞模様の巨体を背景に黒いシルエットに変わった。

下のナメクジどもの弾丸は、ぼくたちから百メートルの地点にまで届くようになった。

ぼくは片目の前にレーザー・モニターをおろし、突進してくる敵の隊列に、糸のように細くて赤いビームを当て、もう一方の目で群れ全体を見ながら、光線を前後に動かしてナメクジの群れをなぞった。

点のような〈ホープ〉から閃光が放たれ、ぼくたちに迫ってきた。

心臓が高鳴った。

ガキッ。

ナメクジどもの一発が、ぼくたちの十メートル右手の岩を砕いた。

ドスッ。

平原を前進する敵の隊列の中央に、黄色い光が二度ひらめいた。

小さな鈍い音の正体は一トン爆弾だ。ぼくたちの台地は落下地点から千五百メートルぐらい離れているはずだが、足もとが揺れた。爆撃地点には、それぞれ十体ほどのナメクジの死骸が散らばっていた。見事だ。でも、この割合だと、襲ってくる敵兵の数が五万から四万八千になるだけだ。ぼくはレーザー・モニターをのぞき、押し寄せてくるナメクジどもを見つめた。

「射撃を修正しますか？ どうぞ」イヤピースから聞こえる声に、ぼくは目をしばたたいた。今の爆弾は測距用だったのか。照準をもっと遠くにするか、近くにするか……もっと左か右かを、ぼくが指示しなければならない。

「ええと……いや。そのままでいい」

視野の隅を砲弾が一個よぎり、突進してくるナメクジどものまんなかの砂地獄に潜りこんだ。塵が噴き上がって地面が揺れ、数体のナメクジが死んだ。

「しかし、殺傷効率が悪いぞ」と、ぼく。「爆弾が砂地獄にのみこまれてる」

沈黙。

「クソッたれ！」

とにかく、通信相手が味方だということは、わかっている。

前と同じ声が答えた。

「地面に当たって爆発するようにしてありました」

着陸地点は岩場と想定されていたから、砲兵隊は、爆弾が地表に触れると爆発するよう信管をセットしていた。そうすれば、爆撃で岩が砕かれ、殺傷力のある破片が飛び散る。だが、砂地獄に突っこんだ爆弾は塵に包まれ、威力が弱まった。ナメクジどもの十五メートル上空で爆発させるべきだった。

砲兵の嘆息が聞こえた。砲兵隊の信条は〝ねらいも時間もつねに正確無比〟だ。だが、人類史上もっとも重要な射撃任務では、どちらも実現できなかった。

「射撃統制、信管の交換にどのくらいかかる？　どうぞ」

「かなりかかります。空中爆発用の爆弾を弾薬庫まで取りにいかせました」

〈ホープ〉の宇宙軍兵士たちが、新しい爆弾の入ったたくさんの荷台を艦の中心部から兵器ベイまで運ぼうと、エレベーターへ疾走する様子が目に浮かぶ。〈ホープ〉のコンピューターは頻繁にダウンするが、今この瞬間に起これば、エレベーターが停止する。そうなったら万事休すだ。

目の前に、五万のナメクジが迫っていた。もう肉眼で個体が識別できる。

部下の一人が小隊の回線に割りこんできた。

「中尉、火力支援部隊はどこですか？　正面に百万のナメクジがいます」

「ふんばれ。射程に入ったら、ねらい撃ちしろ。以上だ」

のろのろと時が過ぎた。早く爆弾が降ってこないと、ねらい撃ちも無駄になる。マンチキンが目を空に向け、口を動かした。マンチキンは気を落ち着けたいとき、いつも祈る。

ぼくはマンチキンの視線の先を追い、榴散弾が降るよう祈った。

ナメクジどもの測距用の弾丸が、ぼくたちのいる周辺に確実に近づいてくる。

射撃統制担当の声がした。

「実行します」

宇宙軍にさいわいあれ。〈ホープ〉のコンピューターに、さいわいあれ。

色あざやかな天国が出現した。大気中を降下する爆弾の耐熱シールドが燃え落ち、爆弾は流星のようにガニメデの暗い空に火の軌跡を描いた。

爆弾はしだいに速度を増し、電子レンジのなかのポップコーンのように爆発しはじめた。

一回の爆発で数百体のナメクジが死んだ。

通信を小隊の回線に切り替えた。みな、爆発のたびに歓声を上げている。

煙が立ちこめ――いや、煙じゃなく塵だ。ここでは何も燃えない。とにかく、あたりがよく見えなくなったが、ぼくはレーザー・モニターを敵に合わせた。

空中の塵が薄れてから見ると、各爆発の中心にはナメクジの姿がなかった。中心部を避けたかのように、死骸の一部が円を描いて散らばっている。その外側に、ちぎれていない死骸がいくつもあった。

ナメクジどもは人間じゃない。ぼくの母を殺し、ここではぼくを殺そうとしてる。でも、榴散弾に袋のように吹き飛ばされた瞬間、生き物の命が奪われたことに心が痛んだ。

武装したナメクジどもには、この悲しみがわからないようだ。後列の者は、倒れた仲間の上を躊躇《ちゅうちょ》なくすべってくる。

ぼくたちは何時間もナメクジどもを攻撃したような気がするが、ガニメデを周回する〈ホープ〉は可能な位置に来たときしか爆撃しない。爆撃できるのは数分だけだ。片目のレーザー・モニターには、もう塵しか映らなくなった。

最後の爆撃の反響がやみ、ぼくは目を細めて平原の塵の雲を見た。

ボン、ボン、ボン。

じょうご形の谷の下端で、塵のなかからナメクジどもが現われた。鎧を叩きながら谷を登ってくる。

「クソッ！」

マンチキンの装填手が築いた遠くの距離標識のそばからも、ナメクジどもの先頭部分が現われた。マンチキンが発射した三発で、三体のナメクジが倒れた。連中の鎧は防弾じゃないらしい。

その必要もない。

敵は列を作って前進していた。人間が全力で走るぐらいの速度だ。どれかの列が攻撃するあいだは別の列が進み、ときどき役割を交代しながら進んでくる。ぼくは、なかの一体にねらいをつけた。そろそろ前進をやめて、静止標的になってくれそうだ。

行動パターンがわかりはじめたとたん、ナメクジどもの動きが変わった。前進グループと援護グループの交代が不規則になり、予測できなくなった。ぼくは悪態をつき、隊列のあちこちを見た。

速度を落とすやつはいない。どのナメクジも、仲間が倒れても戸惑わず、列を乱さない。完璧な歩兵隊だ。

爆弾で数万体が死んだとしても、数千体は生き残る。敵の数が多すぎ、距離は近すぎる。

ぼくは小隊の回線に接続した。

「銃剣をつけろ」

ぼくはベルトに手を伸ばして短い銃剣を鞘《さや》から引き抜くと、ライフルの銃口の下に取りつけた。

マンチキンは機関銃を撃ちつづけ、次々とナメクジを倒した。

敵は際限なく現われる。

ぼくが狙撃するあいだに、マンチキンの装塡手が機関銃の銃身を取り替えた。M＝六〇の銃身は過熱している。装塡手は鍋つかみのような断熱手袋をはめて銃身を取りはずし、新しい銃身をはめた。

待つあいだに、マンチキンがぼくを見た。

「ジェイソン、知らせておきたい――」

装塡手が交換を終え、マンチキンのヘルメットを叩いた。マンチキンは向きなおって射撃を再開した。

周囲のいたるところでナメクジどもの弾丸が撥《は》ね返っている。敵は射撃が下手だ。本当に、ぼくたちの赤い装甲が見えないのかもしれない。

だが、こっちには敵が見えた。先頭集団は、もう五十メートル先に迫っている。

「全自動にしろ」と、ぼく。この至近距離では、ねらいを定めても無駄だ。

マンチキンにかけた言葉だが、ぼくの声と同時にマンチキンは親指で射撃モードを切り替えていた。ぼくは自分のライフルを全自動にして連射した。

何度、弾倉を取り替えただろう？　腰の弾薬袋に手を伸ばすと、空《から》になっていた。

一体のナメクジ戦士が、武器の刃を向けて襲いかかってきた。ぼくは攻撃をかわし、相手の顔らしい緑色の部分に銃剣を突き刺した。内臓がぼくの袖に飛び散り、相手は痙攣《けいれん》しながら倒れた。ぼくは次の敵兵に対して身構え、死ぬ覚悟をした。

ぼくは地面を踏みしめて立っていた。腕が震えた。次の敵はいないと気づくのに、数分かかった。

ガニメデの夜の訪れを告げる最初の風が、空中の塵を吹き払った。目の前の谷底をナメクジどもの黒い死骸が埋め尽くし、あちこちに積み重なっている。ぼくが勝利した異星人との白兵戦は、敵が死力を尽くした最後の戦いだった。何光年もの旅をしてきたふたつの軍勢の戦闘は、肉を切り裂く短刀でケリがついた。

見まわすと、マンチキンの装塡手が機関銃の横に手足を投げ出して仰向けに倒れていた。額《ひたい》に穴が開いている。

マンチキンも、装塡手のそばにうつ伏せに倒れている。ぼくの全身が凍りついた。

「まさか！　そんな、そんな、嘘だ！」そばにひざまずくと、マンチキンの指がピクッと動いた。ありがたい！

マンチキンのジャケットの肩に、固まった赤いしみが見えた。

ぼくはそろそろと注意深くマンチキンを仰向けにし、服を切り裂いた。傷の深さは鶏卵ほどもあり、砕けた骨が見えた。粉薬で止血できるが、すでに一リットル近く血を失っているはずだ。ぼくは舌を嚙《か》みながら、殺菌を兼ねた止血薬を傷口に振りかけ、野戦用包帯を巻いた。

「ジェイソン？」

「大丈夫だよ、マンチキン」

「寒い」

失血によるショック症状だ。ぼくはマンチキンの足を岩にもたせかけ、頭より高くした。

ガニメデには、岩だけはある。

マンチキンの装塡手は死んだ。電池で温める服は、もう必要ないだろう。

装塡手の硬直した死体から服を脱がせてマンチキンに着せるのに、数分かかった。とにかくマンチキンを温めようと、温度自動調節器を切り、ぼくのバックパックから血漿を出して点滴を始めた。

これじゃ足りない。

通信器のスイッチを入れた。

「ジェイソンか？　どうした？」

コップ少将の声を聞いた瞬間、ぼくは兵士に戻った。

「敵の動きを止めました、閣下」

「偵察ロボットが送ってくる映像で見た。なぜ、報告しなかった？」

マンチキンが死んだと思ったからだ。

「負傷者の手当てをしてました、閣下。衛生兵が必要です。ひどくやられました」

「どこも同じだ。用意できるものを送る。ジェイソン、敵はまた来ると、ヒブルが言っている。部隊を再編しろ」

「敵はもう来ません。敵は後退して部隊を再編したりしません。われわれは敵を全滅させました」

「ヒブルの考えでは、どこかにナメクジどもの孵化場があるらしい。われわれの部隊と弾丸が消滅するまで、連中は仲間を造りつづける」

ゾッとしないニュースだ。

マンチキンがすすり泣いた。

「閣下――」

「わかっている。部隊の面倒を見ろ。以上」

ぼくは戦場認識単眼鏡のスイッチを入れ、小隊の生命徴候を表示させた。十六の緑色の棒が生存者だ。マンチキンを示す棒は緑だが、負傷を表わして点滅している。点滅する赤の十字が九つ。シカゴ出身の伍長のマークは赤く点滅していた。

夜の風が塵を吹き上げはじめると、ぼくたちは担当区画の背後にある、ハワード先生が割れ目をふさいだ洞窟に避難した。マンチキンは動かさないほうがいいが、外に置いておけるはずもない。ぼくはマンチキンにモルヒネを打ち、肩にかついだ。マンチキンは声ひとつ立てずに意識を失ったが、ぼくが足を踏み出すたびに悲鳴を上げた。

その夜、息もできない強風のうなりを聞きながら、極寒の暗闇のなかで、ぼくはマンチキンに身を寄せて横になった。眠ったかもしれないが、死んだ人たちの夢ばかり見た。母。命を投げ出してぼくを救ったウォルター・ローレンゼン——あいつは勲章をもらって母親を喜ばせる機会はなくなった。ワイア上級曹長。プーさん。額《ひたい》を撃ち抜かれた装塡手——名前は知らない。点滅する赤い十字しか見ていない、死んだばかりの八人の兵士——助ける方法をぼくが知らなかったために死んだ。

ガニメデの夜明けのつねとして強風の勢いが弱まると、ふたたびナメクジどもがやってきた。今回は砲兵隊の活躍がめざましく、ナメクジどもが何キロも離れた砂地獄にいるあいだに容赦なく爆撃した。

ぼくは三役をこなした。小隊を指揮し、機関銃を撃ち、装塡も自分でやった。いちばん近くまで来た生き残りのナメクジは、百メートル離れたぼくの銃弾の直撃で死んだ。

だが、こちらもさらに三人を失った。少しずつ疲れがたまってきている。頭のてっぺんから足の爪先まで痛い。無線で本部に報告をし、銃の手入れをした。いつもなら数秒で分解できるのに、三分もかかった。

こんな戦いを続けて、どうなるんだろう？　結局は、ナメクジどもに全滅させられる。故郷は遠く、空にあいた針穴のように小さい。人生をともに過ごしたいと思った女性は死に、ぼくの姉になった女性は死にかけている。身体は冷え、空腹で、一人ぼっちだ。次の攻撃で弾丸を使い尽くす。ナメクジどもが勝つのなら――時間の問題だ――肩の力を抜いて受け入れよう。もう限界だ。戦えない。

ずいぶん昔のことに思えるが、ジャコビッチ大尉が言っていた――〝指揮官は、自分の指揮下で命を落とした兵士たちのことを手紙に書きながら、自分の失敗を吟味する〟。

南北戦争当時、南軍のジョージ・ピケット将軍はゲティスバーグで自分の師団を北軍の防衛拠点に突っこませ、大勢の部下を死なせた。〝ピケットの突撃〟は大量の無駄死を表わす言葉になった。ピケットは呆然《ぼうぜん》として南軍の前線に戻り、上官だったリー将軍に〝師団の面倒を見ろ！〟と言われると、〝わたしの師団は、もうありません〟と答えた。

今のぼくには、ピケット将軍とジャコビッチ大尉の気持ちがよくわかる。

自分たちの前線を歩いて部下が食事をしたのを確かめると、ぼくはとぼとぼと洞窟に戻り、マンチキンの隣にあぐらをかいた。生き残ったぼくの小隊が塹壕内の各自の持ち場で武器を掃除するあいだ、ぼくは生ぬるいスープをスプーンですくってマンチキンに飲ませた。モルヒネのおかげで痛みはやわらいだが、マンチキンは衰弱していた。このまま助けが来なければ、数時間しか持たないだろう。マンチキンはまた、ゆっくりと意識を失った。

「ワンダー少佐ですか？」

顔を上げると衛生兵がいた。ライフルをぶらさげ、息を切らせている。衛生兵が敬礼したので、ぼくは答礼した。なんだか、しっくりこない。

「やっと来たか。この女性の手当てをしてくれ。それに、ぼくは少尉代行で、少佐じゃない」

衛生兵は一瞬、困惑の色を浮かべた。

「今は違います。あなたは第二旅団第三大隊の少佐です」

「なんだって？」

「昨日は最悪の日でした、少佐。多くの戦場昇進がありました」

ぼくはマンチキンのそばにひざまずいてジャケットを脱がせ、衛生兵が野外解析用の読取装置を接続できるよう、モニターのリード線を露出させた。

「いいか。その知らせはありがたいが、きみは衛生兵だ。この人は衛生兵を必要としている。仕事を始めてくれ」

「おわかりでないようですね、少佐。わたしは衛生兵ですが、ここには伝令として来ました。今朝、少佐が報告してこられたあと、無線が故障したんです。わたしは少佐を護衛して本部へ連れ帰るよう命じられました。今すぐです」

頭がクラクラした。どんどん正気がうせてゆく。

「わかった。じゃあ、この人も一緒に連れてゆく」

衛生兵はマンチキンを見おろした。

「いま動かせば死にます」

すでに十二人の兵を失った。マンチキンを失うわけにはいかない。

「それじゃ、ぼくもここに残る」

衛生兵は吊り下げたライフルに指をかけた。

「コップ少将閣下の命令です。まんいちの場合は、銃を突きつけてでも連れ帰れと――」

死んだ者たちのことを次々と思い出した。母……ウォルター……プーさん……ぼくの知らない大勢の兵士……。紫色にふくれあがった腫瘍のように、ぼくを苦しめる。

ぼくは自分のライフルをひっつかみ、衛生兵の額《ひたい》に銃口を向けた。

「銃を突きつける？　こうか？」と、ぼく。空《あ》いた手を震わせて、マンチキンを指した。

「この人を助けろ。さもないと、脳ミソを吹き飛ばすぞ」

衛生兵は息をのんだ。

ぼくは安全装置をはずして言った。

「この人は、ぼくの家族だ。この人の夫はぼくの親友で、今は軌道上にいて、妻の安全をぼくに守ってほしいと思ってる。わかったか？　ぼくは家族を死なせる気はない。第二旅団第三大隊なんか、どうでもいい」

衛生兵は彫像のように突っ立ったまま、両手だけを動かし、解析装置のコードを伸ばした。自分の身体に押しつけられた銃口から、目を離さない。

「わかりました、少佐。容態を見ます」

ぼくが銃口を下げると、衛生兵はひざまずき、震える指でコードをマンチキンに固定した。しばらくすると読取装置がビーッと鳴り、衛生兵は画面を傾けて見た。

「失血。軽い感染症。銃弾で鎖骨が砕けています。しかし、命に別状はありません。全体的に見て重症ですが、安定しています。適切な処置を受けたようですね。赤ん坊も無事です」

「赤ん坊？」

マンチキンが顔をそむけた。本当らしい。ぼくは頭が混乱した。これは規則違反になるんだろうか？

「マンチキン、事後避妊薬は飲んでないのか？」二十年前にスクイブ社の新薬が出て、望まない妊娠はなくなった。

「薬を飲むのは、二カ月後でもまに合うから。任務は遂行できるわ」

「毎朝、吐いてたな」

「男だって大勢、吐いてたわ」たしかに。喫煙者たちが朝、噛《か》みタバコを味わって吐き出すのは容認されている。マンチキンは今のところ、活動に支障はないんだろう。一カ月たって、必要に応じて薬を飲めば、胎児は母体に吸収される。

「でも、なぜだ？」と、ぼく。

「まんいちメッツガーが死んだら……」

死んだプーさんやウォルターや、家族の一部を残せるなら、ぼくは規則違反をおかすだろうか？　おかすに違いない。今、マンチキンを救うために衛生兵を殺そうとしたばかりだ。

「メッツガーなら大丈夫だ」気休めじゃない。ナメクジどもは対空兵器を持っていない。ガニメデ派遣軍各部隊の生存確率を示した〝ナンバーズ〟の予想どおり、メッツガーは生き残ってる。だが、プーさんに関しては、はずれた。

「ジェイソン」マンチキンの手がぼくの袖をつかんだ。「行かなきゃダメよ。それがあなたの仕事だから。あたしなら大丈夫。たとえダメでも、それがあたしの仕事なの」

ぼくもマンチキンも、まばたきひとつしなかった。ウォルターもプーさんも、死んだ十二人の兵士たちも、死ぬ危険性があることを承知して入隊した。全員が、自分の義務を果たそうとして死んだ。ぼくだって、義務は果たせる。ぼくは、司令官や国連のために……あるいはナメクジを殺すために、マンチキンを置いてゆくんじゃない。ウォルターやプーさんたち、義務を果たそうとして死んだ者たちのため……結局はマンチキン自身のためだ。赤ん坊を含めて。

「メッツガーは知ってるのか？」

マンチキンは首を横に振った。

ぼくは荷物を背負い、衛生兵に言った。

「用意はできた。本部に戻ったら、事実をすべて報告すればいい」

衛生兵は肩をすくめた。

「少佐が本部へ行かれるなら、わたしはここに残ります。ほかにも、いろいろ仕事がありそうですから。この人はまだ危機を脱していませんが、わたしが手当てできます。兵士は、ほかの兵士の告げ口などしません。みんな家族ですからね」

ぼくは身をかがめ、マンチキンの額《ひたい》にキスして言った。

「ありがとう」

ぼくは向きを変え、低重力のなかを駆け足で本部へ向かった。走りながら平原の向こうを見ると、地平線に昨日より大きな黒い影が現われていた。

36

人影のまばらな塹壕を走り抜けて本部に向かう途中、爆撃音が聞こえはじめた。〈ホープ〉が平原に爆弾を次々と降らせている。そのうち音がやんだ。

ぼくは片手でヘルメットを押さえ、上を見た。〈ホープ〉は銀色の点になって空に浮かび、まだ射撃位置にいる。何か変だ。

数分後、ナメクジどもが武器で鎧《よろい》を叩くボンボンという音が岩山に反響した。敵が小火器の射程に入ったのに、〈ホープ〉の爆撃はあっというまに終わった。

走りながら、ぼくは本当に衛生兵を撃つ気だったのかと首をかしげた。マンチキンが妊娠してることを、メッツガーに知らせたほうがいいだろうか？　二日しか戦っていない四級特技下士官に大隊をまかせるなんて、よほどの被害が出たに違いない。一個大隊は、三個の歩兵中隊と一個の重火器中隊からなる。完全な兵力を保っているはずはないが、完全な大隊だとしたら、八百人の生死をぼくの命令が左右する。

角《かど》を曲がると本部が見えた。すでに戦闘の音はやんでいる。ナメクジどもを撃退できたらしい。ぼくが前線に転属になったあとで工兵たちが工夫したらしく、本部の塹壕は屋根と言えそうなものでおおわれていた。小さな岩で押さえた屋根の上には何本もアンテナが突き出て、下では兵士たちが動いている。

近づいてみると、兵士たちは負傷者を運んでいた。胸壁には何百ものナメクジの死骸が重なっている。敵がここまで本部に接近したのなら、次の襲撃で勝敗が決まるだろう。

ぼくは頭を低くして本部に入り、ゴーグルが調整されるのを待った。最初に見えた人物はハワード・ヒブル少佐だった。骨ばった膝にライフルを置き、塹壕の壁に背をもたせかけてすわっている。銃の台尻がボロボロだ。ハワード先生は、やむをえないときしか銃に触れないのに……。

そばに衛生兵が膝をつき、先生の血まみれの前腕に包帯を巻いていた。

「どうしたんです？」と、ぼく。

包帯を縛った衛生兵が答えた。

「本部がナメクジどもに襲撃されたんです。ヒブル少佐は五十体を殺しました。最後の二体は、銃の台尻で叩き殺しました」

ぼくは笑みを浮かべそうになった。

「おやまあ、ハワード先生！」

先生は頭を背後の岩壁にもたせかけた。

「わたしはタバコのためなら殺しもやるんだ」

「敵がミツバチの群れのような生き物だという考えは、変わりませんか？」

先生はゆっくりとうなずいた。

一人の当番兵が部屋に入ってきて、ぼくを見るとサッと気をつけの姿勢をとった。天井が低いので頭を傾けたままだ。

「ワンダー少佐ですか?」

「そうだ」

「到着されたらご案内しろと、コップ少将に言われています」

ぼくは当番兵のあとについて、迷路のような塹壕の奥へ向かった。ぼくがここを離れたあと、屋根つきの塹壕が本部になっていた。部隊回線の雑音が響き、負傷者のための担架が塹壕の壁に沿って並んでいる。すでに死んだ者が多い。

途中で当番兵が交代し、別の兵士がぼくを広い塹壕に連れていった。ガニメデ派遣軍の中枢部だ。屋根は壊れ、死んだナメクジ戦士たちがダラリと伸びて転がっている。ハワード・ヒブル少佐にちょっかいを出すから、こんな目にあうんだ。

「ぼくはワンダーだ。第二旅団第三大隊の新しい指揮官に任命されたと聞いた」

「いいえ、違います」

「なんだって?」ぼくはカッとなった。なんのためにマンチキンを置いて、ここまで来たんだ?

「ジェイソン!」

振り返ると、コップ少将が担架の上に横たわっていた。両目に巻かれた圧迫包帯に血がにじんでいる。ぼくは少将のそばにひざまずいた。少将は手さぐりでぼくの腕をつかんだが、血で指がすべり、顔をしかめた。

「ひどくやられたのか、ジェイソン？」

ぼくは自分の腕を見た。二の腕から金属の破片が突き出ている。まったく気づかなかった。

「いいえ、閣下。閣下は――」

少将は首を振った。

「目が見えないのでは、わしは指揮をとれない」

負傷者の誰かが〝母さん！〟と叫んだ。ぼくはあたりを見まわしてから、少将に視線を戻した。

「きみは小隊をうまく指揮した。師団もうまく扱えるだろう」

耳がガンガン鳴った。周囲の騒音のせいだけじゃない。ぼくに、人類の未来をかけてゲームをしろというのか？　ルールも知らず、カードもないのに？

「師団をですか、閣下？　まさか。無理です」

「できるとも。ちくしょう、師団といっても、今では実質的に大隊だがな」少将は手さぐりで襟の星章をはずすと、ぼくの手に押しつけた。

「コーヒーをどうぞ、少将閣下」一人の兵卒が、震える手で水筒のカップをぼくに差し出した。

首を横に振ってコップ少将を示すと、若い兵士は少将の手をとり、カップを持たせた。それから、ぼくにたずねた。

「何かご希望のものはありますか、師団長？」

何も思いつかない。ぼくはすわったまま身じろぎもせず、息を吸った。

コップ少将が手を伸ばし、ぼくの後頭部をまさぐると、耳をつかんで自分の口もとに引き寄せ、ささやいた。

「ジェイソン、きみは司令官だ！　できないことは何もない。何かしろ。間違っていてもいいから！」

ぼくは星章を襟にとめながら、兵士を見あげた。

「参謀を集めてくれ。今すぐ」と、ぼく。情報がほしい。

「師団長、参謀は十二時間前に全員が死亡しました」

どこかで負傷者が悲鳴を上げた。

参謀はいない。当然だ。少尉代行が、大尉や佐官を経験せずに一足飛びに師団長になるのは、みんな死んだからだ。

「われわれの兵力はどのくらいか、わかるか？」と、ぼく。

「任務遂行可能なのは八百人です、師団長」

「ほかの旅団は、どうだ？」

「全旅団を通じてです。ガニメデ派遣軍全体で、残ったのは八百人です」

「まさか」

「事実です」

これまで以上に火力支援が必要だ。

「〈ホープ〉と連絡がとれるか？」

兵士は向かいの壁を指さした。折りたたみテーブルの上に無線コンソールがある。

「無線係はいないのか？」

兵士はテーブルに近づくとコンソールをひっくり返し、背面にズラリと並んだ弾痕を見せた。

「今日、やられました」

なるほど。これじゃ火力支援も頼めない。無線が通じないことを知らなかったら、〈ホープ〉のコンピューターがダウンしたと思っただろう。

「もう何時間も〈ホープ〉とは連絡がとれません。もちろん、調理担当者は別ですが」

「調理担当者？」

兵士は部屋の向こう端を示した。無線機の前に調理作業服を着た伍長がすわって、話している。

「〈ホープ〉が温かい食事を送ってくれるかもしれないので、献立の注文を送ってました。コップ少将は部隊の食事に気を配るかたですから」

惑星をまるまるひとつ破壊できるほどの武器が軌道上にあるのに、ひとつだけ機能する通信回線はシチューの注文に使われていたのか。

ぼくは飛んでいって伍長のマイクをひっつかんだ。

「もしもし、そちらは誰だ？」

「そっちこそ誰だ？　おれはアンソニー・ガルシア上級給食係下士官だ。仕事中だぞ！　この回線に侵入するな、このスットコドッコイ」

「こちらは師団長のワンダーだ、ガルシア。これはわたしの回線だ。上級なんとかのままでいたければ、ブリッジのメッツガー准将につなげ。今すぐだ」

沈黙が降りた。回線がつながるのを待っていると、ハワード先生とアリが、生きのびたごく少数の下級士官たちを連れて入ってきた。ハワード先生を除くと、まるでボーイスカウトの一団だ。

アリが言った。

「出世したんだってな、師団長」

ぼくはうなずき、人差し指を立てた。メッツガーの声が聞こえてきたからだ。

「ジェイソンか？　きみが指揮官なのか？」と、メッツガー。それ以上は言う必要もない。ジェイソン・ワンダーが指揮官だというだけで、想像を絶する惨状だとわかる。

「うん、そうだ。火力支援はどうなってる？　師団は、ずいぶんやられた」

空電で通じなくなった。そもそも、〈ホープ〉の厨房につながる回線があるのは、コップ少将の食い道楽のおかげだ。アンテナつきの大昔の無線機なので、中継器を介さず、じかに送受信できる。もういちど話をするには、〈ホープ〉がガニメデを一周して、また現われるまで待たなければならない。

ぼくはハワード先生を振り返った。

「どうすれば敵を止められるでしょう、先生？　次の攻撃は〈ホープ〉の爆撃で撃退できても、いずれ爆弾も尽きます」

ハワード先生は食いしばった歯のあいだから息を吸った。

「あれを止める方法か。おそらく、全体をつかさどる中枢――脳に当たる部分があるはずだ。その部分が部隊を教育し、考え、発射物を組み立てている」

「そういう事実があるんですか？」

「証明されつつある推測だ」

中尉が手を上下させた。ぼくと違って、もともと尉官だった男で、洞窟を攻撃するためにジービーになかを偵察させたときにアリを急《せ》かしたマヌケだ。

「敵の指揮統制は分散しているように思います。連中はバカじゃありません」

ハワード先生は肩をすくめた。

「バカだとは言っていない。われわれとは違うというだけだ」

ぼくは全員を見まわした。低い天井の下で、みな背をかがめている。

「正面攻撃をかけるべきだというハワード先生の意見は、正しかった。もっといい予想ができる者はいるか？」

足を踏み変えただけで、みな無言だ。

ぼくはピシャリと太ももに両手を打ちつけた。

「よし。敵の脳の位置をつきとめよう。急げ」

中尉がふたたび言葉を発した。

「ヘリがあれば……あるいは、あの砂地獄を越えて偵察隊を送る時間があれば……」

ぼくはアリを見た。

「ジービーだな」

アリがうなずいた。

中尉は首を横に振った。

「師団長、偵察ロボットは、師団からあまり遠く離さないことになっています。非常に貴重なロボットなので、危険な場所へは送れません」

全身がカッと熱くなった。この中尉は、ぼくに叱りつけられるとは思っていなかっただろう。襟章は少将だが、袖に縫いこまれた四級特技下士官の記章はそのままだ。だが、部下であるはずの者に不愉快な態度をとられてたまるか。ぼくは師団長だ！

「中尉――！」

中尉はひるんだ。

ちょっと待てよ。一時間前に、ぼくが殺しかけた衛生兵はなんと言った？　遠い昔、オード軍曹はぼくに何を教えようとした？　この中尉は地獄を通ってきた。全員が通った。一緒に。ぼくらは家族だ。

ふたたびアリがうなずいた。

「中尉の言うとおりだ、ジェイソン。そういう原則だ」

ジービーを大事にしまっておいて、どうする？　この岩だらけの天体で、ぼくたちが死に絶えるところを見せるのか？

「意見をありがとう、中尉。原則は大事だが、原則のせいで、こんな状況に追いこまれたんだ。アリ、ジービーはどんなものを探せる？」

アリはぼくたちをスーツケース大のホロタンクのそばに連れていった。ホロタンクは、ジービーの目を通してアリが見た映像を出してくれる。

アリが指さして説明した。

「クレーターの縁《へり》にある、このくぼみは、ナメクジどもが造った中間準備地域だ。これは——」アリは砂地獄の上に残る平行線を指でなぞった。「——連中がどこかに戻るために通った跡だ」

ジービーが急降下して、地表から一メートルほど上を飛びはじめ、映像が変化した。数キロ飛びつづけると、砂地獄の上の通過跡が消えた。ジービーは停止してUターンし、映像が地表すれすれの高さになった。六本の足で、ゆっくりガニメデの地表を進んでいるらしい。

「連中は、ここから硬い岩の上を移動している。通過跡は見えない」

「それで？」

アリは目を閉じ、片手で何かをすくうような動きをした。

「細かい調査をする。ジービーに岩の温度を計らせる」アリは目を開けた。「よし。受動型赤外線に切り替えた。ナメクジどもが通過した部分の温度は、周囲の岩より十七度、高くなってる」

可視光線の映像と違って、赤外線のホログラムはチラチラ揺れる。だが、岩に残ったナメクジどもの通過跡は、薄い煙のように見えた。ジービーは、ゆっくりと通過跡をたどりはじめた。

「師団長、よろしいですか？」マイナス思考の中尉が話に割りこんできた。

ぼくがうなずくと、話を続けた。

「偵察ロボットが夕方までに何も見つけなければ、嵐と気温の低下で、敵の通過跡は消えます。そうなれば、お手上げです」

ぼくはチラッとアリを見た。

「中尉の言うとおりだ、ジェイ――師団長」と、アリ。

さっき、このマイナス思考の中尉の頭を食いちぎっておけばよかった。そうすれば、今よけいな言葉を聞かずにすんだのに。明日も戦いが続けば、残った八百人も力つきる。今やらなければ終わりだ。

「じゃあ、どうすればいい、アリ？」

「受動型赤外線を能動型にすれば、ジービーは飛びながら追跡できる」と、アリ。表情を曇らせた。「でも、サーチライトをつけるようなものだ。赤外線を探知する敵の見張りに、居場所を知られてしまう」

ぼくはチラリとハワード先生を見た。ナメクジ野郎の死骸解剖結果をハワード先生から聞き、ガニメデで二晩を過ごすと、ぼくたちにも敵が赤外線でものを見ることがわかった。アリが危険にさらすのは、ただの金属のロボットじゃない。自分の肉や血を分け持つ分身だ。ぼくがマンチキンを危険にさらしたのと同じだ。

ぼくはアリに向きなおった。

「やってくれ」

アリは一瞬ためらったが、目を閉じて答えた。

「はい、師団長」ホロ映像の動きが速くなった。

一時間後、崖にぶつかり、ふたたび敵の通過跡が消えた。

「何も見えない」と、アリ。「ドアがあれば、直線が見えるだろう。自然界には直線なんか、めったに存在しないから、目立つはずだ」と、アリ。

「いや」と、ぼく。「連中のドアは円形で、曲がったパネルがたくさんついてる。カメラの絞りみたいに」

アリが両手を動かすと、ホロ映像がガクガク揺れはじめた。ジービーが垂直な崖を登りはじめたからだ。アリは両手を平らにして空《くう》を押した。ホロタンクには、ジービーがとらえた映像が出る。ジービーは地上十五メートルの高さを飛びながら、前足で岩の継ぎ目を探していた。

頭上で小石が屋根を転がる音がした。夜の嵐の予兆となる風が吹きはじめたらしい。嵐が来たらジービーの探索は終わり、ぼくたちの命も尽きる。

アリが目を開け、止めていた息を大きく吐いた。

「何もない。存在しないという意味じゃなく、見つからないんだ」

ホロ映像の地平線が回転し、ジービーがふたたび動きだした。

ぼくは指を突きつけた。

「あそこだ！　あそこにある！」花弁状のドアパネルが広がり、穴が開きはじめた。ジービーは、円周に沿って動きながら開くパネルのひとつにぶらさがっている。パネルの厚さは三メートルくらいだろうか。

ホロ映像が真っ暗になり、ぼくはすばやくアリを見た。

「ジービーは、自分が探知されたと思うと接続を切る。敵がジービーの赤外線を発見したんだ」

「ジービーがドアをノックしたのか？」

「受動型センサーに切り替えて、あのドアから侵入しようとしてる」

アリの顔は青ざめていた。無理もない。ジービーを破壊するのは不可能に近いが、ジービーは厚さ三メートルの防爆扉に穴は開けられないし、何百メートルもの硬い岩を掘って出てくることもできない。ジービーがなかに入ったら、ナメクジどもは二度とあのドアを開けないだろう。ジービーが閉じこめられれば、アリの分身は一生、監禁状態だ。ナメクジどもがジービーを捕まえて分解すれば、アリは車裂きの刑を受けているような感覚を味わうだろう。いや、違う。分解されそうになれば、ジービーはナメクジの群れを道連れに自爆する。アリにとって、それは自分が自殺するのを傍観するようなものだ。

マイナス思考の中尉がジャケットの袖口をまくって、腕輪型コンピューターを見た。時間は容赦なく過ぎてゆく。

ふいに、ひとつの考えが浮かび、ぼくはアリに耳打ちした。敵に聞こえるはずもないのに、つい声をひそめた。

「山の下からじゃ、ジービーはデータを送信できないんじゃないか？」

アリは目を閉じ、手のひらをぼくに向けた。

ホロ映像が揺らぎ、明るくなった。

アリもささやき返した。

「大丈夫だ。今は超低周波で送信してる。超低周波で岩を通して信号を送るために、岩と接触しなきゃならない。ジービーの受動型暗視機能は、作動してる。敵は、ジービーが自分たちの場所に侵入したことはわかっても、まずジービーを見つけることはできないだろう」

洞窟は、ぼくが入ったナメクジどもの発射物のなかの通路と同じらせん状だが、もっと広い。やがて洞窟はもっと広がり、エリー湖がすっぽりおさまるくらいの大きさになった。

アリが両腕を上げると、ジービーは湾曲《わんきょく》した天井に沿って飛んだ。下の周囲の壁にズラリと有機的な機械が並び、ふくらんだり、のたくったりしながら、大きな緑のパンのようなナメクジ型異星人を生み出している。広大な空間の中央では、鎧に包まれた兵士たちが高さ三十メートルの球形の袋を囲んでいた。メッカの神殿を取り巻くイスラム教徒の巡礼たちのようだ。

「大当たりだ」ハワード先生がささやいた。

ぼくは自分の腕輪型コンピューターを見た。〈ホープ〉が、また射程に入ってきたはずだ。

一人の伍長が頭を突き出して部屋をのぞいた。

「師団長、外にナメクジどもが来てます！　いくつか、洞窟の割れ目を見落としていたようです。敵は〈ホープ〉との通信用アンテナを引き倒しました」

ナメクジどもを統括する脳がどんなものであれ、覚えは速いようだ。ぼくたちが何をする気か、わかっている。ジービーを捕らえられなくても、基地を発見されたことに気づいている。脳は、ぼくたちの近くにいるナメクジどもに指令を出し、ぼくたちの生存に欠かせない通信用アンテナを攻撃させた。〈ホープ〉と連絡がとれないまま夜になったら、ゲームは終わりだ。

アリがぼくを見つめた。ジービーを助けるには、〈ホープ〉からの爆撃でナメクジどもの基地を破壊し、飛び出させるしかない。核爆弾でも投下しないかぎり、爆撃でジービーがやられることはないだろうが、岩に埋《う》まったら自分では掘れない。

ぼくが何も言わないうちに、アリはライフルをつかんで塹壕の出口へ走った。

ぼくもアリに続いた。

外では、アリがすでに三体のナメクジを倒していた。別の二体が岩のあいだにうずくまっている。二体の背後に、倒されたアンテナがあった。ぼくたちは必ず敵を倒す。今この瞬間を逃せば、その機会がなくなる——アリにもわかっていた。アリは発砲しながら突進した。だが、相手のすぐそばまで近づいたとき、最後まで残ったナメクジが至近距離から発砲し、弾丸がアリの胸に命中した。ぼくは痙攣《けいれん》しているナメクジを撃った。弾倉が空《から》になるまで撃ったが、もう取り返しがつかない。

ぼくはあえぎながら立ちつくした。

「師団長」後ろの兵士が、ぼくの肘に触れた。振り返ると、兵士は目顔でアリを示した。衛生兵がアリのそばにかがみ、モニターのリード線をつないでいる。

「ジェイソン」と、アリ。

ぼくもアリのそばにひざまずき、二本の指で血に染まったアリの戦闘ジャケットの前を開けた。ナメクジの弾丸は防弾チョッキのプレートの継ぎ目から、イタチのように身をくねらせてアリの体内に食いこんでいた。

マンチキンの傷も恐ろしかったが、あれはまだ小さかった。アリのジャケットの内側では、肺や肝臓、動脈など、奇跡とも言うべき人体の複雑な器官すべてが、食べ残しのように切り刻まれて脈打っていた。ぼくは息をのみ、吐き気をこらえた。

アリは口から血の混じった泡を吹き、息を漏らしながら言った。

「ジェイソン、頼みがある——」

「身体の力を抜け」と、ぼく。アリの額《ひたい》に手を置いた。

アリは首を振った。

「時間がない」

衛生兵を見た。兵士は使い捨てのモルヒネ注射器を包みから出しながら、かすかに首を振った。

アリは注射器を押し戻した。その動きで痛みが増したのか、目に涙を浮かべた。涙ではなかったかもしれない。

「急がないと。ぼくが感じたことはジービーに伝わる」アリは力を振りしぼって続けた。

「ジェイソン、ジービーはもう一人ぼっちだ。だが、あいつには理解できない。ジービーは、きみと同じ孤児になった」

衛生兵は無表情だ。アリが錯乱したと思っている。

「ジービーの面倒を見てくれるか?」と、アリ。

「もちろんだ。これからずっと」これで、ぼくは鋼鉄とプラスチックでできた孤児の里親になった。

アリは力を抜いて硬い石にもたれ、目を閉じた。涙で、その光景がぼやけた。

背後で、兵士たちがアンテナを立てなおしている。

無線機のそばに戻るころには、すでにメッツガーの声が届いていた。

「ジェイソンか?」

「こちらワンダー。どうぞ」

「そっちで、何が起こってるんだ？」

「いろいろだが、話してる暇がない。〈ホープ〉にある武器すべてが必要だ。偵察ロボットが送信する座標を全力で爆撃してほしい」

「ジェイソン――」軌道上からの無線通信を通して、メッツガーの不安が伝わってきた。

「なんだ？」

「おれたちは何もできない。コンピューターがダウンした」

「おい、なおせよ」

「やってるよ！　次にこの位置に来たとき――」

「次はない！」ぼくは事態を説明した。

「偵察ロボットが送ってきた座標は、ガニメデを半周したところだ」と、メッツガー。

沈黙。

「ジェイソン。マンチキンはどうしてる？」

「生きてる。ケガをしたが、無事だ」

「そのナメクジどもの基地は本物だと思うか？」

「アリは、命がけで攻撃するべきだと思ってた」時間がない。ストレートに言おう。「マンチキンは妊娠してるぞ」

またしても沈黙。

「わかった。すべてをおれにまかせてくれ。お別れだ、ジェイソン」

ぼくには一瞬で、その言葉の意味がわかった。メッツガーとともに生きてきたから。

ぼくはマイクを落とし、ガニメデの夕闇のなかに出て空を見た。〈ホープ〉は地平線の上にいた。百六十キロ上空で、赤い円盤状の木星を背景に、銀色に輝いている。〈ホープ〉が何度か火花を発し、その火花がぼくたちに向かってただよってきた。救命ポッドだ。〈ホープ〉のクルーが艦を離れたのだ——メッツガーの命令で。

コンピューターに頼らず、航法用ブリスター室でうつ伏せになり、目の前に伸びるガニメデの地平線を見ながら一人で〈ホープ〉を操縦できるパイロットは、世界じゅうに一人しかいない。激しくきしむ全長千六百メートルの巨大な艦を、軌道を半周したところにあるナメクジどもの基地に突っこませる。その針路を計算して修正できるパイロットは、メッツガーだけだ。

メッツガーは結婚式をあげた場所で、結婚生活を終わらせることを選んだ——満天の星に囲まれた透明なドームのなかで。

すでに〈ホープ〉は空に赤い炎の筋を描いて、大気中を降下していた。ガニメデの反対側の半球にある敵の基地に到達するころには、何キロもの長さの炎の尾を引く溶けた巨大な物体と化しているだろう。

〈ホープ〉が地平線の向こうに消え、ぼくは息を詰めた。

最初に閃光が走った。ガニメデの裏側から、目もくらむまばゆい光が届いた。ぼくが地面に身体を投げ出すと同時に、爆風が押し寄せ、地震がガニメデを揺るがした。

歴史には、メッツガーは人類を救うために命を捨てたと記録されるだろう。だが、これは嘘だ。メッツガーは自分を犠牲にして、妻と、まだ生まれてない子供に……ガニメデにいるぼくたちに、生きるチャンスを与えてくれた。

翌朝、ジービーが、帰ってくる途中でホロタンクに映像を送ってきた。ジービーの航跡が不安定だ。電子工学の専門家たちによれば、ジービーは爆発のおかげで洞窟内の敵の基地から脱出できたが、その爆発のせいで回路が混乱しているそうだ。ぼくは、ジービーの悲嘆のせいだと思っている。

〈ホープ〉墜落の衝撃で、ガニメデの地殻はズタズタになった。ガニメデの裏側で、炎とともに溶岩と水が噴出し、蒸気を上げてこちら側まで流れてきた。この天体は、もうナメクジどもの支配下にはない。噴火が空を暗い赤色に染めた瞬間から、ぼくたち生き残った七百人の長くて寒い移民生活が始まった。

ぼくたちは無線機を修理して地球に通信し、感謝の言葉をもらった。政治家たちが名誉勲章をくれると言うので、ウォルター・ローレンゼンのお母さんにプレゼントした。

その日の午後、夜の嵐が来る前に、ハワード先生とぼくは本部の上方にそびえる険しい岩山をよじのぼり、下の戦場を見わたした。

ハワード先生は包帯を巻いた腕を横腹に押しつけた。

「いざとなると、ものを言うのは機械類ではなかったたな」と、ハワード先生。「仲間のために生きるか死ぬかを選べる兵士たちと、何も考えずに死ぬ完璧な兵士たちとの戦いだった。われわれは負けるはずだった。だが、勝った」

眼下では、おびただしいナメクジどもの死骸が平原と台地を黒く染めていた。

そこには、九千人の孤児も横たわっている。四億八千万キロの旅をして、ガニメデを永遠の孤児院にした兵士たちだ。プリシラ・ハートが誘導した降下艇が何隻も、台地のふもとに散乱していた。プーさんの墓が見えそうな気がした。

「勝った？」ぼくは首を横に振った。「ワーテルローでナポレオンを負かしたウェリントンが、言ってますよ――〝負《ま》け戦《いくさ》ほど憂鬱《ゆううつ》なものはない。勝った戦を除いては〟と」

ぼくはガニメデの冷たい岩の上にすわって膝に両肘をつき、泣いた。

37

新しい航宙艦は国際連合ガニメデ基地上空の待機軌道に入り、ぼくは震える舷窓の枠に両手を走らせた。身体の大部分が艦の揺れに同化しているので、振動を意識するのは、今のように考える時間があるときだけだ。

メッツガー級巡航艦のすごさは〈ホープ〉とは比べものにならない。舷窓の向こうに、ほかのメッツガー級が見える。たがいに十六キロの間隔をあけて同じ軌道を周回し、ビロードのような黒い宇宙空間を背景に銀色に光っている。全長三十メートルの工作艇が巡航艦の周囲をチョロチョロ飛びまわる様子は、丸太にたかるアリのようだ。新しい艦が積んでいる反物質燃料の容器だけで、〈ホープ〉の兵器・兵員・物資区画全体くらいの場所をとる。

新しい巡航艦は人工重力も改善されていて、何年もスポンジで身体をこするだけだったのが、今ではちゃんとしたシャワーが使える。農業ラボでは、ぼくたち歩兵のために、密造のウォッカだけでなく、水耕の果物と野菜も作っている。いちばんすばらしいのは反物質惑星間エンジンだ。これを使えば、地球からここまで来るのに、今までの半分の時間ですむ。エンジン開発は何十年もなりゆきまかせだったが、戦争のおかげで、昔の化学エンジンから一足飛びに——核分裂や核融合、プラズマを試すことなく——反物質エンジンへ移行した。メッツガーが生きていたら、自分の名にちなんだ等級の艦を誇りに思うだろう。

眼下のガニメデ表面に走る緑の帯が、この軌道からも見える。〈ホープ〉の墜落で起こった溶岩の流出と液体水の氾濫は、今も続いている。何十億年も昔に、同じ木星の衛星であるカリストで隕石が引き起こした現象と同じだ。だが、この流出とともにガニメデ内部から熱が放出され、その蒸発によって酸素が大気中に放出された。昨年、大気中の酸素の量は地球の通常量の半分に達し、今も増加しつづけている。この熱のおかげで地表の温度がかなり上昇したので、農業ラボの技術者たちは地表で植物を育てはじめた。もっとも、今のところは、原始的なコケ類だけだ。

戦争はガニメデに死や破壊だけでなく、生命ももたらした。人類は、戦うために月より遠くの天体へ向かわざるをえなくなり、今、何世紀ものあいだ二の足を踏んでいた太陽系外へ進出することになった。恐ろしい結論だが、まぎれもない事実だ。

ぼくは舷窓から離れ、自室に戻った。高位の士官には、いくつかの特権がある。乗艦している師団の指揮官であるぼくは、一本の木を持っている。三十センチのネズの盆栽だが、生きている植物で、ぼくだけのものだ。

六本足のフットボールが、盆栽の横で羽づくろいをしている。この部屋を使うのは、ぼくだけじゃない。ジービーもいる。ナメクジどもの基地から逃げだしたとき、ジービーの戦闘回路はおしゃかになった。すでにJシリーズは時代遅れで、ジービーは偵察ロボットの役を解任され、自爆用の爆薬を抜き取られた。ぼくはスクラップの値段でジービーを買い取らせてもらった。機械に人格がないことはわかっているが、ぼくは毎日のようにジービーにアリの面影を見る。

ぼくはデスクの前にすわり、画面の文字を読んだ。戦争が終わったあと、救援隊がガニメデに来るまでの数年間に、たくさんの本を読んだおかげで、軍事科学の修士号を取得できた。これで戦場昇進を正当化できる。史上最長の通信講座を修了したが、そのあいだの食事は恐ろしく味気なかった。七百人の生き残りに対して配給食は一万人分あったものの、救援隊がモモを運んできてくれたときは、本当にうれしかった。

ぼくは師団長から少尉に降格された。通信教育の修士号があっても関係なかった。その理由など詳しい事情は、また別の機会に語ろう。

ガニメデでの戦闘は奇跡的な勝利だった。ガニメデの冷たい岩の下に兄弟姉妹を葬ったぼくたちには、その戦いを奇跡と呼ぶ日はやってこないだろうが、とにかく奇跡には違いない。

プリシラ・ハートも石の下に眠っている。ぼくはプーさんの誕生日には必ず訪れ、いつも白いバラをたむけ、泣いた。

プーさんは死後、名誉勲章と空軍殊勲十字章を授与された。三百七人の兵士がその勇気を称えられ、自国でもっとも名誉ある賞をもらった。このなかには、アリ・クラインとネイサン・コッブ少将も含まれている。ぼくは以前、〝勲章は、軍がミスを隠すためにくれるものだ〟と言った。そうだとしても、授与された者たちの勇気と犠牲の尊《とうと》さが減るわけではない。

殺し合いは、〈第一次ガニメデ戦〉だけではすまなかった。ナメクジ型異星人との戦争は終わりではなく、終わりの始まりでさえない。イギリスの首相だったチャーチルが一世紀前に言ったように、戦争の序章が終わっただけだった。

反物質エンジンを使っても、それだけではナメクジどもの前哨惑星へ行くだけで何世紀もかかってしまう。ぼくたちがどうやってナメクジどもから時間構造突入技術を盗んだかを語ると、また新たな物語になってしまう。その技術を使ってナメクジどもの母星を見つけ、そこに行くためにメッツガー級の艦にそれなりの装備をしたのも、また別の物語だ。

事例分析の専門家たちは、ナメクジどもが休眠状態になることを発見した。ぼくたちが洞窟の割れ目にエポキシ樹脂で閉じこめた数体が、生きたまま掘り出された。

最初の戦争捕虜に対して、未確認動物学者と心理操作を得意とする工作員たちが尋問を行なったが、たいした成果は得られなかった。ハワード・ヒブル博士みずからが乗り出しても無駄だった。ぼくたちは何年も、ナメクジどもがこんなことをする理由をつきとめようとしている。ナメクジ型異星人と和睦するため……相手の進撃を止めるために。和睦は、国連軍の兵士全員の願いだ。

ナメクジどもが和睦に応じなければ……報復はとてつもなく難しい。

最先任上級曹長がハッチの枠を叩き、顔をのぞかせた。

「師団長閣下、お呼びになった四級特技下士官がまいりました」

高位の士官のもうひとつの特権は、幹部級の部下を好きに選べるという点だ。ぼくはいろいろと手をまわし、この人を師団付上級曹長にさせるために、メッツガー級の艦に乗せて地球から呼び寄せた。間違いなく、軍で最高の下士官だ。この人がいなければ、この師団はクソの価値もない。

「通してくれ、オード上級曹長」

「師団長閣下、トレント特技下士官、出頭しました」

女性下士官が入ってきた。きびきびとした敬礼は恐ろしく動きが速く、指が静止したところが見えない。手が切れそうなほど、くっきりと折り目のついた野戦服を着ている。

ぼくは笑顔を見せた。ぼくたちは軍の歴史上、もっとも優秀な部隊だ。自分の師団ではあるが、ごく客観的な判断だ。

「すわれ、特技下士官」

トレントはすわった。こんなきれいなM＝六〇装塡手は、はじめてだ。

「出頭は閣下のご命令ですか？」

きれいでも、ものおじはしない。

「きみの小隊付軍曹の話では、中隊じゅうで、きみがいちばんの頭痛の種だそうだ。分隊の仲間をぶちのめしたらしいな」

「相手は男です、閣下」と、トレント。すました顔だ。

「同じ兵士だぞ！」

トレントは肩を落とした。

「処分のために、わたしの問題行為の記録を作成されているのでしょうか？　わたしは処分されたくありません。この部隊にいたいんです。わたしは家族を失い――」

「きみの経歴は読んだ。きみの小隊付軍曹は、きみが、今まで訓練したなかでもっとも優秀な兵士になれるとも言っている。きみは大学出だ。装塡手の仕事は楽しいか？」

トレントは唇をきつく結んだ。なにごとか言いかけて口を閉じ、あらためてしゃべりはじめた。

「射手になりたいです。身体が小さすぎるから機関銃は無理だと言われました。でも、弾薬を運ぶのはかまわないんですね」

ぼくは笑みを浮かべた。

「わたしが組んだ射手はきみより小柄だったが、機関銃の扱いは誰よりもうまかった」

トレントは目を見開いた。

「師団長閣下は戦場昇進されたとうかがいました。でも、四級特技下士官から少将になられたんですか？」

ぼくはうなずいた。

「だが、推奨できる道ではない。取引をする気はないか？」

「取引ですか？」

「きみが起こした問題は記録しない」

　トレントは背筋を伸ばしたが、疑わしげに目を細めた。

「わたしは何をやらされるんですか、閣下？」

「明日、〈パウエル〉に乗って地球に帰り、わたしの推薦状を持って、幹部候補生学校に行くんだ」

「幹部候補生学校？」トレントは驚いて〝閣下〟を加えるのも忘れ、ポカンと口を開けた。

「それと――」ぼくはデスクの引き出しから箱をふたつ取り出す。「――これを、このメモの住所に自分で運び、よろしくと伝えてくれ」

「閣下、わたしは箱の中身を知っておく必要があります」

「そこに書かれた差出人の住所を見れば、憲兵は面倒なことは何も言わない。だが、別に秘密ではない。これはプレゼントで、ガニメデの岩で作った文鎮《ぶんちん》だ。ひとつは、デンバーの上級少年審判担当の判事に渡してくれ。訪問には一時間をみておけ。この判事はもと歩兵でもある」

　トレントはうなずき、ひとつ目の箱を膝に置いた。

「もうひとつは？」

「わたしの名づけ子に。その子の母親は、わたしと組んだ射手だった」マンチキンは今、ロッキー山脈のふもとの丘陵地帯に住んでいる。キャンプ・ヘイルにほど近い場所だ。ガニメデから戻ったマンチキンは、暑いエジプトより寒い土地を選んだ。自分とメッツガーの年金でジェイソン・ユーディ・メッツガーを育てている。地球外で受胎し、誕生した最初の人間であるジュードことジェイソン・ユーディは……どこか違うと言われている。第二の箱を手にして、トレントは目を輝かせた。

「よい旅を、特技下士官」

トレントは立ち上がって敬礼し、ぼくは答礼した。

「失礼します！」と、トレント。水耕栽培のレタスよりシャキッとしたまわれ右をして進み、ハッチの手前でささやいた。「感謝します、閣下」

きびきびとハッチを出るトレントの後ろ姿に、ぼくはつぶやいた。

「いや、こちらこそ」

トレントには言わなかったが、ぼくの望むとおりにことが運べば、トレントはもう、ここには戻ってはこない。少なくとも、戦闘歩兵ではなくなっている。運がよければ、ぼくたちは、トレントやあの年代の子供たちが新たな戦いに巻きこまれる前に、この戦争を終わらせられるだろう。

トレントの背後でハッチが閉まる前に、ホロボックスを手にしたオード上級曹長がするりと入ってきた。

「ご覧になりたいだろうと思って、お持ちしました」と、オード。

インディアンタウン・ギャップの中隊通りの映像だ。食堂のそばに、緑の葉が茂る木が一本だけある。背景の空は、戦争前と同じように薄青に輝いている。

「今年の春は、世界じゅうで木々が葉をつけています、閣下。戦争が始まってから、はじめてです」

ぼくは舷窓に近づき、外の宇宙空間を見た。無言で、足を肩幅に開いて立ち、背後にまわした両手を腰の位置で組んだ。『野戦教範』の〈教練と儀式〉に出ている〝休め〟の姿勢だ。もう何年も、こんなゆったりした気分を忘れていた。

いつか、また木々を目にする日が来るかもしれない。今は、また地球に木が生えているとわかっただけで充分だ。

謝辞

作家は誰でも、自分の本が再版されることを望む。ほかの作家が、この難関をクリアしているからだ。たとえ再版されたとしても、その本が飛ぶように売れることなどめったにないが、オービットブックスの『孤児たちの軍隊―ガニメデへの飛翔―』は、そのめずらしい一例だ。再版を検討し、実行してくれたオービットの出版部長ティム・ホルマンと編集者デヴィ・ピラーイに、心から感謝する。カルビン・チューには、新しく見事な表紙を作成していただいた。アレックス・レンチツキの想像力と、すべてを順調に運んでくれたジェニファー・フラックスにも、感謝を捧げる。

わたしのエージェントであるウィニフレッド・ゴールデンのたゆまぬ情熱と手腕に感謝を。

そしてメアリー・ベスのすべてに。

著者インタビュー

『孤児たちの軍隊―ガニメデへの飛翔―』には、アメリカの現状と呼応する部分がたくさん出てきます。特定の政治的見解のもとに書かれたのでしょうか？

『孤児たちの軍隊』のなかの〝政治〟は、この小説を思いついた当時――九・一一直後の世界の政治です。

アメリカは、状況がひどく悪化することを恐れていました。アメリカ人にとっては、わが国を攻撃した者たちがあまりにも理解しがたい存在で、宇宙から来た勢力のように感じられたのです。

しかし、わたしはアメリカがいずれ立ち上がって、どこかで戦争をするだろうと信じていました。アメリカの人口のごく一部の、軍隊経験のない幸せな人たちが戦うこともありうる……われわれの知らない場所で、われわれにはなじみのない戦法が使われるのではないか…

…別の時代、別の場所でならふさわしい装備が効果を発揮せず、壊滅的な結果を招くかもしれない――そう思いました。悪意のない人々が恐ろしいミスをおかし、その結果、若い兵士たちが手足や命を失う。それでも兵士たちはブラック・ユーモアで耐えしのび、観念的な理由よりは仲間の兵士たちのために、毎日のように気高い犠牲を出す。同じような予想をした人は、たくさんいます。わたしは占い師ではありません。

未来を舞台とした小説ですが、非常に現代的な描写が含まれているようです。作中で未来のものとして描かれた生活や戦争について、どうお考えでしょうか？

そうですね。数十年後に登場する新技術とわたしが予想したものの多くが、すでにめずらしくなくなっています。『孤児たちの軍隊―ガニメデへの飛翔―』を書いた二、三年後には実現したものもあります。戦争で、そのような変化が加速されることを予想しておくべきでした。『孤児たちの軍隊』の主人公ジェイソン・ワンダーは、〝悲しいことに、戦争が技術革新にもたらす効果は、肥料がマリーゴールドにもたらす効果と同じだ〟と思っています。

歩兵隊や救助隊の活動では、わたしの予想よりずっと早く、装甲服の使用が現実になりました。歩兵の俗語で〝一切合財《バトル・ラトル》〟という、一人の歩兵が身につけたり背負ったりして運ぶ大量の装備は、二〇〇一年後半になるまでは現われなかったと思います。作中に登場させたジービーのような戦術的観測ロボットは、現在すでに活躍している、悪人を追跡して見つけ出す無人機に相当するでしょう。〝サーモカップ〟が一般に使われるようになるのは、何年もあとだと思っていましたが、数カ月前、スーパーの棚にセルフ・ヒーティングのカフェラテが並んでいるのを見ました。

人類が化石燃料に頼らなくなる時期については、残念ながら、かなり先だろうと思います。しかし、作中で、ロケット乗りのメッツガーはガソリンと電気を併用するアジア製のハイブリッド車に乗っていました。二〇〇七年二月から、わたしもハイブリッド車を使っています。

九・一一以後の宇宙探査の進歩の度合を考えると、『孤児たちの軍隊』の物語が始まる二〇三七年には、人類は、月より遠くの宇宙の有人探査に資金の出し惜しみはしないでしょう。

異星人が侵略してくる恐れは一応ないものとして（そう願いたいものです！）、宇宙開発事業が前ほど活発に行なわれていないのは、国が意図的にそうしていると思われますか？

部分的には、そうだと思います。

まず、〝宇宙開発事業〟という言葉の定義をはっきりさせましょう。地球近辺の宇宙開発は、活発に行なわれています。人工衛星は情報収集に利用され、誘導ミサイルの標的となり、部隊の配置に貢献し、戦闘情報や命令をリアルタイムで伝えている。数千キロ上空は、宇宙を舞台にしたピンボール・ゲーム状態です。

活発でない宇宙開発は、月より遠い宇宙空間での有人探査です。この方面には、昔のように焦点を定めて検討を重ねた具体的な計画はありません。金星は石油のあふれる要衝ではなく、兵器級の核燃料を秘めている天体は土星だけではない。もし歩兵隊で火星を占領しようとすれば、その部隊は地球上のどこの国へも派遣できなくなります。

しかし、グローバル化する今の時代に立てる開発計画は、軍事力にはあまり関係なく、観念的な色彩が濃くなっています。宇宙探査は全人類を興奮させる(『孤児たちの軍隊―ガニメデへの飛翔―』を最初に翻訳した外国のなかに、ロシアと中国が含まれています)――地上にはもう、探査の余地がないかのように。このシステムは、人間をほかの星へ送って一番乗りを果たすという空想につながり、一番乗りをした国が、ある種の道徳的正当性を得たかのような風潮を生み出します。〈スプートニク〉(ソ連が打ち上げた人類初の人工衛星)は地球を周回する金属の固まりにすぎませんが、当時のソビエト連邦に何十年も自慢の種を与え、先を越されたアメリカや西欧諸国にみじめな思いをさせました。

有人宇宙探査計画で重要な点は、西側民主主義諸国はいろいろ弱点を抱えてはいるものの、人間を軽視する計画を推進する気はないということです。その種の計画で軌道に乗りそうなものを、いくつかあげることもできますが、人間を尊重しない計画を進めても、かえって弊害が大きくなるばかりです。

『孤児たちの軍隊―ガニメデへの飛翔―』には、軍備(あるいは、軍備の欠如)というテーマも含まれています。ジェイソンと仲間の兵士たちは、昔の廃物を利用した粗雑な装備で戦います。これは、戦争が行なわれるとき、普通にあることなのでしょうか？　それとも、政策が悪かった結果でしょうか？

　どちらも当たっています。説明しましょう。

　アイゼンハワー（アメリカ第三十四代大統領。軍人。一八九〇～一九六九）の回顧録によれば、ドイツは第二次世界大戦を始めた当時、十四の機械化師団を持っていました。アメリカには機甲師団がなく、あちこちに散らばった戦車部隊に千五百人の隊員がいるだけでした。理論上は、その後アメリカは軍備に関する教訓を得て、〝民主主義陣営の兵器庫〟（アメリカ第三十二代大統領フランクリン・D・ルーズベルトの言葉とされる。もともとは劇作家シャーウッドの言葉）になったとされています。たしかに、アメリカは防衛に多大な費用を投じました。

　しかし、シュワルツコフ（アメリカの軍人。陸軍大将。一九九〇年の湾岸戦争で、〈砂漠の嵐〉作戦を指揮。一九三四～二〇一二）の回顧録によれば、イラクがクウェートに侵攻する十八カ月前、東西の冷戦は熱戦に転化する兆しを見せていましたが、ソ連の侵攻を受けたイラクを防衛するのに、国防総省《ペンタゴン》の中東における地上作戦計画は、ザグロス山脈（イラン南西部から、イラクの国境沿いにペルシア湾まで連なる山脈）に沿って反撃するというものしかありませんでした。

　歴史的に見て、自由主義社会は〝ほしい軍勢ではなく、手持ちの軍勢で戦争にのぞむ〟ものですが、その結果、アメリカの兵士たちは〝最大の効果を上げる〟ために流血を強いられます。兵士たちの家族にはなんの益もないと思われるでしょうが、少なくとも、この現象を定期的に繰り返す苦しみによって、われわれは、気軽に戦争を行なってはならない理由を再認識します。

全体主義社会に比べて、自由主義社会の軍備は劣ります。資金を、がんの研究や環境保護、学校の昼食などと奪い合うからです。これは慎重な政策であって、悪い政策とは違います。この違いは、決して恥ではありません。

『孤児たちの軍隊―ガニメデへの飛翔―』を発表して、いちばんよかったことはなんですか？

読者のみなさんが、自分にとって意味のある本だと言ってくれたことです。若い読者は――それに、その人たちの親の世代も――本書を、はじめて出会った〝リアルな娯楽小説〟だと言ってくれました。第二次世界大戦当時のアメリカ軍で古参兵として活躍した人たちは、〝歩兵であることの意味を、わたしにはできないくらい雄弁に語ってくれた〟と言ってくれました。バグダッドに駐留する兵士で、そのような手紙をくれた人もいます。アフガニスタンでは、この本が手から手へと渡ってすべての分隊員に読まれ、しまいには壊れてバラバラになったとのことでした。手紙をくれた兵士は、貴重な慰労休暇のあいだ、書店をまわって続篇を探したそうです。

続篇といえば、読者から、好きな登場人物が次々と死んだという苦情が殺到したそうですが、続篇にさしつかえはありませんか？

死んだのは、わたしも好きな人物でした。このシリーズは、戦争の真実を語るものです。戦争では人が死ぬというのが真実です。それも、しばしば自分の好きな人が死にます。南軍の司令官だったロバート・E・リー将軍が言っています――〝戦争がこんなに恐ろしいのは、いいことだ……戦争好きにならずにすむから〟と。

解　説――リアルなほどの苦戦ぶり

軍事評論家
岡部いさく

　どうだろう、この苦戦ぶりは。未知の敵の突然の宇宙からの攻撃に立ち向かうことになった人類が手にする武器は、超光速の宇宙戦艦でもなければ、パワードスーツでもなく、生体認証つきの自動弾丸選択式の高機能銃でもなく、中古のボーイング七六七旅客機の胴体を仕立てなおした宇宙降下艇というありさま。それに乗り組む兵員も、宇宙人の攻撃で家族系累を失った孤児たち。

　そんな不様な戦いぶりも、もし近未来の世界がいきなり地球外からの脅威にさらされることとなったら、まあできることといえば、そんなところだろうと思わせる。宇宙のどこかから地球を襲おうと誰かが攻めてきたらどうするか、そんなことを日ごろから考えている政治家や軍人がいるわけがない。地球攻撃への対抗策は当然付け焼刃にならざるをえないはずだ。地球人の対応の不器用さが、この戦争ＳＦに不思議なリアリティを与えている。

　本作のディテールも、今日の世界の現実との〝地続き〟感を与えている。

地球攻撃で大気中に広がった粉塵でジェット旅客機が飛べなくなったなか、輸送機として飛行可能なのがC＝130ハーキュリーズぐらいしかない、というのも妙な説得力がある。C＝130ハーキュリーズはターボプロップ・エンジンでプロペラをまわす四発機で、世界じゅうで使われている中型軍用輸送機のベストセラーだ。作中には、おんぼろ呼ばわりされたハーキュリーズを「昔は最高の輸送機だった」と必死に弁護する兵士が出てくるが、彼の言い分もあながち嘘ではない。ただし主人公にはただのオタクにしか見えなかったようだ。

ガニメデへの降下艇に使われるボーイング七六七は、二百から三百人乗りクラスの中型旅客機として大成功をおさめた機体で、日本でも多数が飛んでいる。アメリカでは中古旅客機がカリフォルニアなどの砂漠地帯の飛行場の露天に並べて保管されている。当然七六七も、旧式化した初期型機などはたくさん砂漠で眠っている。

主人公に訓練所で配られる携行糧食は「C号携行食」、いわゆる「Cレーション」だ。缶詰主体のCレーションは一九五〇年代末まで使用されていたもので、さすがにこの作品世界で食べさせられるのは勘弁だ。一九七〇年代中期以降は、アメリカ軍の携行糧食はMREという、加熱パックつきレトルト食主体のものに代わっている。試食する機会があったが、そう不味いものでもない。

主人公があてがわれるC号携行食が「ハムとリマ豆」だが、ベトナム戦争当時にジャングル内の陣地に配置されていた分隊のところに、ヘリコプターで一週間分の糧食が箱ごと届けられたそうだ。本来はいろいろなメニューのものを取り合わせて一週間分の箱になるはずなのだが、このとき届いたのは一箱全部が「ハムとリマ豆」だったという。ジャングルのなかで一週間、来る日も来る日も朝昼晩とこの携行食を食べさせられて、それ以来「ハムとリマ豆」は見るのも嫌になった、という話を経験者から聞いたことがある。

SFでありながら、こういう兵士の生きる世界のリアリティが、現実世界の実際をうまく採り入れて書いてあると思ったら、作者のロバート・ブートナーはアメリカ陸軍の情報士官という経歴の持ち主で、軍隊での勤務と生活を経験したことのある人だった。大学では地質学や地理学を学び、除隊後は鉱物資源の探査の仕事にも携わっている。道理で洞窟などの地形の描写が詳しいわけだ。

本作はジェイソン・ワンダーを主人公とする〈孤児〉シリーズの第一巻で、戦争の始まりと主人公が兵士になっていく、そして苛酷な戦闘に臨んでいく姿が描かれる。主人公たち、異星人との戦争に投入される兵士たちは孤児となった者たちで、つまり一般の市民社会から切り離されてしまった者たちである。異星人との戦いがそれぞれの復仇《ふっきゅう》であったり、社会の中で行き場がなかったり、主人公たちの志願の理由はさまざまだが、軍隊に入隊することで主人公たちは仲間との繋がりを得て、人類社会の中での生きる場所を得ていく。そしてその仲間を戦いで失っていくことにもなるのだが。

本作では彼ら兵士たちと、地球の一般社会との乖離は現われてこないが、月面での人類同士の戦争を描いたジャック・キャンベルの〈月面の聖戦〉シリーズでは、志願者による職業軍人ばかりの軍隊と民間人との隔たりの大きさが、重要なモチーフになっている。

実は現在のアメリカ軍は完全志願制になっている。徴兵制のように一般市民が有無を言わせず戦争に駆りだされるわけではないが、国家が戦うときに一部の者だけにその任務を負わせていいのか、という議論は今でもある。しかしそれとともに、現在の戦争ではたとえ一兵卒といえども各種の高度な兵器や装備が扱えなくてはならず、プロの兵士としての教育と訓練を受けたものでなければ務まらないという現実もある。

本作を第一作とする〈孤児〉シリーズは、アメリカではハインラインの『宇宙の戦士』とよく比較されるという。およそ人類とは異質な異星人との苛酷な戦争を、一人の歩兵の視点から描くという点では確かに『宇宙の戦士』とも共通している。しかし『宇宙の戦士』はアメリカでまだ選抜徴兵制が実施されていた時代の作品であり、兵士となることが義務であり市民としての権利を保障するという『宇宙の戦士』の兵士観と、一般社会との繫がりを断たれた孤児たちが戦場に立たされて死んでいくという本作のそれとはかなり異なっている。

本作では、宇宙からの攻撃はいきなり、何の前触れもなしに始まり、アメリカの諸都市をはじめ地球各地に大きな被害を受ける。しかも攻撃してきた相手の正体もわからない。本作はアメリカでは二〇〇四年に刊行されている。アメリカは二〇〇一年の同時多発テロからアフガン戦争に突入し、二〇〇三年にはイラク戦争も始まっている。理解不能な未知の敵からの突然の攻撃に、人類が狼狽しながら立ち向かうという本作の世界は、同時多発テロ以後のアメリカの状況を映したもののように見える。アメリカで本作を含む〈孤児〉シリーズが「ポスト九・一一の〝宇宙の戦士〟」と評されているのもうなづけるものがある。

戦争SFとして、本作の戦闘の場面などは大活劇なのだが、こうして読むと、兵士と社会の関係や戦争の様相など、今のアメリカと照らし合わせると、けっこう痛々しい小説なのかもしれない。

本作では敵の根拠地になっているガニメデに主人公たちが反攻するが、地球軍の作戦はのっけから崩壊することになる。軍隊の格言で「戦争が始まって最初に死ぬのは作戦計画だ」というのがあって、本作の状況はまさにそれが当てはまる。当初の作戦計画が崩れた人類軍は、それを主人公たちの機転と奮戦、犠牲で補おうとする。その結果がどうなるかは、本作を読んでしっかりと見届けていただくとして、さて次回作 *Orphan's Destiny* では、異星人はどんな作戦計画を持ちだすのか、主人公と人類社会はそれにどう立ち向かうのか、続巻の邦訳が楽しみだ。

訳者略歴　英米文学翻訳家　訳書『HAMMERED』ベア，『彷徨える艦隊』キャンベル，『銀河おさわがせ執事』アスプリン＆ヘック，『スターシップ』レズニック，『大戦前夜』リンゴー（以上早川書房刊）他多数

HM=Hayakawa Mystery
SF=Science Fiction
JA=Japanese Author
NV=Novel
NF=Nonfiction
FT=Fantasy

孤児《こじ》たちの軍隊《ぐんたい》
—ガニメデへの飛翔—

〈SF1923〉

二〇一三年十月十五日　発行
二〇一六年一月二十日　五刷

（定価はカバーに表示してあります）

著　者　ロバート・ブートナー
訳　者　月《つき》岡《おか》小《さ》穂《ほ》
発行者　早川　浩
発行所　株式会社　早川書房

郵便番号　一〇一‐〇〇四六
東京都千代田区神田多町二ノ二
電話　〇三‐三二五二‐三一一一（大代表）
振替　〇〇一六〇‐三‐四七七九九
http://www.hayakawa-online.co.jp

印刷・株式会社亨有堂印刷所　製本・株式会社川島製本所
Printed and bound in Japan
ISBN978-4-15-011923-2 C0197

本書は活字が大きく読みやすい〈トールサイズ〉です。